ALPHAS VERSUCHUNG

EINE MILLIARDÄR-WERWOLF-ROMANZE

RENEE ROSE
LEE SAVINO

Übersetzt von
VALORA FANELL

MIDNIGHT ROMANCE

Veröffentlicht in den Vereinigten Staaten von Amerika

Midnight Romance

Inhaltsverzeichnis

Erstellt mit Vellum

RENEE ROSE: HOLEN SIE SICH IHR KOSTENLOSES BUCH!

Tragen Sie sich in meine E-Mail Liste ein, um als erstes von Neuerscheinungen, kostenlosen Büchern, Sonderpreisen und anderen Zugaben zu erfahren.

https://www.subscribepage.com/mafiadaddy_de

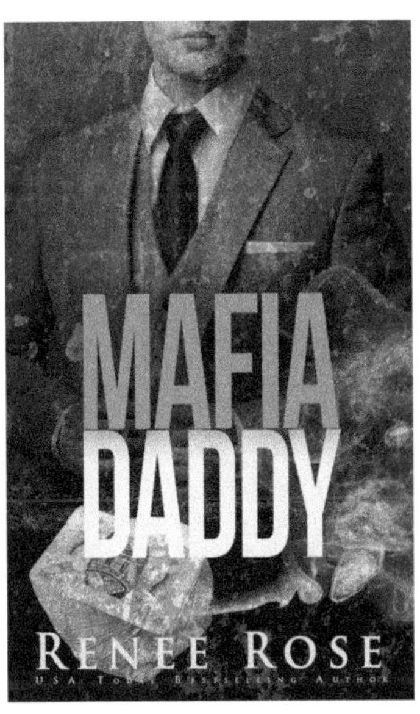

1

CG: Catgirl war hier.

King1: Ich sehe dich.

CG: Schöner Code.

King1: Du gehst unter. Kein Mitleid mit dem Kätzchen.

CG: Oooh, mach mir keine Angst, Baby.

– Gespräch zwischen Hackerin und Jackson King, CEO und Gründer von SeCure, 2009

Kylie

Heilige Ironie, Batman.

Als Teenager hatte ich mich in ein Unternehmen gehackt und dem Gründer und CEO eine virtuelle Siegesfahne ins Gesicht geschwenkt. Neun Jahre später bin ich genau dort für ein Vorstellungsgespräch. Und nicht nur für irgendeinen Job – einen in Infosec. Steht für Informationssystemsicherheit. Falls ich den Job kriege, verteidige ich die Firma gegen Hacker. Wie Catgirl – meine alte DefCon-Identität.

Also sitze ich hier in der opulenten Lobby des internationalen Hauptquartiers von SeCure und frage mich, ob sie mich irgendwie erkennen und in Handschellen abführen werden.

Eine Gruppe von Mitarbeitern schlendert an mir vorbei, lacht und redet. Sie sehen entspannt und glücklich aus, als würden sie in einen Ferienort schlendern, nicht um sich von neun bis fünf abzuplagen.

Verdammt, ich will diesen Job.

Ich habe mein Outfit heute Morgen ungefähr siebenundneunzigmal gewechselt – und es ist mir normalerweise egal, was ich trage. Aber das ist das Vorstellungsgespräch meines Lebens und ich bin besessen davon, jedes Detail richtig hinzubekommen. Am Ende habe ich einen eleganten schwarzen Anzug gewählt, der aus einem taillierten Blazer und einem kurzen, engen Rock besteht. Ich habe mich gegen eine Strumpfhose entschieden, nackte Beine, aber meine Füße in ein paar sexy hohe Absätze gequetscht. Unter der Anzugjacke trage ich mein Lieblings-Batgirl-Shirt. Es liegt eng um meine Brüste an und die heiße rosa-glitzernde Fledermaus schmiegt sich perfekt an das Revers meiner Jacke.

Das Outfit schreit „junges und hippes"-IT-Genie, während der Anzug eine Anspielung auf die konservative Unternehmenssache ist. Ich hatte über Heels oder Chucks nachgedacht, aber am Ende haben die Heels gewonnen. Was zu blöd ist, denn als Stu, mein Ansprechpartner, herunterkommt, muss ich in ihnen aufstehen. Und laufen.

Falls mein Teenager-Hacker-Ich mich jetzt sehen würde, würde sie mir ins Gesicht lachen und mich einen faulen

Kompromiss nennen. Aber selbst sie hat meine Obsession für den Gründer bzw. Besitzer von SeCure geteilt, Jackson King. Eine Obsession, die sich in Bewunderung verwandelt hat, gepaart mit einer großen Dosis von sexueller Anziehung.

Okay, er ist mein Schwarm. Aber Jackson ist es total wert, in ihn verknallt zu sein. Ein Milliardär und Philanthrop, also unendlich beeindruckend. Ganz zu schweigen, dass er superheiß ist. Vor allem für einen Nerd.

Und der einzige Moment, den wir teilen – der Moment, als ich alle seine Sicherheitsmaßnahmen überwunden und mich Angesicht zu Angesicht mit ihm befunden habe – na ja, Mauszeiger zu Mauszeiger –, ist in mein Gedächtnis als die heißeste Begegnung meiner Jugend eingebrannt. Ich habe ihm nichts gestohlen. Ich habe nur sehen wollen, ob ich den Genie-Code knacken konnte. Ich bin abgehauen, nachdem er mich gefunden hat, und habe nie riskiert zurückzukehren.

Nun könnte ich noch eine Chance auf ein Cyber-Sparring mit King haben, und der Gedanke begeistert mich.

Besonders, weil diesmal meine Handlungen nicht illegal wären.

„Miss McDaniel?“

Ich springe auf die Füße, Arm schon ausgestreckt, bereit zum Händeschütteln. Ich wackele nur ein wenig auf den Absätzen. „Hi.“ Verdammt, ich höre mich atemlos an. Ich zwinge meine Schultern nach hinten und lächle, während ich die angebotene Handfläche ergreife.

„Hallo, ich bin Stu Daniel, Infosec-Manager hier bei SeCure.“ Er sieht aus wie ein richtiger Streber, Brille, Kragenhemd, Hose. Dreißig oder so. Seine Augen wandern zu der rosa Fledermaus zwischen meinen Brüsten und dann wieder weg. Vielleicht ist das T-Shirt ein Fehler gewesen.

Ich schüttele seine Hand weiter, wahrscheinlich viel zu lange. Ich hab fünf Business-Bücher gelesen, um mich auf heute vorzubereiten, aber ich kann mich nicht erinnern, was *Vorstellungsgespräche für Dummies* über die richtige Dauer eines Handschlags gesagt hat. „Schön, Sie kennenzulernen."

Zum Glück ist Stu genauso unbeholfen wie ich. Seine Augen wandern immer wieder weiter nach unten. Nicht weil er versuchen würde, pervers zu sein, sondern als wäre er zu schüchtern, um den Blickkontakt aufrechtzuerhalten. „Wenn Sie mir folgen würden, gehen wir für das Bewerbungsgespräch in den sechsten Stock."

Zusätzlich zu der unüberwindbaren Cybersicherheit ist auch die physische Festung von SeCure gut geschützt. Als ich über die glänzenden Marmorböden gegangen und an der Hauptrezeption angekommen war, hatten sie mir gesagt, ich solle in der Lobby auf eine „Begleitung" für mein Gespräch warten.

Ich folge meiner Begleitung. „Schönes Gebäude haben Sie hier."

Okay, das klang lahm. Ich bin scheiße im Smalltalk. Also wirklich scheiße. Vielleicht hätte ich mich die letzten acht Jahre nicht vor allen sozialen Interaktionen verstecken sollen. IT-Geeks sollten nicht wie normale Leute Bewerbungsgespräche absolvieren müssen. Sie sollten nur einen Test machen oder etwas hacken müssen. Aber vermutlich kennt SeCure meine Codeknackfähigkeiten bereits, so was Ähnliches hat die Headhunterin zumindest gesagt. Ich bin fast an meinem Kaffee erstickt, als sie mich aus heiterem Himmel angerufen hatte. Ich hatte gedacht, es sei ein Streich von einem meiner alten Online-Kumpane gewesen – dem Clean Clan. Aber nein, es war echt gewesen.

Außerdem sind die Chancen, dass mich jetzt jemand aus

meinem alten Leben findet, gen null. Zumindest hoffe ich das.

Stu führt mich zum Aufzug und drückt auf den Pfeil nach oben. Die Türen eines Aufzugs schwingen auf, um einen Mann in einem eleganten Anzug zu enthüllen, der seinen Kopf über sein Handy gebeugt hat. Groß und breitschultrig nimmt er mehr als nur seinen gerechten Anteil vom Aufzug in Beschlag. Ohne nach oben zu schauen, bewegt er sich zur Seite, um Platz für uns zu machen.

Stu lässt mich zuerst gehen und ich unterdrücke die Panik. Es ist ein kleiner Aufzug, aber nicht zu klein. Ich kann schon damit umgehen. Falls ich den Job kriege, finde ich raus, wo das Treppenhaus ist.

Ich konzentriere mich auf die hellen Tasten und hoffe, dass es eine schnelle Fahrt ist.

Bevor meine Begleitung einsteigen kann, ruft jemand seinen Namen.

„Eine Sekunde, bitte“, sagt Stu, als eine junge Frau herbeieilt, gefolgt von zwei anderen Leuten. „Stu, der Galileo-Server ist heute Morgen abgestürzt …“

Großartig. Genau das, was ich brauche – mehr Zeit in einem Aufzug. Ich schlucke und ignoriere das Kribbeln auf meiner Haut. Eine Panikattacke macht keinen guten Eindruck.

Stu nimmt seinen Fuß aus der Tür, als die junge Frau ihren Laptop öffnet, um ihm etwas zu zeigen.

Die Tür schließt sich und der Aufzug fährt los. Einfach so habe ich meine Begleitung verloren. So viel zur strengen Sicherheit.

Ich drücke auf den Knopf Nummer sechs. Ich weiß, wohin ich muss. Je schneller ich aus dieser winzigen Todeskiste komme, desto besser.

Wir sind auf halbem Weg nach oben, als die Lichter flackern. Einmal, zweimal, dann sind sie aus.

„Was zum ..." Ich verstumme, um mich auf meine Atmung zu konzentrieren. Ich habe etwa zehn Sekunden, bevor ich voll ausflippe.

Der im Anzug neben mir murmelt etwas. Das Licht von seinem Handy wirft ein unheimliches blaues Licht an die Wände.

Der Aufzug hält an.

Oh nein. Jetzt gehts los. Mein Herz schlägt wild in meiner Brust; meine Lunge schnappt nach Luft.

Stopp, sage ich zu meiner Panik. *Es ist nichts. Der Aufzug startet jede Sekunde wieder. Du steckst hier nicht fest.*

Mein Körper glaubt mir nicht. Mein Magen verkrampft sich, meine Haut wird klamm. Alles wird dunkel. Entweder hat sich meine Sicht gedimmt oder der Typ hat gerade sein Handy an sein Ohr gelegt. Ich schwanke auf den Füßen.

Der große Kerl flucht. „Kein Empfang hier drinnen."

Meine Absätze verdrehen sich unter mir und ich greife nach dem Geländer. Mein Atem kommt in schnellen Zügen.

„Hey." Der Typ hat eine Stimme, die zu seiner riesigen Größe passt, tief und volltönend. Unter anderen Umständen würde ich sie sexy finden. „Flippst du grade aus?" Leichte Verachtung liegt in seinem Ton.

Nicht meine Schuld, Kumpel. „Ja." Ich kriege das Wort kaum rausgekeucht. Mein Todesgriff um die Stange verstärkt sich.

Bleib auf deinen Füßen. Fall jetzt nicht in Ohnmacht – nicht jetzt. Nicht hier.

„Ich mag keine engen Räume." *Untertreibung des Jahres.*

Hat sich der Aufzug gerade bewegt? Oder gerät mein Körper außer Kontrolle? Alte Panik ergreift mich. *Ich werde hier drinnen sterben. Ich werde nie rauskommen.*

Zwei große Hände schieben mich gegen die Aufzugswand und fixieren mich mit Druck auf mein Brustbein. „Was – was machst du da?“, keuche ich.

„Deinen Ruhe-Reflex auslösen.“ Er klingt ruhig, als ob er täglich hyperventilierende Mädchen gegen eine Wand drückt. „Funktioniert es?“

„Ja, klar. Wenn mich ein fremder Kerl angrabscht, beruhigt mich das immer.“ Ich habe mir geschworen, meinen Sarkasmus zurückzuhalten, bis ich den Job sicher habe, aber hier ist er und wurde von mir nur so herausgespuckt. Nur Sekunden von einer Ohnmacht entfernt zu sein, macht genau das mit einem Mädchen.

„Ich grabsche dich nicht an“, sagt er.

„Das sagen alle Kerle“, murmele ich.

Sein kurzes Lachen verebbt, sobald es begonnen hat. Fast so, als wolle er es zurückhalten.

Wer ist dieser Typ?

Meine Herzfrequenz verlangsamt sich, aber mein Kopf dreht sich immer noch. Noch nie hat ein Mann so nah bei mir gestanden. Geschweige denn mich berührt. Ein paar Zentimeter weiter und er würde meine Brüste umschließen.

Was für ein Gedanke! Empfindungen, die ich noch nie außerhalb der Privatsphäre meines Schlafzimmers gefühlt hatte, rauschen durch mich hindurch.

„Nicht, dass es mir etwas ausmacht, dass du mich begrabschst“, plappere ich. „Ich denke nur, du solltest zuerst mit mir Essen gehen –“

Seine Hände verlassen mein Brustbein so schnell, dass ich nach vorn taumele. Bevor ich fallen kann, fängt er mich an meiner Schulter und dreht mich um. Er schließt seine Arme von hinten um mich und übt wieder Druck auf mein Brustbein aus.

„Wie ist das?“ Er klingt amüsiert. „Besser? Ich will nicht,

dass meine gute Tat mir später Vorwürfe wegen sexueller Belästigung einbringt.“

Oh Gott, seine Stimme. Seine Lippen sind direkt neben meinem Ohr. Er versucht nicht, mich zu verführen, aber, Mannomann, nur die Worte „sexuelle Belästigung“ erhitzen meinen Körper.

„Sorry.“ Meiner Stimme wird ein bisschen die Luft abgeschnitten. „Ich wollte dich nicht beschuldigen. Was ich meinte, war ... danke.“

Für einen Moment bewegt er sich nicht und ich atme in seine festen Hände, er umgibt mich, beschützt mich und gibt mir mit seinem Griff Sicherheit. Und alles, woran ich denken kann, ist ... *verdammt.* Ich hatte gedacht, eine Panikattacke wäre schlimm. Jetzt stecke ich in einem Aufzug fest, eingewickelt in die Arme eines Fremden. So. Sehr. Angetörnt. Aber so was von. Es ist, als wäre meine Muschi von meinem Körper getrennt. Der Rest von mir rennt herum und wringt besorgt meine Hände, aber für meine Pussy ist sich von einem Fremden in einem dunklen Aufzug anfassen zu lassen ein guter Grund, sich zu freuen.

„Du solltest dich hinsetzen.“

Anscheinend habe ich keine Wahl, weil er mich mit stetigem, unaufhaltsamem Druck zum Boden senkt. Dort angekommen, drückt er mich gegen die Wand, seine festen, aber sanften Hände handhaben mich wie eine Puppe. Scharfe Worte tanzen auf meiner Zungenspitze: *Ich bin verdammt noch mal eine erwachsene Frau, keine Barbie.* Aber sitzen fühlt sich gut an. Trotz seines ungehobelten Höhlenmenschen-Benehmens kümmert er sich um mich. Fast vermisse ich seine Hände an meinem Brustbein.

„Wo hast du das gelernt?“, frage ich, um mich von der Tatsache abzulenken, dass ich in einem engen Rechteck mit einem Mann gefangen bin, der keinerlei Bedenken hat, seine Hände über meinen ganzen Körper gleiten zu lassen. Ich habe auch kein Problem damit, obwohl ich mir wünschte, ich könnte mich daran erinnern, wie er aussieht. Alles, was ich habe, ist ein vager Eindruck von einem kräftigen Kiefer und einem Hauch von Ungeduld. Ich war zu sehr darauf fokussiert, mir die Aufzugfahrt schön zu reden, als ihn mir genauer anzuschauen.

„Jahre und Jahre an Erfahrung, Frauen an dunklen Orten zu erschrecken."

Ah. Eine verwandte Seele mit trockenem Humor. Jetzt mag ihn noch mehr. „Danke", sage ich nach einem weiteren Moment.

Er setzt sich neben mich, seine Anzugjacke bürstet gegen meine. „Du drehst immer noch durch."

„Ja, aber es ist besser. Reden würde helfen. Können wir reden?"

„Okay." Er mimt einen hochgestochenen Dialekt, wodurch er sich wie Freud anhört. „Wo haben Sie das Problem denn zum ersten Mal bemerkt?"

~.~

Jackson

Das Lachen der schönen menschlichen Frau kommt so hart, dass sie fast erstickt. Sie kichert für einen Moment weiter – fast hysterisch. Jedes Mal, wenn sie versucht zu sprechen, blubbert ihr Lächeln wieder an die Oberfläche. Schließlich bringt sie hervor: „Ich wollte reden, um mich abzulenken – über etwas ganz anderes."

Ich scherze nie – besonders nicht auf der Arbeit –, aber die langbeinige Brünette in dem kurzen, engen Rock versetzt meinen Körper auf nur allzu angenehme Weise in Alarmbereitschaft. Seit ich sie nicht mehr berühre, ist es besser. Als ich es getan habe, hat die Elektrizität zwischen uns meine Haut in Brand gesetzt. Das Jucken und Brennen des Wandelns hat mich so schnell überkommen, als wäre ich ein pubertierender Teenager, der gerade lernt, wie man sich verwandelt. Ich hätte beinahe ihre Beine auseinandergeschoben, den winzigen Minirock um ihre Taille hochgezogen und sie genau hier genommen.

Tatsächlich sind meine Wolfssinne in Aufruhr, seit sie den Aufzug betreten hat. Ich musste mich zusammenreißen, um zu schweigen und sie zu beobachten. Ihr Duft berauscht mich – wie eine exotische Blume, die bettelt, gepflückt zu werden –, außer dass sie definitiv menschlich ist. Nichts hiervon ergibt Sinn. Es gibt keinen Grund, warum ich mich zu ihr hingezogen fühlen sollte, abgesehen davon, dass sie wunderschön ist. Ich habe mich noch nie von einem Menschen angezogen gefühlt – verdammt noch mal, mich interessieren nicht einmal die Wölfinnen, selbst bei Vollmond.

Um die Sache noch schlimmer zu machen, ist sie erregt gewesen, als ich sie berührt habe – der Duft ihres Liebessafts füllt den engen Raum. Zum ersten Mal in meinem Leben haben sich meine Reißzähne gespitzt und Serum gebildet. Sie sind bereit, in ihr Fleisch zu sinken und sie für immer als mein zu markieren.

Aber das ist purer Wahnsinn. Ich kann keinen Menschen markieren; sie würde es nicht überleben. Dieser Mensch – so schön sie auch sein mag – kann nicht meine Gefährtin sein.

Ich schaue sie mir an und bin deutlich im Vorteil, weil ich im Dunkeln sehen kann und sie nicht. Sie ist atemberaubend in jeder Hinsicht – lange, wohlgeformte Beine, ein Arsch, der ihren kurzen Rock ausfüllt, und Batgirl-Titten. Soll heißen, sie hat eine sexy rosa Fledermaus auf der

Vorderseite ihres Shirts, direkt über einem Paar kecker Titten. Und etwas an dieser Fledermaus bringt mich einfach an meine Grenzen. Eine feurige kleine Superheldin, die nur darum bettelt, besiegt zu werden.

Das macht mich wohl zum Bösewicht.

„Wie heißt du?", fragt sie.

Ich zögere. „J. T."

„Ich bin Kylie. Ich bin hier für ein Vorstellungsgespräch, also war ich sowieso schon nervös."

Ich bin nicht freundlich. Ich ermutige meine Mitarbeiter, sich nicht mit mir zu beschäftigen, außer um mir Informationen in der geringstmöglichen Form mitzuteilen. Aber aus irgendeinem Grund stört mich ihr schwacher Konversationsversuch nicht. Was nicht bedeutet, dass ich antworten werde.

Ich bin zu beschäftigt, meinen Wolf davon zu überzeugen, sie nicht zu bespringen.

Sie versucht es wieder. „In welcher Abteilung arbeitest du?"

Ich werde nicht zugeben, dass ich der CEO bin. „Marketing." Ich fülle das Wort mit dem Ekel, das *Marketing* in mir auslöst. Es stimmt, dass der Großteil meiner Zeit jetzt für Marketing oder Management draufgeht, selbst wenn ich es vorziehen würde, zu programmieren und nie persönlich mit einem anderen Menschen zu interagieren.

Sie lacht; ein heiseres, süßes Geräusch. Trotz der Tatsache, dass sie mich nicht sehen kann, schaut sie in meine Richtung mit einem faszinierten Ausdruck auf ihrem Gesicht. Ihr Haar, wie dicke glänzende Kastanien, fällt ihr in losen Wellen über ihre Schultern. Es ist zu dunkel, um die Farbe ihrer Augen zu erkennen, aber ihre vollen Lippen glänzen, und die Art, wie sie sich jetzt öffnen, lässt mich wünschen, diesen üppigen Mund in Anspruch zu nehmen.

„Einer dieser Typen, hm? Das ist traurig."

Ich lächle – ein seltenes Ereignis für mich. Sie hat mich schon zum Lachen gebracht, etwas, das ich seit zwanzig Jahren nicht mehr getan habe.

„Für welche Position bewirbst du dich?"

„Infosec."

Heiß und nerdig. Interessant. Sie muss wahnsinnige Fähigkeiten haben, um an ein Bewerbungsgespräch zu kommen. Meine Firma ist die beste der Welt für Informationssicherheit. „Hast du viel Erfahrung auf dem Gebiet?"

„Etwas." Sie klingt auf diese bestimmte Art unverbindlich, was mich glauben lässt, dass sie sich mit diesen Sachen wirklich auskennt.

Der Strom ist schon eine Weile weg – mindestens zehn Minuten. Ich fische mein Handy aus der Tasche und versuche, meine Sekretärin anzurufen, aber habe noch immer keinen Empfang .

„Wie lange werden wir hier wohl festsitzen?" Ihre Stimme zögert bei dem Wort *festsitzen.*

Bei allen Heiligen, ich hatte noch nie den Drang, die Hand einer Frau zu nehmen. Mein Hemdkragen ist zu eng. Ich wünschte, ich hätte heute keinen Anzug und keine Krawatte getragen. Natürlich wünsche ich mir das jeden Tag, habe aber selten die Wahl, obwohl es *meine* verdammte Firma ist. Sobald wir ein bestimmtes Niveau erreicht hatten, habe ich mich an die Kleiderordnung von Amerikas Geschäftswelt halten müssen, wenn ich Meetings außerhalb hatte – selbst in Tucson, das mit seinem Dresscode notorisch entspannt ist.

Meine kleine Programmiererin hat mit ihrem Outfit jedoch den Nagel auf den Kopf getroffen – genau die richtige Mischung aus Hipster, mit den Fledermaustitten und nackten Beinen, und Geschäftsfrau, mit Anzug und Absätzen. Ich weiß nicht, wann ich angefangen habe, sie als *meine* kleine Irgendwas zu betrachten, aber ich habe es getan. In der Sekunde, als sie in den Aufzug gestiegen ist und ich ihren Geruch eingeatmet habe, hat mein Wolf *mein* geschrien.

„Ich meine, denkst du, es wird Stunden dauern? Es wird keine Stunden dauern, oder?" Sie wird wieder atemlos. Ich muss mich zurückhalten, um sie nicht auf meinen Schoß zu ziehen und sie zu halten, bis das Zittern aufhört.

„Zwing mich nicht, dich noch mal zu begrabschen." Okay, das sollte ich definitiv nicht sagen, auch wenn sie es zuerst gesagt hat. Die Bemerkung hat jedoch ihre beabsichtigte Wirkung.

Sie schnaubt, was ihr Atemmuster verändert und ihr hilft, sich zu entspannen.

„Also bist du nervös wegen des Vorstellungsgesprächs?", frage ich. Geplauder gehört nicht zu meinem Repertoire, aber ich würde alles tun, um sie zu beruhigen. Oder vielleicht will ich ihre Stimme wieder hören. „Du scheinst nicht nervös zu sein."

„Abgesehen von der ganzen Panikattacke, bei der du einen außerordentlich guten Job machst, mich abzulenken?"

Mein Wolf ist stolz über das Kompliment.

„Ich werde dir ein Geheimnis verraten", sagt sie und die Muskeln meiner Leistengegend spannen sich fast schmerzhaft bei dem Schnurren in ihrer Stimme an. Sie verführt mich und sie weiß nicht einmal, dass sie es tut.

Vielleicht ist Reden eine schlechte Idee.

„Okay", antworte ich.

„Ich habe noch nie einen richtigen Job gehabt. Ich meine, ich habe jetzt einen Job, aber es ist alles Telearbeit. Ich war noch nie einem Büro wie diesem."

„Glaubst du, du kannst das ertragen?“

„Weißt du, vor fünf Jahren hätte ich bei dem Gedanken gekotzt. Aber eigentlich ist SeCure die einzige Firma, für die ich einen Blazer und Absätze anziehen würde.“

Und jeder Mann im Gebäude dankt Gott dafür. „Warum ist das so?“

„SeCure stellt den Höhepunkt für Infosec dar. Ich meine, Jackson King ist ein Genie. Ich folge ihm, seit ich zehn Jahre alt bin.“

Ich versuche, meinen Wolf davon abzuhalten, herumzustolzieren. „Willst du wirklich deinen Pyjama zu Hause lassen und jeden Tag in ein Büro kommen?“

„Ja. Es wäre gut, einen Grund zu haben, das Haus zu verlassen. Programmieren kann einsam sein. Ich meine, ich mache meine beste Arbeit allein, aber es könnte schön sein, mit Leuten zusammen zu sein wie mir. Vielleicht finde ich meine Sippe hier. Sich ganz normal fühlen, weißt du, was ich meine?“

Ich weiß es nicht. Ich habe keine Sippe mehr gehabt, seit ich mein Geburtsrudel verlassen habe, das Blut meines Stiefvaters von meinem Fell tropfend.

Ein Unternehmen voller Menschen ist ein schlechter Ersatz.

„Wenn du dich hier für Infosec bewirbst, musst du talentiert sein“, sage ich, um mich von den schlechten Erinnerungen abzulenken.

„Ich kodiere schon, seit ich jung bin“, sagt sie schmunzelnd, was mich wiederum darauf schließen lässt, dass sie ihr Talent herunterspielt. „Ein Teen-Nerd zu sein, hat mich definitiv vom Normalsein disqualifiziert.“

„Normal wird überbewertet. Du musst nur dein Rudel finden.“

„Rudel?“

„Ich meinte Sippe."

„Nein, ich mag Rudel. Das macht mich zu einem einsamen Wolf." Da klingt ein Lächeln in ihrer Stimme und ich halte eine scharfe Bemerkung zurück. Ein einsamer Wolf zu sein, ist nicht so cool, wie es klingt. Auch wenn es alles ist, was ich verdiene.

„Also ..." Sie hat den Ton von jemandem, der darauf gewartet hat, etwas zu fragen.

„Hast du schon Jackson King getroffen?"

Ich verkneife mir ein Lächeln, obwohl sie es nicht sehen kann. „Mmm. Ja, ein paarmal."

„Wie ist er denn so?"

Ich zucke in der Dunkelheit mit den Achseln. „Schwer zu sagen."

„Schwer zu sagen, weil er nicht viel verrät?"

Ich halte meinen Mund.

„Das habe ich gehört. Also ist er die trottelige Art von Geek oder die gruselige Art?"

Ich war mir der verschiedenen Kategorien von Geeks nicht bewusst. Ich betrachte mich nicht als Geek, allerdings betrachtete ich mich als Wandler auch nicht in irgendeiner menschlichen Kategorie.

„Ich schätze die gruselige Art", fährt sie fort. „Weil niemand, der so heiß ist, so asozial sein sollte. Ich meine, er muss einige schwerwiegende Fehler haben. Gerüchten zufolge hat der Mann nie Dates. Sie sagen, er hat überhaupt kein soziales Leben. Geht nie aus. Totaler Einsiedler. Er muss ziemlich kaputt sein. Oder ansonsten vielleicht schwul. Ich wette, er ist der Typ, der seinen Freund in einem Schrank gefesselt hält, um ihn auszupeitschen, wenn er nachts nach Hause kommt."

Fast entkommt wieder ein Lächeln meinem Gesicht. *Ich*

zeige dir, was auspeitschen ist, kleines Batgirl. „Klingt, als wüsstest du viel über ihn."

„Oh ... Ich, äh ... Ich schätze, ich bin an ihm interessiert. Er ist eine Art von Berühmtheit für uns Nerds. Ich meine, seine ursprüngliche Kodierung war genial, besonders für die Zeit."

Dieses Mal grinse ich. Ihre Einschätzung von mir, abgesehen von dem schwulen Prügelknaben-Teil, lässt meinen Puls steigen. Eine weitere Anomalie. Ich kümmere mich nicht um Aufmerksamkeit und sie hat recht – ich gebe persönliche Informationen nie her. Ich habe ein zu großes Geheimnis zu verbergen. Aber ihr Interesse an mir lässt meinen Wolf Pirouetten drehen.

Mein.

„Also, was für eine Art von Nerd bist du?", frage ich.

„Anscheinend die Art, die wie ein Idiot fremde Männer zuquasselt, wenn sie in Aufzügen eingesperrt ist. Aber das hast du sicher schon bemerkt. Sorry – normalerweise habe ich einen ziemlich gut funktionierenden Filter. Es ist gut, dass wir uns nicht sehen können, denn ich habe mich heute Morgen gründlich blamiert."

Es wird immer schwieriger, sie nicht besinnungslos zu küssen. Ich war noch nie so glücklich, irgendwo zu sitzen und dem Geplapper eines Menschen zuzuhören. Mein Wolf hat nichts dagegen, länger als zehn Minuten eingesperrt zu sein. Normalerweise würde er knurren, um sich zu befreien und die Bedrohung anzugreifen. Was tödlich sein könnte.

Mein Wolf scheint eher daran interessiert zu sein, diesen liebenswerten, lebhaften Menschen zu beschützen. Ich brauche einen Moment, um es zu erkennen, aber jetzt, wo ich es tue, steigt mein Puls an und ich muss mich zwingen, meinen Arm nicht um sie zu legen. Sie nah an mich zu ziehen. Vor allem, wenn sie sich zu mir lehnt.

„Vielleicht könntest du zustimmen, mich nicht anzuschauen, wenn die Lichter wieder angehen, damit wir uns später unter normalen Umständen treffen können."

Ich antworte nicht.

„Hoffentlich fange ich mit diesem Geplapper nicht während meines Vorstellungsgesprächs an und vermassle es."

„Du willst diesen Job wirklich?"

„Ja. Ich will ihn. Es ist komisch, weil ich dir vor acht Jahren ins Gesicht gelacht hätte, wenn du mir gesagt hättest, dass ich für SeCure arbeiten möchte, aber ich schätze, ich habe mich verändert. Für mich stellen Jackson King und die Firma, die er aufgebaut hat, die ultimative Infosec-Kodierung dar und ich möchte ein Teil davon sein."

Die Lichter flackern und der Aufzug setzt sich in Bewegung. *Verdammt.*

„Oh, Gott sei Dank." Sie atmet auf und rappelt sich hoch.

Ich stehe ebenfalls auf.

Als sie mich ansieht, friert das Lächeln auf ihrem Gesicht ein.

Überraschung.

Sie wird bleich und stolpert zurück.

Das Licht erhellt ihre Schönheit. Makellose Haut. Volle Lippen. Große Augen. Hohe Wangenknochen. Und ja ... die Titten und Beine sehen jetzt so gut aus wie im Dunkeln. Sie ist überall eine Zehn. Und sie hat herausgefunden, wer ich bin, was mir die Oberhand gibt.

„Na, jetzt bist du aber still."

„J. T.", murmelt sie und klingt bitter. Sie schenkt mir einen wütenden Blick, als wäre ich derjenige gewesen, der über sie geredet hat, anstatt umgekehrt. „Wofür steht das ‚T'?"

„Thomas.“ Meine Mutter hat mir einen ausgesprochen menschlichen Namen gegeben.

Der Aufzug hält im sechsten Stock und die Türen öffnen sich. Sie bewegt sich nicht.

Ich halte sie mit meiner Hand auf und gestikuliere, damit sie aussteigt. „Ich glaube, das ist deine Etage.“

Ihr Mund öffnet sich und schnappt wieder zu. Sie strafft ihre Schultern und marschiert an mir vorbei, zwei hellrosa Flecken auf ihren Wangen. *Bezaubernd.*

Auch wenn ich für mindestens zwanzig Meetings zu spät bin, folge ich ihr. Nicht weil mein Körper von ihrem nicht getrennt sein kann. Sicherlich nicht, weil ich mehr über sie wissen muss. Nur um sie ein bisschen mehr mit meiner Anwesenheit zu quälen, jetzt wo sie weiß, wer ich bin.

„Miss McDaniel, da sind Sie ja“, sagt Stu. Er wartet vor den Aufzügen ... Muss wohl die Treppe genommen haben. Luis, der Sicherheitschef von SeCure, steht bei ihm.

„Wir bringen das Hausmeisterteam sofort hierher, Mr. King.“ Luis signalisiert einem seiner Männer, der seinen Platz im Aufzug sofort einnimmt, um jeden vom Einsteigen abzuhalten. „Wir werden das in kürzester Zeit repariert haben, Mr. King. Und ich sehe, Sie haben Miss McDaniel begleitet.“

Stu blickt mich schuldig an. „Ich wollte sie nicht unbeaufsichtigt lassen. Ich habe die Treppe genommen, um sicherzustellen, dass ich hier sein würde, wenn sie aussteigt.“ Er lässt es klingen, als hätte er eine Medaille für seine Heldentaten verdient.

Ich antworte nicht.

„Ich übernehme sie jetzt. Tut mir leid, dass ich Sie gestört habe.“

„Ich werde ihrem Bewerbungsgespräch beisitzen“, sage ich und überrasche sogar mich selbst.

Beide Köpfe von Stu und Kylie peitschen herum und sie gaffen mich an. Kylie läuft noch roter an und blinzelt mit ihren großen braunen Augen. Im Licht sind sie ein warmes Schokoladenbraun mit einer Sternenexplosion aus Gold in der Mitte. *Unglaublich.*

Der Alpha in mir stört sich nicht an ihrem Unbehagen. Ich bin es gewohnt, dass Leute sich in meiner Anwesenheit winden. Aber mein Wolf ist nicht glücklich über den Hauch von Wut in ihrem Duft. Eine Entschuldigung liegt auf meinen Lippen – ein weiteres erstes Mal. Jackson King entschuldigt sich nicht. Ich schulde ihr auch keine. Wenn es nach mir ginge, würde ich sie in den nächsten Konferenzraum ziehen, ihr den Arsch für den Prügelknaben-Kommentar versohlen und die nächsten drei Stunden damit verbringen, ihr Lust durch meine Zungenspitze beizubringen. Ich würde mich auf sie stürzen, bis ihre Freudenschreie allen im Gebäude sagen, dass sie mir gehört. Das würde ihren Ärger und ihre Nervosität beseitigen. Oder ist es Erregung?

„Oh, es ist nur ein routinemäßiges Bewerbungsgespräch – kein Grund, Ihre Zeit zu vergeuden", sagt Stu.

Ich würde eher in die Hölle gehen, als Stu – oder einen anderen Mann – mit ihr allein zu lassen.

Luis' Räuspern warnt Stu, dass er kurz davor ist, mich zu verärgern.

Ich kneife die Augen zusammen und schaue Stu an. „Ich entscheide, wie ich meine Zeit verbringe. Sollen wir in den Konferenzraum gehen oder unterhalten wir uns hier im Flur?"

Stu hat einen mürrischen Gesichtsausdruck, als hätte ich seine Bruderschaftsparty versaut.

. . .

~.~

Kylie

Scheiße, wie peinlich, Batman. So viel zu ‚Das Bewerbungsgespräch ist leicht schaffen'. Ich dachte, es könnte nichts mehr schiefgehen, aber zwischen diesem Tauziehen zwischen Stu und Jackson gefangen zu sein, ist ein weiterer kostbarer Moment an diesem beschissenen Tag. Ich kann nicht glauben, dass ich gerade einen Nervenzusammenbruch vor *Jackson King* hatte. Und wie ein Schulmädchen darüber gelästert hatte, welche Art von Nerd er war und ob er schwul war, und, *oh Gott, habe ich ihm wirklich unterstellt, dass er seine sexuellen Partner auspeitscht?* Was zum Teufel ist mit mir los? Nicht einmal ein *Bewerbungsgespräche für Dummies* kann mich jetzt noch retten.

Natürlich hat er mich denken lassen, er sei nicht der CEO. Ein ziemlicher Arschloch-Schachzug, wirklich. Ich sollte ihn anstarren, aber nein, ich bin immer noch aus der Fassung, weil er mich berührt hat. Schade, dass von Jackson King betatscht zu werden nicht zu den Vorzügen des Jobs zählt.

Verdammt, ich will das hier wirklich. Das Grabschen mal außer Acht gelassen, SeCure ist der Höhepunkt von Cybersicherheit. Als Teenager ist die Firma der ultimative Hack gewesen. Nach fast zehn Jahren Verstecken fühlt es sich an, als ob ich zu Hause angekommen bin. Als ob ich mein ganzes Leben dafür trainiert habe, um hier zu stehen, und jetzt, da ich erlaubterweise hier bin, kann ich meinen rechtmäßigen Platz einnehmen.

Die Tatsache, dass ich unter Jackson King arbeiten würde, hat gar nichts damit zu tun. Nun, vielleicht ein winziges, kleines bisschen. Mein Körper würde sicherlich gerne unter ihm sein – genau jetzt. Oh Herrgott, ich muss dieses Gespräch durchziehen, ohne mir seine Hände auf mir vorzustellen …

Der Todesblick zwischen Stu und Jackson hat lange genug angedauert.

„Wo ist der Konferenzraum?“, zwitschere ich. Ich nehme mehrere tiefe Atemzüge und folge Stu in einen großen Konferenzraum. Ich kann das hier schon schaffen. Ich habe schon viel schwierigere Dinge vollbracht – Überfälle im Alter von zwölf Jahren, meine Mama und Papa zu verlieren, zehn Stunden in einem Lüftungskanal gefangen zu sein … das hier ist nichts. Es ist nur ein Vorstellungsgespräch.

Ich setze mich hin und die drei Männer positionieren sich mir gegenüber. Die Stühle sind groß und plüschig, aber haben kaum genug Platz für Jacksons muskulösen Körper. Er schwankt ein wenig, Augen auf mich gerichtet. Der Mann kann einen sogar beim Sitzen einschüchtern.

Ich erlaube mir ein winziges Stirnrunzeln in seine Richtung. Er hat mich angelogen. Und jetzt nimmt er an meinem Bewerbungsgespräch teil, als könnte dieser Tag nicht noch peinlicher werden.

Er trifft meinen finsteren Blick mit erhobenen Augenbrauen.

Warum, oh, warum habe ich nur all diese Dinge im Aufzug gesagt? Es ist, als hätte ich Wahrheitsserum geschluckt.

Vielleicht ist das eine von Jacksons Superkräften: Menschen dazu zu bringen, ihm jeden Gedanken zu erzählen, der ihnen in den Sinn kommt. Ich bin noch nie so aufrichtig mit jemandem in meinem Leben gewesen. Ich habe eine Million Lügen erzählt, aber ein bisschen Trost nach einer Panikattacke und mein ganzes Training ist einfach weg gewesen. Mein Papa würde mir einen Vortrag halten –wenn er noch am Leben wäre.

Stu sortiert ein paar Papiere und schiebt eins zu Mr. King. „Hier ist ihr Lebenslauf", sagt er. „Sie können sehen, ihre Qualifikationen sind sehr beeindruckend."

Stu hat meinen Lebenslauf definitiv überschätzt. Sicher, ich habe mit summa cum laude meinen IS-Uniabschluss in Georgetown gemacht – nachdem ich sie überzeugt habe, an all meinen Kursen online teilnehmen zu dürfen –, aber meine Berufserfahrung besteht darin, Codes für die Gaming-Firma zu schreiben, in der ich derzeit arbeite. Zumindest die einzige Berufserfahrung, die legal ist. Es gibt viele Sachen, die ich nicht erwähnen kann. Das Ergebnis: Ich sehe auf Papier nicht so beeindruckend aus.

„Ihre Professoren haben ihr alle begeisterte Empfehlungen gegeben", fährt er fort und wirkt ein wenig nervös.

Aber nicht halb so aufgeregt wie ich. Es hilft nicht, dass Jackson King mich so ansieht, als ob er all meine Lebensgeheimnisse kennt. Das ist ein erschreckender Gedanke.

„Wollen Sie anfangen?", fragt Luis King.

King lehnt sich im Stuhl zurück und kreuzt seine langen, eleganten Beine. Verdammt. Ich habe seine Bilder immer online angesabbert, aber er ist live noch attraktiver. Fotos werden ihm einfach nicht gerecht – nicht einmal in der Ausgabe vom *Time Magazine*, als er als „Mann des Jahres" ausgezeichnet wurde für die Lösung des weltweiten Problems mit dem Kreditkartenbetrug. Nichts über ihn verrät eigentlich, dass er ein Geek ist. Mit dicken, dunklen Haaren, die lang und struppig sind, einem eckigen Kiefer und jadegrünen Augen sieht er wild aus. Er strahlt auch einen Hauch von Gefahr aus, seine Macht wird kaum zurückgehalten durch seinen teuren Anzug.

Er erwidert meinen Blick, sein Gesicht ist eine unergründliche Maske. „Was wissen Sie über Infosec, Kylie?"

Ich verschränke meine Finger auf dem Tisch. Kein Grund, nervös zu sein. Ich habe jede Chance vertan, diesen Job zu bekommen, als ich ihn im Aufzug einen perversen Soziopathen genannt habe. Er will wahrscheinlich nur Rache und mich im unangenehmsten Bewerbungsgespräch der Weltgeschichte leiden lassen, weil das seine bevorzugte Art der Folter ist.

Scheiß drauf. Ich bekomme diesen Job eh nicht. Warum bleiben und leiden?

Ich drücke meinen Stuhl zurück und stehe auf. „Wissen Sie, ich glaube, das hier ist keine gute Idee."

Stu springt auf die Füße und sieht wütend aus. „Warum nicht? Warten Sie nur eine Minute."

„Es tut mir leid, Ihre Zeit verschwendet zu haben."

Stu tritt zwischen mich und die Tür, als würde er mich nicht gehen lassen. Sein Job muss in Gefahr sein, wenn er diese Stelle nicht besetzen kann. *Nicht mein Problem, Kumpel.* Was wird er tun, mich niedertackeln, wenn ich abhaue?

„Ich denke, ich habe diese Chance schon im Aufzug versaut. Also werde ich mich einfach selbst rauslassen. Danke –"

„Setzen Sie sich, Miss McDaniel", befiehlt King; seine tiefe, widerhallende Stimme klingt wie Stahl.

Ich halte an. Verdammt, er ist sogar noch heißer, wenn er streng ist. Wie im Aufzug reagiert mein Körper, die Brustwarzen werden hart, meine Muschi feucht.

Seine Nasenlöcher weiten sich, als könne er es riechen. Aber das ist lächerlich. Er sitzt immer noch, aber es ist keine Frage, wer die Macht im Raum hat.

Ich greife nach meinem Stuhl, ein bisschen wackelig.

Und nicht nur wegen meiner Absätze. „Ja, Sir." Ich sinke wieder auf den Stuhl.

„Danke. Ich habe Ihnen eine Frage gestellt und ich erwarte eine Antwort."

Verdammt, dieser Mann. Er ist entschlossen, mich leiden zu lassen. Ich reibe meinen Daumennagel mit meinem Zeigefinger, dann lasse ich meine Hände auf meinen Schoß fallen, um nicht noch mehr zu zappeln.

„Mr. King, ich entschuldige mich für die Dinge, die ich über Sie im Aufzug gesagt habe – ich war sehr unhöflich und ... respektlos."

Kings Ausdruck verändert sich nicht. Er beobachtet mich mit dieser kühlen Abschätzung. „Beantworten Sie die Frage."

Okaaay. Er scheint meine Entschuldigung wohl zu ignorieren. Ich würde mich mit Sarkasmus wehren, aber ich habe mir selbst versprochen, diesen herunterzuschlucken. „Mein Wissen über Infosec ist hauptsächlich praktisch. Sie werden es nicht in meinem Lebenslauf sehen, aber ich kenne alle Bereiche der Sicherheit – wie man Schwachstellen einschätzt, wie man Codes maskiert. Kein Code ist undurchdringlich, außer vielleicht Ihrer."

„Wie lange würde es dauern, bis Sie das Gmail-Konto eines durchschnittlichen Kerls gehackt haben?"

Ich lasse ein winziges Grinsen über meine Lippen. „Das wäre illegal, Mr. King."

„Also wissen Sie, wie man hackt, oder nicht?"

Er weiß es. Das ist mein erster Gedanke. Ich rutsche in meinem Stuhl herum. Er hat herausgefunden, dass ich Catgirl bin. *Nein, das ist albern.* Alle Infosec-Profis wissen wahrscheinlich, wie man hackt. Vielleicht ist es eine Voraussetzung. Wie die Haussicherheitsfirmen, die Einbrecher einstellen, um ihre Systeme zu verbessern.

Nicht, dass ein Sicherheitssystem – physisch oder virtuell – jemals in der Lage gewesen ist, mich aussperren zu können. Obwohl meine Fähigkeiten vielleicht etwas verrostet sind. Meine Einbruchskarriere ist mit dem Tod meines Vaters gestorben.

„Wenn ich wüsste, wie man hackt, Mr. King, würde ich es sicherlich nicht hier zugeben und deshalb werden Sie es auch nicht auf Papier sehen. Aber wenn ich theoretisch das Gmail-Konto eines durchschnittlichen Kerls hacken wollte, könnte es zehn bis zwanzig Minuten dauern."

Stu schenkt ihm ein schmales Lächeln. „Wir haben eine Reihe an Tests, die wir Miss McDaniel nach dem Gespräch geben werden." Er schenkt mir wieder seine volle Aufmerksamkeit. „Warum erzählen Sie uns nicht von Ihrer Programmiererfahrung?"

King sieht so gelangweilt aus, wie ich mich fühle, während ich meine Programmierleistungen herunterrassle. Luis fühlt mir auf den Zahn mit allen gängigen Arten von Bewerbungsfragen: Arbeite ich gut unter Druck? In einem Team? Bin ich bereit, nachts und Überstunden zu arbeiten, wenn nötig? Wie finde ich es, von Phoenix nach Tucson zu ziehen?

Ich antworte automatisch und studiere Jackson King dabei, ohne es offensichtlich zu machen. Er hat keine andere Frage gestellt. Was denkt er? Ist er immer noch wütend über das, was ich im Aufzug gesagt habe?

„Haben Sie Fragen an uns?", fragt Luis.

„Wie viele Kandidaten werden für die Stelle eingeladen?"

Stu wühlt für die Antwort durch seine Papiere, weil die anderen beiden Männer zu ihm gucken. „Drei."

„Wann schätzen Sie, dass ich etwas von Ihnen höre?"

Wahrscheinlich ein bisschen anmaßend, aber Anmaßung ist alles, was ich noch habe.

„In ein paar Tagen. Wir sprechen heute mit allen."

„Dann reparieren Sie wohl besser den Aufzug", stichle ich, meine Stimme entspannter, als ich mich fühle.

Stu steht auf. „Wenn Sie mir jetzt bitte folgen, dann bringe ich Sie in ein Büro für den Test."

Gott sei Dank. Tests, die ich bewältigen kann. Ich wage es nicht, King anzuschauen, als ich aufstehe, meine Wangen brennen noch immer rot. Ich senke meinen Kopf und folge Stu. Als ich zur Tür komme, riskiere ich einen Blick.

King schaut mich an und seine Lippen ziehen sich an den Mundwinkeln hoch.

Sadist. Er hat es genossen, mich stammeln zu lassen.

~.~

Jackson

ICH BEOBACHTE, wie Kylies langen, muskulösen Unterschenkel aus dem Raum stolzieren, ihr Arsch ist eine perfekte Herzform in dem kurzen, enganliegenden Rock. Mein Wolf dreht immer noch durch, knurrt, um herauszukommen. Ich habe ihn noch nie so außer Kontrolle geraten lassen, besonders nicht im Büro. Aber es hat noch nie eine Versuchung wie Kylie gegeben.

Ich zwinge meine Gedanken zurück zum Geschäft. Zumindest die Teile des Geschäfts, die sie betreffen.

„Ich möchte die Ergebnisse ihrer Tests an mich gesendet bekommen."

Luis nickt mit dem Kopf. „Natürlich. Werden Sie heute bei allen Interviews dabei sein?"

„Nein." Luis will wahrscheinlich, dass ich es weiter ausführe oder mich selbst erkläre, aber er wird nicht drängen. Jeder weiß, dass ich ein Minimalist bin, wenn es um Unterhaltung geht.

„Darf ich fragen ... was sie im Aufzug gesagt hat?"

Ich zucke mit den Schultern. „Sie hat mich beleidigt. Es ist in Ordnung. Ich bin mir sicher, die meisten meiner Mitarbeiter haben hinter meinem Rücken ähnliche oder schlimmere Dinge über mich gesagt."

Luis spielt mit seiner Kaffeetasse auf dem Tisch, zu diplomatisch, um zuzustimmen. „Was denken Sie über sie?"

„Sie ist schlau, das ist offensichtlich. Ihr Lebenslauf ist nicht so beeindruckend. Wie hat Stu gesagt, dass er sie gefunden hat?"

„Durch die Headhunterin."

„Ich frage mich, warum die Headhunterin dachte, sie würde gut passen, wenn sie keine Infosec-Erfahrung in ihrem Lebenslauf hat."

„Sie ist auf jeden Fall eine Hackerin."

„Offensichtlich. Aber woher wusste die Headhunterin das?"

Luis klopft mit seinem Pappbecher auf den Tisch. „Gute Frage. Soll ich das herausfinden?"

„Ja. Und besorgen Sie mir ihre Testergebnisse."

„Also hat sie Ihnen gefallen?"

Niemand, der so heiß ist, sollte so asozial sein.

Sie denkt, ich bin heiß. Ja, ich habe es schon mal gehört, aber es hat mich nie interessiert, was Menschen über mein Aussehen denken. Alle Gestaltenwandler – nun ja, eigentlich alle Paranormalen – sind schöner als Menschen. Zumindest habe ich das gedacht, bis ich Kylie kennengelernt habe.

„Ich fand sie ..." *Fickbar? Berauschend? Bezaubernd auf eine*

Taffes-Mädel-Art-und-Weise? Richtig ... das Taffe-Mädels-Ding ist eine Alpha-Eigenschaft. Wenn Kylie ein Wandlerin wäre, würde sie die Weibchen des Rudels anführen. Sie hatte alle Qualitäten einer Spitzenfrau.

Luis wartet auf meine Antwort. Was zum Teufel soll ich nur sagen? *Ihr Duft macht mich süchtig. Mein Wolf will sie beanspruchen.*

„Interessant. Ich fand sie interessant."

Ich stehe auf und will zu Kylie in das Büro schleichen, in das Stu sie gebracht hat, nur um sie beim Arbeiten zu beobachten. Mein Wolf will sie nicht allein mit einem anderen Mann sehen. Und ich mag eine gute Jagd, ganz besonders wenn Kylie meine Beute ist.

~.~

Ginrummy

Er hatte nicht erwartet, dass Kylie so heiß sein würde. Oder gelassen. Brillant, ja. Aber er hatte sich sie eher wie ein Mauerblümchen vorgestellt. Plump. Sozial eher nervös wie er, vielleicht mit Brille mit einem simplen Zopf in den Haaren. Vielleicht mit einem Nasenpiercing. Kein niedlicher Diamant im Nasenloch, sondern eher ein Septum-Bullenring wie eine knallharte Rebellin.

Er vermutet, dass nicht alle Computerfreaks Außenseiter sind, aber nun ja, wer seine ganze Kindheit online und außerhalb der realen Welt verbracht hatte, sollte auch keine Augenweide mit High Heels und saftigen Titten sein. Sollte nicht in der Lage sein, diesem einschüchternden Arschloch Jackson King in die Augen zu schauen und ihr eigenes Bewerbungsgespräch zu führen, als ob sie diejenige wäre, die einstellt.

Jetzt sieht sie gelangweilt aus, als ihre Finger über die Tasten tanzen und die Sicherheitsprobleme lösen, die für sie vorbereitet worden sind.

In gewisser Weise macht dies die Dinge leichter. Sie ist mehr wie Jackson King als er. Verdammt, Kylie – Catgirl – McDaniel ist so was von außerhalb seiner Liga. Sie fälschlicherweise für den Untergang von SeCure zu bezichtigen, würde nicht so sehr schmerzen, wie er es sich vorgestellt hat. Weil sie in seinem Kopf immer seine Cyber-Freundin gewesen ist. Ja, es ist dumm, aber sie ist weiblich und er ist männlich und sie waren Komplizen in der Hacker-Welt gewesen seit ihrer Pubertät, als seine rasenden Hormone nichts anderes als den Namen „Catgirl" brauchten, um einen hochzubekommen.

Sie hatten sich als junge Hacker gemeinsam ihre ersten Sporen verdient, Informationen und ihre Erfolge miteinander geteilt, sich Tipps gegeben und andere beraten. Es war reiner Zufall gewesen, dass er sie gefunden hatte, nachdem sie die letzten acht Jahre verschwunden gewesen war. Aber sie tauchte wieder auf DefCon auf, dem alten, geheimen Hacker-Forum, wo sie immer miteinander interagiert hatten, auf der Suche nach Hilfe beim Knacken des FBI. Natürlich hatte er geholfen.

Er hatte lange nach ihr gesucht. Nicht nur aus Nostalgie, obwohl er neugierig gewesen war. Sie ist perfekt für das, was er braucht. Es gibt sehr wenige Hacker, die den Code von SeCure knacken können. Und er weiß zufällig, dass Catgirl eine von ihnen ist. Sie hat es zuvor geschafft – sogar als Teenager.

Als sie wieder aufgetaucht war, hatte er ihr mit dem FBI geholfen und war ihr dann durch deren Türen gefolgt, um zu sehen, was sie vorgehabt hatte. Sie hatte Dateien von drei Personen gelöscht – einem verstorbenen Ehepaar und ihrer Tochter; Einbrecher, die dafür bekannt gewesen waren, Selbstjustiz zu üben und von den Korrupten zu stehlen. Sie hatte auch Beweise zu einem anderen Verbrecher hinzugefügt, einschließlich Tipps zu seinem Aufenthaltsort. Durch das Herumgraben hatte er genügend Beweise gesammelt, um zu vermuten, dass sie die Tochter des Einbrecher-Teams gewesen ist. Es passte zu den Fragen, die sie Jahre zuvor gestellt hatte – über Sicherheitssysteme und Safes. Nach den wenigen Informationen des FBIs hatte der Verbrecher, den sie zur Verhaftung gebracht hatte, wahrscheinlich ihren Vater während eines Jobs ermordet.

Danach war es schwierig gewesen, aber er hatte schließlich doch ihre IP-Adresse gefunden, und dann hatte es nur die Headhunterin gebraucht, um sie für einen Job bei SeCure anzuwerben. Stellt euch seine Überraschung vor, als er herausgefunden hat, dass sie nur zwei Stunden entfernt von Phoenix lebt.

Er beobachtet sie jetzt, ihr glänzendes Haar hinter ihr Ohr gesteckt, sie rast nur so durch die dummen Tests, die sie für sie erstellt haben. Oh, das sind echte Tests – sie wären eine Herausforderung für jeden anderen gewesen, aber er weiß, dass sie diese mit Bravour bestehen wird.

Wenn dieser verdammte Stromausfall sie nicht mit Jackson King zusammengebracht hätte, wäre sie sicherlich eingestellt worden. Aber es klingt, als hätte sie etwas gesagt oder getan, um den CEO zu verärgern. Er hofft, dass King ihn nicht davon abhalten würde, sie einzustellen.

~.~

Kylie

. . .

Ich drücke die Tür zum Haus auf, das ich mit meiner Großmutter teile. Meine Beine sind nach der zweistündigen Fahrt zurück nach Phoenix steif und ich möchte diese Absätze loswerden. „Mémé, bist du zu Hause?"

Meine Großmutter kommt aus der Küche, ihr Gesicht verzieht sich in ein Grinsen. „Minette!" Mein Spitzname *Minette* ist das französische Wort für *Kätzchen*. Meine Eltern haben damit angefangen. Meine Mutter ist Französin gewesen – Papa hat sie getroffen, während sie als Team an einem Kunstraub in Arles gearbeitet haben. Es ist Liebe auf den ersten Blick gewesen, so wie er die Geschichte erzählt hat.

„Nun, wie ist es gelaufen?" Mémé spricht immer auf Französisch mit mir und ich antworte immer auf Englisch. Ich spreche fünf Sprachen fließend und Französisch ist eine davon, aber zu Hause bin ich faul. Oder vielleicht ist es ein Teil meines Versuchs, normal zu sein.

Ich lasse mich in einen Stuhl am Küchentisch sinken und ziehe die bösen schwarzen Lackleder-High-Heels aus. Was für eine schlechte Wahl die gewesen sind.

Mémé setzt sich neben mich. „Ich warte."

Ich schnaube verächtlich. „Nicht gut. Eigentlich habe ich es vermasselt. Aber so was von, Mémé. Der Strom fiel aus, als ich im Aufzug war."

„Nein." Mémé keucht übertrieben und bedeckt ihren Mund auf die lebhafte Weise, die nur Menschen ihrer Generation noch nutzen. Mémé weiß über meine Klaustrophobie Bescheid. Sie kann wahrscheinlich den Ursprung davon erraten, obwohl wir nie über den Beruf meiner Eltern oder meine früheren illegalen Aktivitäten sprechen.

„Und ich saß dort mit Jackson King fest – *dem* Jackson King."

Mémés Gesicht bleibt reglos.

„Er ist der Gründer von SeCure. Aber ich wusste nicht, dass er es war – es war dunkel. Und ich habe ein paar nicht so schmeichelhafte Dinge über ihn gesagt."

Mémé schaut mich mitleidig an. „Ah. Schade, *ma petite fille.*" Sie klopft mir auf die Schulter und steht auf. „Es tut mir leid. Ich hole dir etwas Suppe."

Natürlich. Weil Essen alles heilt, nicht wahr? Mémés Kochen ist so gut wie Therapie. Sie ist nach dem Tod meines Vaters eingezogen und für ein paar Monate sind ihre Crêpes der einzige Grund gewesen, warum ich aus dem Bett gekommen bin.

Mémé geht zum Herd und schöpft die heiße Brühe in eine Schüssel. Das heutige Essen ist französische Zwiebelsuppe, mein Favorit. Mémé serviert die köstliche braune Brühe mit Baguette und Schweizer Käse.

„Vorsicht, es ist heiß."

Ich grinse hoch zu Mémé. Nachdem *Maman* gestorben ist, habe ich meine ganze Kindheit damit verbracht, mich um meinen Vater zu kümmern – und versucht, ihn vor dem Gefängnis zu bewahren, während er Robin Hood gespielt und den Reichen die Ungerechtigkeiten der Welt gestohlen hat. Nach all den Jahren ist es schön, sich von Mémé verwöhnen zu lassen. Obwohl sie hart ist, wenn sie es sein muss. Ich hätte die Universität nicht beendet, wenn sie mich nicht überzeugt hätte. Ich habe immer Onlinekurse gemacht – nur aus Spaß. Aber sie hat darauf bestanden, dass ich mich richtig bei derselben Uni für Kurse einschreibe und einen Abschluss machte. Sich das Diplom zu holen und sich in die reale Welt zu begeben, auch wenn es unter einer falschen Identität ist. Trotzdem habe ich es getan.

Aber ich habe immer noch kaum ein soziales Leben. Ich bin es zu sehr gewohnt, eine Einzelgängerin zu sein, meine Geheimnisse zu verbergen. Nach dem, was passiert ist – nach meinem Vater ... *Mein Gott.* Ich kann immer noch nicht darüber nachdenken ohne brennenden Schmerz in meiner Brust. Sein *Mord.* Sein Verrat und kaltblütiger verdammter Mord. Ja. Danach habe ich mit allen illegalen Aktivitäten aufgehört. Ich habe unsere Identitäten gelöscht, auch wenn Papa und ich niemals auf dem Radar der Behörden gewesen sind. Ich bin rechtmäßig geworden. Obwohl Papas Mörder nach mir gesucht hat, habe ich mich in aller Öffentlichkeit als gewöhnliche amerikanische Bürgerin versteckt.

Die Überfälle sind sowieso das Ding meiner Eltern gewesen. Sie sind regelrecht wie Bonnie und Clyde gewesen. Aber Mama ist bei einem Autounfall gestorben, als ich acht gewesen bin, also bin ich Papas neue Partnerin geworden. Ich habe mich geweigert, seine Seite zu verlassen, obwohl er es vorgezogen hätte, dass ich sicher in einem Internat oder bei Mémé in Paris sitze. Aber seine Rächer-Diebstähle sind nicht meine Berufung gewesen. Ich habe nur gerne gehackt.

So hat mich Mémé dazu überredet, meinen jetzigen Job bei der Gamingfirma anzunehmen. Aber ich bin kaum an die reale Welt gebunden. Ich verlasse selten das Haus. Ich date nicht oder habe enge Freunde. In gewisser Weise bin ich immer noch Catgirl und lauere im Schatten.

Vielleicht hat mich die Aufzugsbegegnung deshalb so sehr umgehauen. Ich bin noch nie von einem Mann berührt worden, geschweige denn von einer Sahneschnitte wie Jackson King. Erschreckend, wie leicht er meine Schutzmauern durchbrochen hat.

Mein Handy summt und ich nehme meine Handtasche, um danach zu stöbern. Eine SeCure-Nummer. „Hallo?“

„Hallo, Kylie, hier ist Stu von SeCure.“

„Hi, Stu.“ *Genial, wirklich genial.*

„Ich rufe an, um Ihnen mitzuteilen, dass wir von Ihren Fähigkeiten beeindruckt waren und wir Ihnen den Job anbieten möchten.“

„Wirklich?“ Ein Teil von mir will meine Faust vor Triumph in die Luft recken. Ich habe den schlechtesten ersten Eindruck aller Zeiten abgeliefert und hab immer noch ein Angebot bekommen. *Nimm das,* Bewerbungsgespräche für Dummies.

Der Rest von mir ist skeptisch.

„Es gibt kein zweites Gespräch oder Ähnliches?“

„Nein. Sie erzielten 100 Prozent im Test und das Management mochte Sie.“

„Management?“ Er kann nicht King meinen.

„Ja, Luis ist der Meinung, Sie seien großartig. Also wird die Personalabteilung Sie mit dem echten Angebot anrufen, aber ich habe die Erlaubnis, mit Ihnen über Gehalt zu sprechen. Wir bieten einhundertfünfunddreißigtausend Dollar plus Umzugskosten. Volle Kranken- und Zahnversicherung, Gewinnbeteiligung und Aktienoptionen ergänzen das Gehaltspaket um ein weiteres Drittel.“

Äh ... wow. Ich lächle Mémé an und nicke. Das sind fünfzigtausend mehr, als ich im Moment verdiene, und ich hätte nie erwartet, dass sie die Rechnung für den Umzug bezahlen würden. *Wahrscheinlich zu gut, um wahr zu sein.* Aber ich kann es nicht ablehnen. „Danke, das klingt großartig.“

„Sie werden das Angebot also annehmen?“ Er klingt begeistert.

Ich sollte mich rarmachen, aber scheiß drauf. „Ja. Absolut. Ich bin begeistert."

„Toll. HR schickt Ihnen morgen ein schriftliches Angebot. Wie schnell können Sie anfangen?"

„Ich weiß nicht ... In einem Monat?"

„Ich hatte auf in zwei Wochen gehofft", sagt Stu.

„Wirklich? Das ist ziemlich schnell."

„Wir zahlen für den Umzug, das wird den Umzug für Sie vereinfachen."

„Sind zwei Wochen Voraussetzung für den Job?"

„Ja."

„Dann werde ich da sein", sage ich.

„Super. Wir machen morgen den Papierkram fertig. Willkommen im Team."

Ich hänge auf und strahle Grandmere an. „Ich hab den Job!"

Mémé wirft ihre Arme um mich und küsst meine Stirn. „Das ist wunderbar! Herzlichen Glückwunsch."

Ich akzeptiere die Umarmung und frage mich, was King von meiner Anstellung hält. Zumindest hat er kein Veto eingelegt. Das sollte mich nicht so sehr freuen.

KAPITEL 2

J*ackson*

Ich spüre den Moment, als Kylie das Gebäude betritt. Selbst wenn ich nicht gewusst hätte, dass es ihr erster Tag bei SeCure ist, hätte ich ihre Anwesenheit nicht verpassen können. Meine Wolfssinne prickeln. Ein Knurren bildet sich in meinem Hals. Als ich es runterschlucke, bewege ich mich von meinem Schreibtisch zu den Wand-zu-Wand-Fenstern und starre auf das Catalina-Vorgebirge. Mein Kragen ist plötzlich zu eng. Ich will mir meine Kleidung vom Leib reißen und meine Wolfsform annehmen. Ich will rennen. Heulen. Jagen.

Als Tucson SeCure umworben hat, unser Hauptquartier in die Stadt zu verlegen, habe ich den harten Geschäftsmann gemimt und auf Steuervorteile und neue Straßen für den vorgeschlagenen Standort gedrängt. Aber in Wahrheit hat es nichts zu überlegen gegeben. Tucson ist perfekt für einen Wandler – eingebettet zwischen drei Bergketten und mit einer Bevölkerung von nur einer Million gewährt die Stadt mir sowohl schnellen Zugang zur Wildnis als auch alle Vorteile fürs Geschäft. Hochkarätige Mitarbeiter anzuziehen, ist nicht schwer gewesen – die meisten Profis sind begeistert gewesen, in die Wüste zu ziehen trotz der heißen Sommer.

Ich habe das Hauptquartier am Fuße der Berge gebaut. Meine eigene Villa schmiegt sich auch in den vorderen Bereich der Catalinas ein, so dass ich jederzeit rennen und jagen kann.

Ich schreite vor den Fenstern hin und her, meine Haut kribbelt. Ich denke tatsächlich darüber nach, mich am helllichten Tag zu verwandeln. Mein Wolf will raus. Er will jagen, töten. Oder ficken.

Mein.

Ja, mein Wolf will diesen heißen kleinen Menschen im sechsten Stock ficken. Wenn ich schlau wäre, würde ich von ihr fernbleiben. Aber ich habe nicht mit meinem Gehirn gedacht, als ich empfohlen habe, sie überhaupt einzustellen.

Ich kann Kylie nicht aus meinem Kopf kriegen. In den letzten zwei Wochen kommt ihr Duft nachts zu mir. Ich sehe sie in meinen Träumen. Die Erinnerung an ihre langen Beine und Fledermaustitten macht mich jedes Mal hart.

Wie kann ein Mensch so attraktiv sein?

Ein Klopfen an meiner Tür. „Mr. King? Ihr Neun-Uhr-Termin ist hier."

Mit einem Seufzer setze ich mich an meinen Schreibtisch. „Schicken Sie ihn rein." Mehr Geschäftsscheiße zu bewältigen. Kylie wird warten müssen.

~.~

Jackson

Ich zwinge mich, bis elf Uhr zu warten. Bis dahin zuckt mein ganzer Körper vor Anstrengung, um meinem Instinkt zu widerstehen. Auf meine Füße springend, trete ich aus meinem Büro, vorbei am Schreibtisch meiner Sekretärin.

Sie sieht überrascht aus. „Ihr Elf-Uhr-Termin wartet, Mr. King." Sie hat es mir schon einmal gesagt und ich habe um eine Minute Zeit gebeten.

„Ja, ich weiß. Ich bin in fünf Minuten zurück." Oder zehn. Oder wie lange es auch immer dauert, bis ich mein kleines Batgirl gegen die Wand drücken und sie besinnungslos ficken kann.

Ich drücke meinen Wolf wieder runter. Das ist eine schlechte Idee. Sie ist menschlich. Wunderschön. Zerbrechlich. Verletzlich. Ich würde ihr bestenfalls blaue Flecken bereiten. Schlimmstenfalls ... würde ich sie brechen.

Aber ich muss sie sehen.

Ich nehme den Aufzug in den sechsten Stock – die Erinnerung, sie berührt zu haben, macht meinen Schwanz noch härter. Gott sei Dank haben wir durchs Schicksal zusammen festgesteckt. Dem Schicksal sei Dank ist mir erst klar gewesen, wie ihr Geruch mich gerufen hat, nachdem wir den geschlossenen Raum verlassen haben. Nur Jahre der Kontrolle haben meinen Wolf davon abgehalten, sie dort zu nehmen und in Anspruch zu nehmen. Kontrolle, und so verdammt verwirrt zu sein.

So habe ich mich noch nie gefühlt. Ich sollte mich nicht so fühlen. Vor allem nicht wegen eines Menschen.

Ich streife durch den Flur und ignoriere die Art und Weise, wie alle Gespräche der Mitarbeiter sterben, wenn sie mich sehen. An den meisten Tagen begrüße ich ihre Nervosität. Es befriedigt das Raubtier in mir. Heute habe ich eine andere Beute.

Ich muss nicht fragen, wo meine kleine Hackerin sich aufhält. Ihr Duft hinterlässt Spuren. Vanille und Gewürze und ein Aroma, das ich nicht erkenne.

Meine Jagd endet in einem winzigen, fensterlosen Büro. Kylie sitzt vor ihrem Computerbildschirm mit einer Kaffeetasse an den Lippen.

Obwohl ich keinen Lärm mache – Gestaltenwandler treten viel leiser als Menschen auf – dreht sie ihren Kopf in meine Richtung, bevor ich durch die Tür trete, und blinzelt, als ob sie nicht glaubt, dass ich echt bin.

„Mr. King." Sie dreht sich mit ihrem Stuhl um, steht aber nicht auf. Mein Wolf mag es, dass sie ihre Angst vor mir verloren hat. Sie kreuzt ihre langen, nackten Beine und ich danke dem Schicksal, dass sie einen weiteren kurzen Rock trägt. „Oder sollte ich Sie J. T. nennen?"

Also ist sie immer noch verärgert über meine kleine Täuschung. Ihre Stimme enthält eine Note der Verachtung, die kein anderer Angestellter benutzen würde, und verdammt noch mal, sie lässt meinen Schwanz zucken.

Der Anblick von ihr begeistert mich, aber ich erlaube mir nur ein kleines Grinsen. „Das darfst du."

Ihr Blick schweift zur Tür hinter mir und nur weil ich zum Teil Wolf bin, erkenne ich unter dem Selbstvertrauen die unterdrückte Art eines gefangenen Tiers. Als ob es sie stört, dass der einzige Ausgang blockiert ist. Muss Teil ihrer Klaustrophobie sein. Ich trete ins Büro und weg von der Tür, um ihr einen ungehinderten Ausgang zu ermöglichen, und sie entspannt sich.

Ich lehne mich gegen die Wand und kreuze meine Arme über der Brust. Mein Wolf möchte, dass ich meine Muskeln anspanne und rausrenne, um zu jagen und ihr ein Kaninchen zum Mittagessen zurückzubringen. *Runter, Junge.*

Ihr Duft trifft mich hart und löst das Kribbeln der Wandlung auf. Ich hoffe, meine Augen haben sich nicht verändert.

Sie zieht eine Augenbraue hoch. „Ist das der Name, den du benutzt?"

„Nein."

Sie setzt ihre Kaffeetasse ab und steht auf. Der Rock schmiegt sich eng an ihren Körper und ihre Absätze lassen die Muskeln ihren Waden deutlich hervorstehen. Ein verblasstes Spiderman-T-Shirt erstreckt sich über ihre Brust. Dieses Mädchen hat einen Superhelden-Fetisch.

Schade, dass ich der Bösewicht bin. Ich will das T-Shirt hochreißen und meine Zunge vom flachen Bauch zu den kecken Titten hochwandern lassen.

„Hör zu, ich möchte mich noch einmal für das entschuldigen, was ich gesagt habe. Ich habe nichts davon so gemeint. Ich war einfach ... eifersüchtig." Sie klingt aufrichtig.

Ich habe keine weitere Entschuldigung erwartet. Die Haltung ihrer Schultern verrät, dass sie in der Defensive ist, aber die Weichheit in ihrem Gesicht und in der Stimme sagt mir, dass sie eigentlich versucht, nett zu sein. Was ... erfrischend ist. Meine Angestellten, Geschäftskollegen, verdammt noch mal, jeder in meinem Leben saugt mich entweder aus oder redet hinter meinem Rücken schlecht über mich. Oder beides. Nur andere Gestaltenwandler sind aufrichtig, allerdings mögen mich die Arizonarudel nicht. Was meine eigene Schuld ist.

„Eifersüchtig auf was?"

Sie zuckt mit den Schultern. „Dein Gehirn, schätze ich."

Eine weitere Überraschung. Die meisten Menschen sind neidisch auf meinen Erfolg, mein Geld, meine Macht. Sie scheinen zu denken, dass ich es nicht verdient habe. Ich habe Glück gehabt. „Wenn du in meinen Kopf kommen könntest, würdest du nicht viel finden, was wertvoll genug ist, um es zu behalten", sage ich. Nur ein Leben voller Schuldgefühle. Jeder Therapeut würde meinen obsessiven Karrieretrieb als Ausgleich deuten. Und wenn Psychotherapeuten wüssten, was ich getan habe, um meinen Selbsthass zu verdienen, würden sie mich einsperren. Aber mein Fehler kann nicht rückgängig gemacht werden. Meine Mutter kann nicht von den Toten zurückgebracht werden und der Tod meines Stiefvaters ist dennoch zu spät gekommen.

Kylie studiert mich.

Was sieht sie? Einen riesigen, ungeschickten Geek? Einen gruseligen Typ? Oder sieht sie den Wolf in meinen Augen, das Raubtier, das sie auf ihre Hände und Knie geleiten und sie besinnungslos ficken will?

„Du magst meinen Code." Meine Stimme ist heiser, kehlig, so nah dran am Wandel.

„Ja, das tue ich." Sie schenkt mir ein langsames, sinnliches Lächeln, als ob über Code zu sprechen unser Vorspiel ist. Ihre Zähne sind perfekt und weiß, die Lippen prall und glänzend. „Deine Augen sind heller, als ich mich erinnere."

Scheiße.

Ich blinzele schnell und zwinge den Wandel zurück. „Sie verändern sich." *Keine Lüge.* „Ich arbeite an einer neuen Sprache." Herrgott, das war wirklich Geek-Talk. Als

Nächstes erzähle ich ihr eine meiner „Einmal im Ferienlager …"-Geschichten.

Ihre Augen leuchten auf und sie bewegt sich vorwärts, dringt in meinen persönlichen Bereich ein. Ihr Körper ist straff und langbeinig, aber ihre Titten und ihr Arsch würden perfekt in meine Hände passen.

„Ich möchte, dass du sie für mich testest."

Oh, verdammt noch mal – was zum Teufel mache ich? Ich habe nie jemanden meine Arbeit sehen lassen, vor allem keine brandneuen Mitarbeiter, von denen ich nichts weiß.

Sie lehnt sich näher zu mir. „Das würde ich liebend gerne tun."

Sind ihre Nippel hart?

„Du müsstest es als Überstunden machen. Ich weiß, dass Stu andere Arbeit für dich hat."

„Na klar, super." Sie ist anscheinend nicht von Überstunden entmutigt. Auf jeden Fall ein richtiger Geek.

„Mein Büro, 18 Uhr." *Klingt nach einem Date.* Es muss sich auch so für sie angehört haben, weil der Duft weiblicher Erregung meine Nase erreicht.

Ich balle meine Fäuste und drückte meine stumpfen Fingernägel in meine Handflächen, um ihren Körper nicht an meinen eigenen zu ziehen. Ich stelle sie mir nackt vor, auf meinem Schreibtisch mit gespreizten Beinen.

Nein. Nein, nein, nein. Es kann nicht passieren. Einige Wölfe können Sex mit Menschen haben, kein Problem, aber sie haben nicht den Drang, sich mit einem zu *vereinigen*. Ein Mensch würde – sollte – nicht den Drang auslösen, sie dauerhaft mit meinem Duft zu markieren. Aber es scheint, dass dieser es tut. Und das macht es unmöglich, sie zu ficken. Weil ich sie nicht ohne schwere Verletzungen oder dem Tod markieren kann.

Ihre beerigen Lippen teilen sich, als wartet sie auf einen Kuss.

Ich trete vorwärts.

„Hast du mir verziehen?" Ihre Whiskeystimme dringt direkt zu meinem Schwanz.

Ich fessle sie mit einem kühlen Blick. „Wir werden sehen."

Der Duft ihres Nektars wird stärker. Sie mag meine Autorität.

Ich gehe, bevor ich ihren Rock hochschiebe, ihr Höschen wegreiße und meine Zunge in ihr vergrabe.

Es wird nicht passieren. Kann. Nicht. Passieren.

Ich gehe weg, mein Körper angespannt. Mein Wolf will entfesselt werden.

Vielleicht muss ich raus. Ich benutze mein Handy, um meine Sekretärin anzurufen. „Vanessa, streich meinen Termin. Ich gehe aus."

~.~

Kylie

Heilige Sexbälle, Batman. Jackson King steht auf mich. Warum sonst würde er hier auftauchen, total knurrig und heiß, und mich in sein Büro einladen?

Er will mir seinen *Code* zeigen. Nennen die Kinder das heutzutage so?

Vielleicht ist er nur nett und will seinen ersten Eindruck wiedergutmachen. Vielleicht will er mich, eine neue Mitarbeiterin, an meinem ersten Tag nur beruhigen. Mir ein Friedensangebot machen. Mit seiner Hose. *Heh.*

Aber nein. Ich bin nicht so ein Mädchen. Ich war noch nie mit einem Kerl zusammen. *Berufsberatung für Dummies* habe ich zwar nicht gelesen, aber ich bin mir ziemlich sicher, dass es keine gute Idee ist, mit meinem Chef zu schlafen.

Selbst, wenn es Jackson King ist ...

Nach ein paar Minuten voll Tagträumerei schüttele ich mich.

Nein, K-K, schimpfe ich mit meiner Libido. *Vermassle das nicht.* Ich habe gerade meinen Traumjob gefunden. Kein Leben mehr voller Verbrechen oder auf der Flucht. Nicht mehr verstecken, die einzige Aufregung in meinem Leben wird sein, zu entdecken, was Mémé zum Mittagessen gemacht hat.

Und Jackson King ist wahrscheinlich ein Aufreißer. Vielleicht gibt es deshalb keine Nachrichten über eine Freundin. Er schläft wahrscheinlich mit seinen Angestellten und bezahlt sie für ihr Schweigen. Arschloch.

Hätte er nur nicht so schöne Augen. Ich hatte gedacht, sie wären grün. Heute sind sie hellblau gewesen.

Ich tippe auf meiner Tastatur und tue beschäftigt, falls Stu mich unterbricht. Obwohl wir per E-Mail oder Chat über das Intranet reden können, kommt er oft in meinem Büro vorbei. Ich habe immer noch nicht herausgefunden, warum er so verrückt gewesen ist, mich einzustellen. Glühende Empfehlungen von Uniprofessoren scheinen mir nicht ausreichend zu sein.

Ich öffne Google, um nach Stu zu suchen, um zu sehen, ob ich mehr erfahren kann, und am Ende gebe ich Jackson Kings Namen ein. Da ist er, wie immer lächelt er nicht, bei einem Fotoshooting für das *Wired Magazin*. Er starrt durch die Kamera hindurch, sein dickes Haar zerzaust und der Kieferangespannt. Sein typischer ‚*Lass mich in Ruhe oder es passiert was*'-Look.

Er bringt mich nur dazu, näherkommen zu wollen.

Nur noch ein paar Stunden, bevor ich seinen *Code sehen kann.* Und ich möchte eigentlich bei ihm sitzen und programmieren, auch wenn das unbezahlte Überstunden bedeutet. Vielleicht beendet das Eintauchen in ein Projekt die Unbeholfenheit zwischen uns. Ich bin im wirklichen Leben schnippisch und bissig, aber online bin ich Catgirl. Erklimme hohe Gebäude mit einem einzigen Sprung. Löse die Probleme der Welt, einen Hack nach dem anderen. Als mein Vater noch am Leben gewesen war, sind wir so viel zwischen seinen Überfällen umgezogen – unfähig, an einem Ort zu bleiben. Der Computer ist mein Zuhause gewesen. Ich habe meine Freunde nicht im Einkaufszentrum getroffen. Ich habe sie online getroffen. Und Codierung – die Zahlen haben einfach Sinn gemacht. Eine Herausforderung und zugleich ein Trost. Als würde man sich unsichtbar machen.

Aus irgendeinem Grund würde Jackson King das verstehen.

Um achtzehn Uhr springe ich aus meinem Stuhl. Mein Herz klopft in einem unbeschwerten Tempo, als ich die Treppe zum achten Stock hochgehe – zur Führungsebene.

Als ich das Treppenhaus verlasse – was schlechte Erinnerungen zurückbringt, aber nicht so schlimm wie der Aufzug –, gehe ich zügig weiter. *Tu so, als gehörst du dazu, und die Leute werden annehmen, dass du es tust.* Mein Vater hatte bessere Ratschläge gegeben, um sich überall perfekt anzupassen, als jedes Geschäftsbuch. Als Dieb hat er es wissen müssen.

Ich gehöre hierher, sage ich mir selbst, als ich zum

Eckbüro gehe. *Zum ersten Mal in meinem Leben gehöre ich dazu.*

Kings Sekretärin packt gerade ein, zieht eine leichte Jacke an und schlingt ihre Handtasche über eine Schulter. Sie ist süß. Und ihre Bluse ist viel zu tief aufgeknöpft.

Heiliges Dekolleté, Robin.

Ich versuche, an ihr vorbeizugehen.

„Entschuldigung? Kann ich Ihnen helfen?"

Ich drehe mich mit einem strahlenden Lächeln um. „Sicher. Ich bin hier, um Mr. King zu sehen."

Die Assistentin schüttelt ihren Kopf und ihre perfekten blonden Locken springen hin und her. „Nein. Er hat keinen Termin mit Ihnen."

„Doch, den hat er. Er bat mich, mir einen Code anzusehen." Ich strecke meine Hand aus und tue mein Bestes, um trotz des frostigen Empfangs freundlich auszusehen. „Ich bin Kylie McDaniel, die neue Infosec-Spezialistin."

Die junge Frau schüttelt wieder ihren Kopf und ignoriert meine Hand. „Nein. Es steht nicht in seinem Terminkalender. Und Mr. King mag es *wirklich nicht*, belästigt zu werden. Ich kann versuchen, einen Termin für Sie zu vereinbaren?" Zweifel tropft nur so aus ihrer Stimme.

Die Tür hinter ihr geht auf. „Miss McDaniel."

Ich hätte es nicht tun sollen. Ich hätte einfach warten können, bis die Frau weggegangen ist, und wäre dann trotzdem reingegangen. Aber etwas in mir schreit nach einem Kampf.

Mit meinen Augen auf das Gesicht der Assistentin geheftet antworte ich: „J. T."

Die Augen der Assistentin weiten sich, bevor sie ihr Gesicht wieder in den Griff bekommt.

Zum Glück scheint meine Über-Vertrautheit Jackson nicht zu verärgern. Er erklärt sich seiner Sekretärin nicht, aber das muss er auch nicht – es ist schließlich seine Firma. Er tritt zurück und gestikuliert ungeduldig in Richtung seines Büros.

Nur beim ihm sieht Autorität so heiß aus.

„Schön, Sie kennenzulernen", sage ich zu der Assistentin, als ich vorbeistolziere.

Sie ignoriert mich. „Soll ich bleiben, Mr. King?"

Nein danke, ich stehe nicht auf Dreier.

„Nein."

Also gibt er anderen auch einsilbige Antworten. Gut zu wissen.

„Okay, guten Abend?", sagt die Sekretärin mit einem Hauch von Verzweiflung in ihrer Stimme.

Ohne ein Wort schließt er die Tür. Es sollte mich nicht so zufriedenstellen, aber das tut es. Und jetzt bin ich allein mit Jackson King.

„Du bist spät dran", knurrt King.

Er hat sein Jackett und seine Krawatte ausgezogen. Sein Kragen ist offen. Seine breiten Schultern füllen das Hemd aus.

„Bin ich in Schwierigkeiten?"

Er antwortet nicht, rollt nur seine Ärmel hoch.

Heilige Hitze, Batman.

„Falls du mich vermisst, bin ich nur zwei Etagen unter dir."

King knurrt als Antwort und schreitet hinter einen großen, massiven Eichentisch mit einem ledernen Stuhl. Ein Rückschritt, denn er sitzt jetzt wieder in seiner Machtposition. Zwei kleinere Stühle stehen vor dem Schreibtisch. Ich lege meine Tasche in einen, aber setze mich nicht hin. Ich bin kein frecher Student, der das Büro des Rektors besucht.

Na, das ist mal eine Fantasie.

Kings Büro ist beeindruckend. Zwei ganze Wände von deckenhohen Fenstern bieten einen atemberaubenden Blick auf das Catalina-Vorgebirge, welches in der untergehenden Sonne rosa und lila leuchtet.

„Deine Sekretärin ist dir gegenüber sehr beschützend. Fickst du sie?“ Hoppla, vielleicht etwas zu unverblümt. Aber falls er eine männliche Schlampe ist, der all seine Mitarbeiter benutzt, will ich es wissen.

„Entschuldigung?“ Die strenge Stimme warnt mich, mich zurückzuhalten. Schade, dass es mich nur mehr erregt.

Ich zucke mit den Schultern. „Sie wirkt eifersüchtig.“

„Also schließt du daraus, dass ich mit ihr im Bett war?“

Mein Gesicht läuft rot an. Wieder einmal sind die ersten Worte aus meinem Mund völlig unangemessen gewesen. Was macht er nur mit mir, dass er meine inneren Gedanken so hervorbringt? In seiner Nähe kann ich mich nicht verstecken.

Er neigt den Kopf zur Seite. „Ich glaube nicht, dass sie der eifersüchtige Typ ist. Was dachtest du, was wir hier oben machen würden, Kylie?“

Ich erzittere, als er meinen Namen sagt.

„Dachtest du, wir würden miteinander schlafen?“

„Nein.“ Meine Lüge ist nicht sehr überzeugend. Ich sollte es wissen. Ich bin zum Lügen ausgebildet worden. „Überhaupt nicht.“

Sein Blick fällt auf meine Brüste und er hebt die Augenbrauen, als ob er seinen Standpunkt untermauern will. Seine Augen sind wieder hellblau – fast silbern. Mémés verändern sich auch so. Manchmal sehen sie schokoladenbraun aus wie meine, manchmal sind sie golden.

Ich schaue nach unten. Meine verdammten Nippel sind

so hart, dass sie durch meinen BH und mein T-Shirt zu sehen sind.

Verdammt.

Ich kreuze meine Arme über der Brust, um sie zu verstecken. „Schau, wir sind beide erwachsen. Du hast mich hierher eingeladen. Zeig mir, was du mir zeigen wolltest, und ich sage dir, was ich denke."

„Du denkst, du bist bereit?"

Ich schlendere zu seinem Schreibtisch, platziere meine Hände darauf und lehne mich darüber. „King, ich bin schon mein ganzes Leben für dich bereit."

Für einen Moment betrachtet mich King. Er dreht sich um und steht mir gegenüber. Er wirkt größer, breiter. Seine Augen brennen eisblau mit einem schwarzen Rand um sie herum.

Ein Moschusduft überschwemmt mich, würzig und männlich. Mein Puls nimmt zu, als ich ein schwaches Knurren höre. Es kommt von King.

Ich richte mich auf. „Alles in Ordnung mit dir? Du scheinst –"

„Das hier wird nicht funktionieren."

„Was?", würge ich hervor, als hätte er mir in den Bauch geschlagen.

Er schließt seine Augen, öffnet sie wieder und bringt sich mit sichtbarer Anstrengung unter Kontrolle. Ob es Temperament oder Anziehung ist, kann ich nicht sagen. Ich fühle mich taub, als er zurück zur Tür geht, vermutlich um mich rauszuschmeißen.

„Schau mal, es tut mir leid." Ich berühre seinen Arm. Strom fließt durch meine Fingerspitzen. King holt tief Luft. „Ich werde mich benehmen. Ich will wirklich deinen Code sehen."

Er tritt aus meiner Reichweite. „Nein. Das war ein Fehler."

„Gib mir noch eine Chance", flehe ich. „Ich kann mich professionell benehmen, ich schwöre es."

Er dreht sich zu mir und sein Blick trifft mich mit voller Wucht. Seine Augen wandern über meinen Mund, meine Brüste und die Länge meiner nackten Beine. Ein Kribbeln breitet sich in mir aus. „Du vielleicht. Aber ich nicht."

Ich erschaudere wieder. Meine Sinne sind in voller Alarmbereitschaft, Gefahr gepaart mit Aufregung. Da steht ein Raubtier im Raum und es hat mich im Visier.

„Du musst gehen, Kylie."

Aua. Nicht einmal seine sexy Stimme kann die Ablehnung mildern. Ich gehe zurück zur Tür und schlucke. Die Luft im Büro ist elektrisch und lässt die Haare in meinem Nacken aufstehen.

Zwischen uns ist etwas passiert. Etwas, das ich nicht ganz verstehe.

„Es tut mir leid." Ich versuche, mehr zu sagen. „Ich wollte nicht –"

„Ich bin nicht jemand, mit dem du allein sein solltest."

„Was? Ich verstehe das einfach nicht."

„Das hier ist keine gute Idee." Mit gesenktem Kopf und massivem Körper, der von der untergehenden Sonne rot umleuchtet wird, sieht Jackson King aus wie ein Held aus einem Comic, ein Wesen aus einer anderen Welt.

„King", sage ich und mache einen Schritt vorwärts.

Sein Kopf fährt ruckartig hoch und er erdolcht mich fast mit diesem flammenden Blau. „Raus."

Mein Rücken stößt an die Tür und ich drehe den Knopf, will den großen bösen King nicht aus den Augen verlieren. Mit angespannten Muskeln und diesen wachsamen Augen sieht er genauso gefährlich wie sexy aus. Aber ich habe keine Angst. Ich will ihn verführen.

Ich bin verrückt. Ich weiß nichts von Verführung. Diese Gefühle sind verrückt. Ich versuche es noch einmal, ein letztes Mal. „Ich möchte immer noch deinen Code testen. Du könntest ihn mir mailen. Oder so was."

„Nein", sagt er. „Kann ich nicht." Seine Lippen verziehen sich zu einem miserablen Lächeln. „Geh. Jetzt." Seine Stimme wird weicher. „Solange du noch eine Chance hast."

Was bedeutet das? Ich bleibe nicht, um es herauszufinden. Ich schließe die Tür zu fest und sie knallt zu.

„Und bleib draußen", murmele ich, meine Wangen brennen rot.

Zumindest ist seine Sekretärin nicht hier, um meine Demütigung zu erleben.

Während ich weggehe, kommt ein gequältes Geräusch aus Kings Büro. Ein unmenschliches Geräusch. Fast wie ein Heulen.

~.~

Jackson

Ich ziehe meine Klamotten auf dem Parkplatz aus und werfe sie in meinen Kofferraum. Es ist fahrlässig. Es sind immer noch Autos auf dem Parkplatz und es ist noch nicht einmal dunkel, aber ich muss rennen. Der Mond nimmt zu, was meinen Wolf noch aufgeregter macht als üblich. Das ist das Problem. Nicht so eine kluge, berauschende kleine Menschenfrau, die alles so sagt, wie sie es sieht.

Meine Brust bebt mit einem Knurren, wenn ich an die Gefahr denke, in der Kylie ist. Mein Wolf will sie vor allen Bedrohungen beschützen. Aber natürlich bin ich die einzige Bedrohung für sie.

Garrett hat mich gewarnt, dass das passieren könnte. Der Tucson-Alpha ist bekannt für ein strenges Regiment in seinem Rudel. Seine Wölfe sind alle gesund und gut angepasst. Er und ich haben eine schwierige Beziehung – ich bin ein einsamer Wolf am Rande seines Territoriums. Garrett redet mir ständig gut zu. Nicht nur, um seine Führung zu festigen – obwohl er kein guter Alpha wäre, wenn er es nicht versuchen würde –, sondern um mich vor der Mondkrankheit zu retten. Wölfe, besonders große, dominante Wölfe, können verrückt werden, wenn sie zu lange warten, sich eine Gefährtin zu nehmen. Garrett hat mir klargemacht, dass er mich töten wird, wenn ich die Zeichen dafür zeige. Ich habe ihm gesagt, er soll seine besten Kämpfer mitbringen, um sicher zu sein, dass er den Job auch beenden kann.

Ich kann mich nicht um eine Gefährtin kümmern. Zum Teufel, ich will nicht einmal ein Rudel, nicht nachdem mein Geburtsrudel mich verbannt hat. Ich bin ein einsamer Wolf, wäre es zumindest, wenn ich nicht Sam aufgenommen hätte. Aber das ist etwas anderes gewesen. Sam braucht mich, und mein Wolf mag das Kind.

Aber mein Wolf mag Kylie weitaus mehr. Er will, dass ich sie nehme, aber einen Menschen für sich zu markieren, ist gefährlich. Ich kenne die Konsequenzen, wenn ich meiner bestialischen Natur freien Lauf lasse. Menschen werden verletzt.

Das darf Kylie nicht passieren.

Ich schließe meine Augen und lasse mich von der Hitze verzehren. Die Zellen zerreißen. Ordnen sich neu. Es ist schmerzlos, erfordert aber Konzentration und nimmt Energie. Auf alle viere fallend, laufe ich hinter die Autos, weiter von dem mit Solarpaneelen bedeckten Grundstück weg und zum felsigen Dreck der Wüste. Ich trabe geradeaus den Berghang hoch, renne hinter den Bergrücken, um Deckung zu bekommen.

Die Nase gesenkt, um einer Kaninchenspur zu folgen, lasse ich meinen Wolf regieren. Kein CEO mehr sein. Keine Firma mehr oder Code. Keine Kylie mehr mit ihrem Duft, berauschend und verboten. Der verwirrte Schmerz auf ihrem Gesicht, als ich ihr gesagt habe, sie solle gehen …

Für eine lange Zeit laufe ich den Berg hoch, weiche Bäumen aus und rase herum, dehne meine Muskeln. Die Sonne geht unter, der Mond geht schimmernd und voll auf und beleuchtet den Hang des Berges.

Ich erhasche plötzlich einen bekannten Wolfsgeruch, bevor ich einen schwarzen Blitz und ein Paar bernsteinfarbene Augen sehe. Ich spanne meine Hinterbeine an und springe gegen den anderen Wolf, werfe das junge Männchen auf seine Seite und zwicke in sein Ohr.

Sam ist dürr für einen Gestaltwandler – immer noch groß nach Wolfstandards. Mein junger Rudelbruder jault und beißt zurück, bis ich knurre und meine Zähne zeige. Sam klemmt seinen Schwanz zwischen seine Beine, winselt und bietet mir seinen Bauch und Hals an.

Ich lecke sein Ohr und lasse das Kind auf seine Füße springen. Dominanz-und-Unterwerfungs-Spiele sind genau das zwischen uns – ein Spiel. Es kommt dem, was ich mir an Spaß erlaubte, am nächsten. Wenn es das Kind nicht gäbe – unser Zweierrudel –, würde ich mit niemandem auf einer persönlichen Ebene interagieren, weder Mensch noch Gestaltwandler. Aber Sam weigert sich zu gehen. Er erinnert sich daran, wie es ist, allein zu sein.

Ich hebe meine Schnauze und trabe weg, weiß, dass

Sam folgen wird. Heute Abend werden wir rennen und jagen, genau wie in den Bergen Kaliforniens, wo ich Sam hungrig und halb verrückt gefunden habe, seine menschliche Seite fast verloren. Er scheint zu wissen, was ich nicht erklären kann. Heute Abend bin ich derjenige, der gerettet werden muss.

KAPITEL 3

Kylie

Es ist schon drei Tage her und ich habe Jackson King nicht einmal gesehen. Nicht seit er mich aus seinem Büro geworfen hat. Drei Tage, um unsere Unterhaltung immer wieder neu zu durchdenken. Ich sage mir selbst, ich solle darüber hinwegkommen, aber ich bin seit Jahren besessen von King und mein Verknalltsein blüht seit der Begegnung im Aufzug nur so auf.

Die Arbeit zieht sich hin. Stu hält mich damit beschäftigt, neue Firewalls und andere langweilige Sachen einzustellen.

In der Zwischenzeit trage ich weiter Röcke und Absätze, falls ich King wiedersehen sollte. Nicht dass ich ihn beeindrucken möchte. Ich will nur, dass der große Wichser sieht, was er verpasst.

Oh, wem mache ich was vor? Ich will immer noch, dass

er mich bemerkt. In mein Büro kommt und mich anknurrt, mich über meinen Schreibtisch beugt, meinen Rock hochschiebt und ... *mmmm.*

Heilige Geilheit, Batman.

„Kylie? Geht es Ihnen gut?"

Stu und der Rest des Teams am Konferenztisch schauen mich an.

„Natürlich." Ich setze mich aufrecht hin und versuche, mich an die letzten Minuten des Meetings zu erinnern, aber alles, was ich habe, sind Fantasien über Jackson King. *Verdammt.* „Ich wollte nicht auf Bildschirmschoner umschalten. Ich brauche nur mehr Kaffee."

Jemand lacht über mein Bildschirmschonerkommentar, aber es ist kein schöner Klang. Ich versteife mich. Ich bin die Jüngste in diesem Team, aber ich arbeite so hart wie jeder andere auch. Vielleicht sogar härter.

So viel dazu, meine Sippe zu finden.

„Sie haben ziemlich geseufzt." Stu weigert sich, die Sache auf sich beruhen zu lassen.

„Meine Absätze bringen mich um." Was keine Lüge ist. Ich streife sie unter dem Tisch ab und reibe meine Füße gegen die Beine meines Stuhls. Ich muss morgen wieder zu normaler Geek-Kleidung wechseln, Jeans und Chucks. Scheiß auf King. Ich ziehe mich für keinen Mann an.

Das Meeting endet und ich tippe weiter auf meinem Laptop herum und schließe ihn erst, als Stu seine Hüfte gegen den Tisch vor mir lehnt.

„Gut eingelebt?"

„Klar." Mein Lächeln bleibt kühl. Ich mag Stu, aber sein ständiges Bemuttern nervt mich ein wenig. Er versucht ständig, sich mit mir anzufreunden, aber ich habe das Gefühl, er will mich nur um sich haben, weil er denkt, dass ich heiß bin.

Das erklärt wohl, warum er mich einstellen wollte.

„Hat der Chef Sie runtergeputzt?“, sagt Stu und ich schieße hoch, als hätte er Eiswasser über mich geschüttet.

„Was?“

„Ich weiß, dass er vor ein paar Tagen bei Ihnen vorbeigekommen ist. Seitdem sind Sie nicht mehr so glücklich.“

Heiliger Stalker, Batman. Nicht dass ich das verurteilen sollte, aber trotzdem.

„Sind wir hier im Überwachungsstaat, Stu? Immer am Zuschauen?“

„Nein, äh.“ Er läuft rot an. Armer Kerl. Er steht offensichtlich auf mich, aber versucht, professionell zu bleiben. Was mehr ist, als ich mit Jackson gemacht habe. „Ich wollte Ihnen nur zeigen, wie es hier läuft. Ich fühle mich verantwortlich, weil ich Sie eingestellt habe.“

Du hast meine Brüste angeheuert. Mein schnippisches Selbst kommt hervor. *Mein Gehirn ist für dich nur Beifahrer.*

„Ich weiß, dass Jackson King ein großer Name ist, aber er ist kein netter Kerl. Eigentlich ein Wichser. Er hat hier den Ruf, ein königliches Arschloch zu sein. Die Damen fallen immer auf ihn herein.“ Jetzt klingt Stu weinerlich und eifersüchtig. „Aber er behandelt sie wie jeden Mitarbeiter. Sagt kaum ein Wort, das nicht unhöflich ist.“

„Mir geht es gut, Stu. Er hat nichts Unhöfliches gesagt. Und ich arbeite gerne hier, bis jetzt.“

„Na, großartig“, wirft Stu ein. „Haben Sie Pläne fürs Wochenende?“

Stöhn.

„Ich hänge mit meinem Freund ab“, lüge ich fröhlich.

Stu schiebt sich vom Tisch weg von mir. Natürlich habe ich seit Tagen ‚*Kein Interesse*‘-Vibes gesendet, aber jetzt, da er denkt, ein Mann hat mich beansprucht, nimmt er endlich den Hinweis ernst.

Wichser.

„Natürlich“, sagt er. „Nun, ich gehe zum Meeting mit Finance. Wir planen ein Projekt, um die Struktur vor den nächsten 10-Q-Einreichungen zu testen. Das ist in einer Woche. Ich brauche Sie vielleicht dafür.“

„Super.“ Ich täusche Begeisterung über die Aussicht auf Überstunden vor und stufe Stu mental von *Wichser* zu *Schwanzlutscher* hoch.

„Okay.“ Stu schultert seine Laptoptasche. „Ich gehe jetzt hoch. Soll ich Ihnen den Aufzug aufhalten?“

„Nein, danke.“ Ich kämpfe eine sarkastische Antwort zurück. „Ich werde die Treppe nehmen. Brauche die Bewegung.“ Ich seufze, als seine Schritte verblassen.

„Belästigt dich Stu?“ Eine leise Stimme lässt mich zusammenzucken und ich schütte fast den Kaffee über mich selbst. King schleicht herein, er sieht aus, als wäre er bereit für das Covershooting von GQ. „Ich werde ein Wort mit ihm wechseln, wenn er unangemessen ist.“

„Nein. Er ist in Ordnung.“ Heiliger Bimbam, ich hatte vergessen, wie breit seine Schultern sind. „Es ist in Ordnung.“ Ich plappere. „Er ist einfach nur umständlich. Alle Geeks sind so.“

„Sind wir das?“

Ich hebe eine Augenbraue hoch. „Du ganz besonders.“ *Mist. Da geht das Wahrheitsserum wieder mit mir durch.* „Das letzte Mal, als ich dich gesehen hab, sagtest du, ich soll gehen. Keine Erklärung. Rein gar nichts. Du hast mich rausgeworfen und mir nicht einmal gesagt, warum.“

„Du weißt warum.“ Seine tiefe, ruhige Stimme lässt meine Wangen rot anlaufen und meine Muschi schnurrt.

Um es zu verbergen, rolle ich die Augen. „Stu hat mich gerade dasselbe über dich gefragt. Wollte sicherstellen, dass du mich nicht belästigst oder unhöflich bist. Anscheinend hast du einen schlechten Ruf, Mr. Fiesling."

„Was hast du ihm gesagt?" Sein Kiefer spannt sich fester als normalerweise an.

„Ich sagte ihm, du hättest gepustet und gepustet, aber mein Haus wurde nicht weggeblasen. Entspann dich." Ich lächle und die Spannung in ihm entlädt sich ein wenig. „Ich habe den Teil weggelassen, wo du mir gesagt hast, dass es nicht sicher ist zu bleiben." Ich schaue mich im leeren Konferenzraum um. „Was mich an etwas erinnert. Du sagtest, wir sollten nicht allein sein."

Eine Gruppe von Leuten geht an der offenen Tür vorbei und redet laut miteinander.

„Wir sind nicht allein. Und wir sollten es auch nicht sein." Er fixiert mich mit einem Blick und seine zerzausten Haare fallen über seine hohlen Wangen. Es sollte illegal sein, dass ein Mann so schön ist.

„Ich denke, ich kann mit dir umgehen." *Vielleicht.*

Etwas flackert über sein Gesicht. Er schaut weg. „Du weißt nichts über mich."

„Ich weiß, dass du noch nie mit jemandem zusammen warst", platzt es aus mir heraus, hauptsächlich um ihn von dem Gedanken abzulenken, welcher den Schmerz in seinen Ausdruck gebracht hat.

„Hast du bereits erwähnt. Stalkst du mich immer noch, kleine Hackerin?"

„Nein." *Ja.*

Er grinst, als wüsste er, dass es eine Lüge ist.

Ich grinse zurück. „Danke. Ich kann mit Stu umgehen. Aber es ist schön, dass jemand auf mich aufpasst."

„Wenn dich hier jemand belästigt, will ich davon wissen. Verstanden?"

Ein Nervenkitzel geht durch mich hindurch, aber ich verstecke ihn.

„Heute Wonderwoman?"

„Was?", platzt es aus mir heraus, bevor ich bemerke, dass er über mein Shirt spricht. „Oh, ja. Na ja, du bist Clark Kent." Ich nicke zu seinem Anzug und Krawatte.

„Autsch." Er schneidet eine Grimasse. „Er war ein Nerd."

„Er war Superman", korrigiere ich ihn. „Und du *bist* ein Nerd."

Er zuckt mit den Achseln. „Milliardär-Nerd." Ein Grinsen verbirgt sich auf seinem Mund. Jetzt sieht er schon gut aus, er wäre atemberaubend, wenn er lächeln würde. „Wie Iron Man. Oder Batman. Die sind eher mein Stil."

„Oder Lex Luthor. Vielleicht bist du kein Held."

Das Lächeln, das in den Ecken seines Mundes gelauert hat, verschwindet zu meiner Bestürzung. „Ja", murmelt er. „Ich bin definitiv der Bösewicht."

„Es war nur ein Scherz. Du bist kein Bösewicht." Ich trete näher, lege meine Hand auf seinen Arm, bevor ich an meine guten Manieren denken kann. „Du benimmst dich böse und schlecht, aber ich weiß, wie du wirklich bist. Du bist derjenige, der zur Rettung kommt. Ich weiß noch, was du im Aufzug für mich getan hast."

„Nein", sagt er. Seine Augen fallen auf meine Hand und zu meinem Gesicht. Ich wende den Blick ab, trete zurück und laufe ein wenig rot an. „Du irrst dich."

Mein ganzer Körper erhitzt sich in seiner Nähe. Er schließt mich ständig aus, aber Tatsache ist, er steht immer noch hier. Ich weiß, dass er *etwas* für mich empfindet. Er besitzt einfach zu viel Integrität, um danach zu handeln. „Also, warum bist du hier? Um dein Territorium zu markieren?"

„Ich? Du bist diejenige, die meine Sekretärin schockiert hat."

„Habe ich nicht", stottere ich und grinse. „Das war nur ein kleiner Katzenkampf. Und sie hatte es verdient."

Er hält seine Hände hoch. „In Ordnung, Kätzchen. Zieh deine Krallen ein." Grinsend schreitet er weg und schaut fast ... *glücklich* aus?

Was war das denn jetzt?

~.~

Jackson

MEIN WOLF JAMMERT EIN WENIG, als ich von meiner kleinen Superheldin weggehe, aber er benimmt sich. Er wollte, dass ich die Tür schließe und sie mit meinem Duft markiere, damit Stu wegbleibt, aber er ist zufrieden, dass wir sie überhaupt gesehen haben.

Ich sollte nicht riskieren, ihr nah zu kommen, aber ich kann nicht anders. Zumindest habe ich mir selbst bewiesen, dass ich im selben Raum mit ihr sein kann, ohne sie zu bespringen. Ich liebe es, dass sie keine Angst hat, mich zu necken.

Du bist Clark Kent.

Wenn sie nur wüsste.

Ich ignoriere den Aufzug, nehme zwei Treppenschritte auf einmal.

Meine Sekretärin sieht mich verwirrt an, als ich vorbeikomme. Mir ist klar, dass das seltsame Gefühl auf meinem Gesicht ein Lächeln ist.

„Mr. King?“ Ich drehe mich um und das Parfüm meiner Sekretärin trifft mich. Der Nachteil einer scharfen Nase.

„Ja, Vanessa?“

„Sie haben einen Anruf von Garrett. Kein Nachname. Ich würde Sie nicht stören, aber Sie sagten, ich soll ihn durchstellen –“

„Ich nehme den Anruf an.“ Seit Kylie mit ihr geboxt hat, ist meine Sekretärin kleinlaut. Ich werde immer noch steinhart, wenn ich an die Begegnung denke. Wenn Kylie eine Gestaltwandlerin wäre, wäre sie ein Alpha-Weibchen. Perfekt für meinen Wolf. Stark genug, um meiner Herrschaft standzuhalten, sexy genug, um mich dauerhaft um ihren kleinen Finger zu wickeln. Süß genug, um mich hart bleiben zu lassen einfach nur bei dem Gedanken, meinen Schwanz in sie zu stecken oder in langen Nächten unter dem Vollmond zu rennen. Zuerst nur wir zwei, aber eines Tages würde es Welpen geben ...

Kopfschüttelnd nehme ich das Telefon. Ich muss mondverrückt sein, wenn ich an Welpen denke.

„King?“ Der Tucson-Alpha hört sich an, als würde er seine Stimme tiefer klingen lassen. Mit neunundzwanzig Jahren ist er einer der jüngsten Alphas in den Staaten. Es hilft, dass sein Vater ein großes Rudel in Phoenix hat und Garretts Anspruch auf das Territorium unterstützt. „Ich wollte nur schauen, wie es dir geht.“

Die meisten Alphas haben eine beschützende Art. Garrett ist nicht anders. Aber ich gehöre nicht zu seinem Rudel. Wenn ein Alpha mich beanspruchen wollte, müsste ich klarstellen, dass ich der Wolf von niemandem bin. Schnell und gewalttätig. Mein Wolf toleriert Garretts Nachfragen, weil er an den jungen Alpha wie an einen kleinen Bruder denkt, genau wie Sam. Trotzdem sind Garrett und ich in unseren Interaktionen vorsichtig. Im Kampf um

Dominanz würde ich gewinnen, aber ich habe kein Interesse daran, sein Rudel zu übernehmen. Und es wäre eine Schande, ihn zu schlagen, denn ich mag den Kerl.

„Garrett", antworte ich. „Vollmond diese Woche."

„Deshalb rufe ich an. Mein Papa veranstaltet Paarungsspiele auf Rudelland in der Nähe von Phoenix. Wollte dich einladen, mit uns zu rennen."

„Gehst du?"

„Ja. Die Jungs wollen ein paar Wölfinnen schnüffeln. Sie werden sich nicht paaren, aber sie möchten flachgelegt werden." Es gibt weniger als zwanzig Mitglieder in Garretts Rudel, alles junge, ungebundene Männchen wie er. Und sie leben alle im selben Mehrfamilienhaus. Ein bisschen wie eine Bruderschaft.

„Ich weiß es zu schätzen, aber ich schaffe es nicht. Ich würde Sam schicken, aber ich habe ihm versprochen, dass wir auf unserem Land rennen."

„Vater sagt, du bist immer willkommen", sagt Garrett freundlich.

Mein Geld ist willkommen. Ich werde kaum toleriert, sogar für einen einsamen Wolf. Ich bin dominant genug, um mein Territorium zu verteidigen, aber das bedeutet nicht, dass ich ein Rudel will. Ich habe Versammlungen vermieden, seit mein Geburtsrudel mich verbannt hat.

„Es gibt nicht viele alleinstehende Frauen, aber es könnte sein, dass du eine findest, die du magst."

„Sag deinem Vater danke, aber nein danke. Vielleicht in ein paar Jahren, wenn Sam eine Gefährtin will." Ich will den Phoenix-Alpha nicht beleidigen, aber ich finde es am besten, unverblümt zu sein. Vielleicht nicht das politisch Sensibelste, aber ich bin groß genug, dass Leute auf Zehenspitzen um mich herumschleichen.

„Schau, King, es ist mir scheißegal, ob du dich verpaarst

oder nicht. Offensichtlich habe ich auch keine Gefährtin genommen. Aber drei Männer im Rudel meines Vaters sind in den letzten Jahren mondverrückt geworden. Es ist meine Verantwortung, dafür zu sorgen, dass du dich wenigstens mit ein paar Frauen umgibst, da wir hier unten keine haben."

Was er wirklich damit meint, ist: *Du bist ein einsamer Wolf, der über dreißig Jahre alt ist, und du bist dominant und deswegen anfälliger dafür, verrückt zu werden, wenn du keine Gefährtin nimmst.*

Außerdem gibt es mindestens einen weiblichen Wolf in Tucson. Garretts schöne jüngere Schwester ist Studentin an der University of Arizona, aber ich kann dem Kerl nicht vorwerfen, dass er sie aus der Gleichung entfernt hat. Nicht, dass ich Interesse an ihr habe. Das Bild von Kylies Batgirl-Logo, gespannt über ihren Titten, kommt mir in den Sinn.

Keine Wölfin.

Garrett fährt fort: „Ich bringe mein Rudel mit, um allen eine Chance zu geben, wenigstens etwas Spannung abzubauen."

„Ich wusste nicht, dass Partnervermittlung Teil der Jobbeschreibung eines Alphas ist", sage ich schleppend.

„Ich weiß, dass dein Wolf dominant ist. Ohne ein Rudel, das er kontrollieren kann, muss er sich danach verzehren, eine Wölfin zu jagen."

Jeder Muskel in meinem Körper spannt sich an und stellt sich vor, meine kleine Hackerin gefügig zu machen.

„Außerdem, nachdem die Geburtenraten unter den Gestaltwandlern so niedrig sind, ist es gut für das Rudel, wenn sich die Dominantesten von uns niederlassen und so schnell wie möglich Welpen zeugen." Er klingt wie sein Vater. „Warum es aufschieben?"

Ich spotte: „Sagt der chronische Junggeselle. Was, hat

deine Mutter angerufen und nach Enkeln gefragt, und du hast beschlossen, den Rat an mich weiterzugeben?“

Jeder andere Alpha könnte beleidigt sein wegen meines bissigen Kommentars, aber nicht Garrett.

„Du hast mich erwischt.“ Ich höre sein Grinsen und das ist eine gute Art, um meinen Wolf zu beruhigen, der sich darüber ärgert, dieses Gespräch überhaupt zu führen. „Ich denke, wenn sie deine Hochzeit als Grund hat, um in den Klatschseiten der Wandlergemeinschaft zu tratschen, wird sie mich in Ruhe lassen.“

„Ich weiß jetzt Bescheid. Ich werde bis zum nächsten Mond darüber nachdenken. Sam sollte auf jeden Fall eine Freundin haben.“

„In Ordnung.“ Garrett lacht. „Wir werden uns für dich umschauen. Wir sehen uns, King.“

„Noch eine Sache, Garrett.“ Ich lasse alle Heiterkeit fallen. Mit der neuen Anziehungskraft meines Wolfs auf einen Menschen bin ich mir plötzlich nicht mehr so sicher über meine eigene Stabilität. „Wenn ich jemals mondverrückt werde, versprich mir, Sam zu beschützen. Und bring dein ganzes Rudel her, um mich aufzuhalten. Was auch immer es braucht.“

„Was immer es brauchen wird“, schwört Garrett. Die Stille hängt kalt und ernst zwischen uns. Wir legen beide auf, ohne uns zu verabschieden.

Ich trommle mit meinen Fingern auf den Schreibtisch, die Warnung hängt wie ein Gewicht in meiner Brust. Garrett hat das richtige getan und die Mondkrankheit so taktvoll wie möglich angesprochen. Es ärgert mich, dass es diese Erinnerung braucht, um mich wieder von Kylie wegzubringen. Das Tier in mir ist gefährlich und sucht nur nach einem Moment der Schwäche, damit es sich befreien kann.

Keine Tests mehr über meine Kontrolle. Keine Spiele mehr wie heute. Ich muss mich von Kylie fernhalten. Für ihr eigenes Wohl.

Ich öffne meinen Laptop, bereit, mich in Arbeit zu vertiefen, als der Chat klingelt.

Batgirl4u: *Hey*

Für eine Sekunde schnappe ich nach Atem und denke, ich habe endlich meine Feindin gefunden – Catgirl, die Hackerin, die vor Jahren meinen Code geknackt hat.

Aber nein. Es ist Batgirl mit B. Und es ist in unserem Intranet, dem privaten Netzwerk, das meine Mitarbeiter nutzen. Außer dass ich nur Verbindungen zu meinem Führungsteam erlaube. Was bedeutet, ich wurde gehackt.

Kingi: *Wer bist du?*, tippe ich, obwohl ich es erraten kann.

Batgirl4u: *Wer, glaubst du, ist es?*

Ich schüttle meinen Kopf. Kingi: *Niedlicher Trick, Kätzchen. Aber wenn du Zeit hast, unser Intranet zu hacken, muss ich Stu beauftragen, dir mehr zu tun zu geben.*

Batgirl4u: *Ich beweise nur meinen Wert. Du könntest mir den Code schicken, den du mir zeigen wolltest*

Der Mauszeiger blinkt mich an.

Das ist keine gute Idee. Ich will über sie wachen, aber ich kann es nicht. Heute habe ich einen schwachen Moment gehabt. Ich habe zu viele davon in ihrer Nähe. Ob es mir gefällt oder nicht, ich bin gefährlich. Tödlich. Sie denkt, ich bin kein Bösewicht.

Sie irrt sich.

Ich schalte meinen Computer aus. Zeit für einen weiteren Lauf.

~.~

Kylie

Nach einer Stunde, die ich auf Kings Antwort warte, schalte ich meinen Laptop aus und gehe nach Hause. Ich hätte ihn nicht so verspotten sollen. Ich gebe an, und wenn ich nicht vorsichtig bin, könnte er eines Tages die Punkte verbinden und herausfinden, dass ich Catgirl bin.

Dieser Mann bringt mich zur Weißglut. An einem Tag denke ich, er wird mich über seinen Schreibtisch beugen und mich besinnungslos ficken, und als Nächstes wirft er mich aus seinem Büro. Dann flirtet er wieder. Und dann ignoriert er mich online. Ich kann nicht mithalten.

„Heilige gemischte Botschaften, Batman“, murmele ich, als ich meine Haustür schließe und meine High Heels ausziehe. Eines ist ganz sicher, ich trage diese Schuhe nicht wieder für ihn.

„Mémé? Bist du zu Hause?“

Ein Zettel auf dem Tisch mit dem Gekritzel meiner Großmutter sagt mir, dass sie in den Laden gegangen ist, also hole ich die Post und ziehe den großen Manila-Umschlag ohne Rücksendeadresse heraus. Ich öffne ihn, indem ich ihn mit dem Daumen aufreiße.

Ein dickes Paket an Papieren kommt hervor, mit einem von einer Schreibmaschine geschriebenen Anschreiben.

Oh, scheiße.

Mein Herz hört auf zu schlagen.

Wir wissen, wer Sie sind, Catgirl, und haben die Beweise, um Sie wegsperren zulassen.

Um unser Schweigen zu gewährleisten, haben Sie vierundzwanzig Stunden, um den Code auf diesem Stick im Hauptantriebswerk von SeCure zu installieren.

Wenn Sie das nicht tun oder wenn Sie die Dateien auf dem USB-Stick in irgendeiner Weise beschädigen oder wenn Sie darüber sprechen, senden wir dieses Paket an Ihren neuen Arbeitgeber und das FBI.

Nein.

Ich kämpfe mit meinem Atem, während ich durch den Rest der Seiten des Pakets schaue. Sie enthalten alle Beweise von meinem Einbruch in SeCure vor Jahren sowie Ausweise und Fotos von mir und meinen Eltern unter verschiedenen Decknamen.

Keine mit meinem richtigen Namen.

Verdammt, selbst ich habe den vergessen.

Mein Schädel pocht und der Raum dreht sich um mich. Jemand hat mich gefunden. Vielleicht nicht *er,* aber das hier ist eine große Bedrohung.

Das Wichtigste zuerst. Gibt es irgendetwas in diesem Paket, das mich ins Gefängnis bringen kann?

Ich blättere wieder durch die Seiten.

Nein. Aber es wird Bedenken erheben. SeCure wird mich sicherlich feuern. Ich werde die Chance verlieren, mit

Jackson King zu arbeiten – nicht, dass es so aussieht, als würden wir eng zusammenarbeiten, aber trotzdem. Tschüss, Chance, normal zu sein.

Aber ich kann es nicht tun und bleiben. Wenn ich diesen Jungs nachgebe, werde ich für immer ihre Nutte sein. Als Nächstes werden sie mich bitten, den Kreditkarten-Tresor zu hacken. Dann woanders. Das kann ich nicht tun. Ich muss verschwinden. Wie ich es schon eine Million Mal getan habe.

Ich stampfe ins Schlafzimmer, schnappe mir meinen Koffer aus dem Schrank und schleudere ihn auf das Bett. Ohne nachzudenken, bewegen sich meine Hände und packen die Notwendigkeiten ein. Schwarze Kleidung, ein Paar von jeder Sache. Eine einfache Tasche mit Pflegeprodukten.

Wieder flüchten. Es spielt keine Rolle, wie sehr ich Catgirl und das Vermächtnis meiner Eltern zu überlisten versuche, die Vergangenheit holt mich immer ein.

Aber was ist mit Mémé? Wir sind so oft umgezogen, ich will sie nicht schon wieder auf die Straße zerren. Dieses Mal ist unser Leben nicht in Gefahr. Es ist nicht fair, sie zu einem weiteren Umzug zu zwingen. Kann ich sie zurücklassen?

Sie ist die einzige Familie, die ich habe. Sie zu verlassen, um sie zu beschützen, fühlt sich an wie das, was mein Vater mir angetan hat, als er versucht hat, mich nach dem Tod meiner Mutter ins Internat zu stecken. Ich habe ihn nicht gelassen und ich wette, Mémé wird es auch nicht mögen, zurückgelassen zu werden.

Okay, dann ziehen wir beide um. Mémé kann überall Suppe machen.

Wir müssen weglaufen. Wir müssen uns verstecken. Welche andere Wahl haben wir?

So viel zu meiner Chance, normal zu sein.

Ich öffne meine Schublade. Das Batgirl-Shirt starrt mich an.

„Ich kann nicht“, sage ich. „Ich bin keine Superheldin.“

Ich bin definitiv der Bösewicht, hat Jackson zu mir gesagt. Wenn er nur wüsste. Ich bin seine Erzfeindin, die schlimmste, die es gibt. Ich dachte, ich wäre mein altes Leben los. Ich habe falsch gedacht.

Früher habe ich mich aus jedem Problem rausgehackt – meine oder die meines Papas. Wir haben zusammen dringesteckt. Immer auf der Flucht, aber zusammen. Ich habe mich sicher gefühlt. Mächtig, sogar. Aber der Louvre hat das zerschlagen. Vor meinen Augen erstochen – mein Vater ist für immer fort. Ich wäre fast in diesem Luftschacht gestorben, erstickt an meiner eigenen Panik. Ich habe mich nie wieder in einem engen Raum sicher gefühlt.

Außer im Aufzug, mit King.

Ich erinnere mich an den Druck seiner Arme um mich herum, das Auslösen des Beruhigungsreflexes. Ich habe nachgesehen, als ich nach Hause gekommen bin. Alles, was ich gefunden habe, sind Yoga-Stellungen gewesen, bei denen das Kinn zur Beruhigung ins Brustbein gedrückt wird.

Jacksons große Hände sind so viel besser als eine Yoga-Pose gewesen. Sie haben Wärme und Sicherheit ausgestrahlt.

Wenn dich jemand belästigt, will ich es wissen.

Es ist nicht real. Es ist nicht sicher. Ich kann ihm nicht vertrauen.

Aber was, wenn ich es doch kann?

Ich schiebe die Papiere zurück in den Umschlag, schreibe eine kurze Notiz für Mémé und laufe in mein

Zimmer, um ein neues Outfit anzuziehen, bevor ich meine Meinung ändern kann.

Ich habe mein Leben auf Lügen aufgebaut.

Vielleicht ist es Zeit, die Wahrheit zu versuchen.

~.~

Jackson

Der Mond scheint silbern und beleuchtet den Berghang. Normalerweise laufe und jage ich die meiste Nacht, wenn der Mond fast voll ist, aber meine Instinkte schreien, früher zurückzugehen. Es liegt auch nicht am Regen.

Sam jagt mich, knabbert an meinen Hinterbeinen, aber ich drehe mich um und knurre den jungen Wolf an, was ihn dazu bringt, seinen Schwanz zwischen seine Beine zu stecken und zu jaulen. Ich will Sams Gesellschaft nicht – das tue ich nie, aber das Kind ist mein selbsternannter permanenter Schatten. Als wir die Rückseite meines Grundstücks erreichen, erstarren wir beide. Der Regen macht es unmöglich, etwas zu riechen, aber der hohe Ton, der auf eine Frequenz eingestellt worden ist, die nur Hunde hören können, zeigt an, dass mein Alarmsystem ausgelöst worden ist.

Sam knurrt, seine Oberlippe hebt sich und zeigt Reißzähne. Er sprintet nach vorn und umrundet die Ecke.

Ich rase hinein, durch die hintere Hundetür, um die Räume zu überprüfen. Ich rieche nichts Ungewöhnliches. Ich verwandele mich und ziehe mich an, während ich in den Kontrollraum jogge, um mir den Sicherheitsfeed anzusehen.

Ein einsames Fahrrad steht vor den eisernen Toren, welches die Vorderseite meines Anwesens umgibt, und eine kleine dunkle Figur läuft durch den Regen zu meiner Haustür. Ein Knurren hallt tief in meinem Hals.

Wer zum Teufel?

Sam kommt mit voller Geschwindigkeit angerannt, Reißzähne glänzend, und springt durch die Luft, seine Vorderpfoten landen auf den Schultern des Eindringlings und schmeißen ihn oder sie zu Boden.

Nimm das, du Wichser.

Dunkle Wut pulsiert durch meine Adern und ich verlasse den Kontrollraum, um den unwillkommenen Gast zu konfrontieren. Ich jogge die rutschigen Stufen hinunter und über den regennassen Kies.

„Ganz ruhig, Bello." Der zittrige Klang ihrer Stimme schockiert mich wie ein Stromschlag.

Kylie.

Angst zuckt durch meinen Körper. „Runter. Komm *zurück*", fauche ich.

Sam bewegt sich nicht, seine Wolfsseite weicht nicht der menschlichen Vernunft, sein Instinkt, sein Zuhause zu beschützen und zu verteidigen, ist zu stark. Gott sei Dank, dass Sam sie nicht in Fetzen gerissen hat.

Meine kleine Hackerin ist clever – sie ist ganz still unter Sam geblieben.

Ich schnappe mir den Nacken meines Bruders und zerre ihn weg. „Ich sagte *zurück.*"

Sam schüttelt sein Kopf und klemmt seinen Schwanz ein beim Klang seines wütenden Alphas. Er geht ein paar Schritte zurück.

Ich blicke auf unseren Eindringling. Selbst klatschnass,

in einem Sweatshirt und Jeans, ist sie wunderschön. Sie liegt im Schlamm und sieht nicht annähernd so ängstlich aus, wie sie sein sollte.

„Was zum Teufel machst du hier?"

Sie stöhnt und beginnt sich zu bewegen, aber zuckt zusammen, als sie sich an den Hinterkopf greift.

Was zum Teufel. Ein großer Stein liegt in ihrer Nähe. Sie muss ihn getroffen haben, als Sam sie umgehauen hat.

„Ich musste mit dir reden", krächzt sie.

Alle anderen würde ich genau dort ausfragen, während sie auf dem Rücken im Dreck zu meinen Füßen lagen. Aber nicht Kylie. Diese neue seltsame, kribbelige Hitze überkommt mich und schreit mich an, sie zu beschützen – vor Sam, vor dem Regen, vor dem Stein, vor mir.

Ich reiße sie vom Boden und stelle sie auf ihre Füße, vergesse, so zu tun, als wäre sie schwer.

Ihre Augen rollen unkonzentriert, als ob die Bewegung ihren Kopf schmerzen lässt. „Uff. Wow."

Ich greife nach ihrem Hinterkopf und suche mit den Fingern, bis ich die wachsende Beule finde.

Sie zuckt zusammen, als ich sie berühre.

„Du bist verletzt." Ich drehe mich um und starre Sam an, der seinen Kopf einzieht.

Sie schaut meinen Mitbewohner an. „Gut, dass du da warst, sonst hätte Bello mich gefressen. Ist das überhaupt ein Hund?"

„Er ist halb Wolf."

„Halb Wolf, halb was? Gargoyle?"

Ich unterdrücke ein Lächeln. Ich liebe es, dass sie trotz ihrer Verletzung den trockenen Humor beibehält. Aber das ist ihr Standardabwehrmechanismus, wie ich bereits im Aufzug gelernt habe.

Ich studiere sie. Ich sollte die Polizei rufen oder sie

irgendwie dazu bringen, meine Grenzen zu respektieren. „Willst du mir sagen, warum du auf mein Grundstück eingebrochen bist?"

Sie rollt ihre Augen. „Bitte, wenn ich in dein Haus einbrechen würde, würde ich die Laserschranke nicht auslösen, um meine Anwesenheit anzukünden. Verzeih mir, aber ich habe die Türklingel da draußen nicht gesehen."

Welche Frau weiß von Laser-Sicherheitssystemen? Und schreit nicht, wenn ein riesiger Wolf sie zu Boden wirft?

„Ich erinnere mich nicht, dich eingeladen zu haben. Wie zum Teufel hast du mich überhaupt gefunden?"

„Ich bin eine Hackerin, weißt du noch?"

„Oder eine Stalkerin."

„Dasselbe." Ihre Hand wandert zur Vorderseite ihres Sweatshirts und ich höre das Knittern von Papier. „Ich habe dir etwas zu zeigen. Es konnte nicht bis morgen warten."

Ich packe ihren Ellenbogen und führe sie über die glitschigen italienischen Fliesentreppen in die Villa. Kylie bewegt sich steif, als ob noch mehr als nur ihr Kopf von Sams Angriff schmerzt. Es hindert sie nicht daran, sich bei mir umzusehen, während ich sie zum Gästebadezimmer im zweiten Stock eskortiere. Ich bezweifle, dass ihr auch nur eine Sache entgangen ist. Warum ist sie wirklich hier?

Ich bringe sie durch die Badezimmertür. Ich wollte ihr ein Handtuch geben und sie sich frisch machen lassen, aber stattdessen ertappe ich mich dabei, wie ich den Saum ihres durchnässten Sweatshirts ergreife.

„Was machst du da?"

Ich ziehe den Stoff nach oben. „Dich aus diesen nassen Klamotten befreien."

Ihre Wangen laufen rot an und lassen ihre Augen hell leuchten. Strähnen ihrer nassen braunen Haare kleben an ihrer Wange und ihrem Hals, ein Tropfen Regen läuft ihr den Hals herunter. Ich will ihn ablecken.

Sie lässt ihre Arme locker hängen und folgt der Bewegung des Sweatshirts und lässt mich es ihr ohne Protest über den Kopf ziehen.

Mein Schwanz pocht schmerzhaft gegen den Reißverschluss meiner Jeans, als ich einen Blick auf ihre Haut bekomme. Ich entferne ihr Unterhemd mit dem Sweatshirt und sie steht in nichts als einem roten Spitzen-BH und nasser Jeans da.

Ihre Brust hebt sich und sie hält ihren Blick auf mein Gesicht gerichtet, als warte sie darauf, was ich als Nächstes tun werde.

Was *werde* ich tun?

Ich weiß, was ich tun will. Ich möchte diese enge, durchnässte Jeans ausziehen und sie über das Waschbecken beugen. Ich möchte sie von hinten durchnehmen, genauso wie ich in ihren verdammt klugen Verstand eindringen will und herausfinden möchte, was diese einzigartige Frau zum Ticken bringt. Und verdammt, ja, ich will meine mit Serum beschichteten Reißzähne in ihr Fleisch versenken und sie für immer als mein markieren.

Was nicht passieren kann.

Ich lasse das Sweatshirt zu Boden fallen und höre das Rascheln des Papiers wieder.

Kylies Konzentration fokussiert sich auf die weggeworfenen Kleidungsstücke und sie stürzt sich darauf und unterbricht unseren Blickkontakt. Gefangen zwischen der Schicht aus Hemd und Sweatshirt liegt ein Manila-Umschlag, den sie holt und über ihrer Brust umarmt, ihre perfekten Titten vor meinem Blick versteckt.

Sie leckt ihre trockenen Lippen. „King, bevor ich das mit dir teile, möchte ich dir nur sagen, als ich tat, was ich nun mal tat, war ich ein übermütiger Teenager, der versuchte, mir und der Hacker-Welt meinen Wert zu beweisen. Ich habe nie Kreditkartennummern von jemandem genommen und nie Informationen verkauft. Es war einfach ein –"

Die Erkenntnis trifft mich wie eine Faust im Bauch. *„Catgirl."*

Natürlich ist sie Catgirl. Die einzige Person, die jemals meinen Code gehackt hat. Kein Wunder, dass sie nervös gewesen ist, als sie sich bei SeCure beworben hat. Was für ein Spiel spielt sie verdammt noch mal, in meinem Hauptquartier und bei mir zu Hause aufzutauchen?

Die einzige Sicherheitslücke, die mich die letzten acht Jahre verfolgt hat, springt mir einfach ins Gesicht. Wieder.

Ich reiße ihr den Manila-Umschlag aus den Händen und lege den Inhalt auf das Waschbecken.

„Es tut mir leid." Ihre Stimme klingt kleinlaut.

Verdammt.

Ich hasse es, sie so niedergeschlagen zu hören, sogar für mich, ein natürlicher Alpha, der Unterwerfung von allen verlangt. Selbst, wenn ich sauer auf sie bin.

„Was zum Teufel ist das?"

Ich kippe den Stapel Papiere aus und lese das erste. *Scheiße, nein.* Wut verschärft sich in eine tödlichere Erkenntnis.

Erpressung.

Jemand will SeCure sabotieren.

Oder ist das ein abgekartetes Spiel, das Catgirl spielt? Weil jede, die so brillant ist wie sie, eine versteckte Agenda haben könnte.

Der Ärger dieses Mädchen und mein Urteil über sie ist von Lust getrübt worden.

Sie steht vollkommen still, ihre kleinen Hände zu Fäusten geballt. „Tut mir leid", wiederholt sie.

Ich werfe die Papiere zurück. „Was um Himmelswillen? Was willst du? Warum bist du wirklich hier?"

Ich hasse es, Tränen in ihren Augen zu sehen, aber ich verschließe mich vor dem Instinkt, sie zu mir zu ziehen oder ihre Feinde zu töten. Diesen Instinkten kann man nicht trauen.

Sie schüttelt ihren Kopf. „Nichts. Ich will gar nichts." Ihre Stimme wackelt beim ersten Wort, aber dann gewinnt sie die Kontrolle darüber. „Ich dachte nur, wenn ich selbst gestehen würde, würden die Idioten ihr Druckmittel verlieren. Ich will nicht mit Terroristen verhandeln. Ich habe dir grade alle Informationen angeboten, die du dem FBI geben kannst, um ein Ermittlungsverfahren gegen mich einzuleiten. Ich hoffe natürlich, dass du meine Kündigung akzeptierst."

„Nein", knurre ich und überrasche mich selbst, indem ich spreche, bevor ich weiß, was ich sagen soll.

Aber ich werde sie nicht so leicht vom Haken lassen. In meiner Welt – in der Gestaltwandlergemeinschaft – werden Fehltritte direkt behandelt. Sie werden nicht von Polizisten oder durch Kündigungen gehandhabt. Die Bestrafung erfolgt schnell, meistens körperlich. Oder es wird eine Entschädigung verlangt oder angeboten und akzeptiert.

Sie zuckt zusammen und ihre schlanken Schultern senken sich. „Was wirst du tun?" Ihre Stimme klingt heiser.

Blut rauscht in meinen Schwanz bei dem Gedanken, sie zu nehmen. *Hart.* Ich senke meine Stimme auf ein gefährliches Niveau. „Was denkst du, was ich tun sollte?"

„Nun ..." Sie leckt ihre vollen Lippen, die Intelligenz kehrt in ihr Gesicht zurück. „Wenn ich du wäre, würde ich diese Wichser fangen wollen. Deswegen würde ich mich als Köder behalten."

Verdammt, ich vertraue ihr fast. Ein gewaltiger Fehler.

„Du weißt schon, mich genau überwachen, um sicherzustellen, dass ich mich benehme, aber warten, um zu sehen, wer mich kontaktiert hat, und diese Jungs stoppen."

Ja, ich werde dich ganz genau überwachen.

Überwachen, wie dieser rote Spitzen-BH ihre frechen Brüste anhebt. Den Duft ihrer Erregung überwachen, die sich verändernde Form ihres üppigen Mundes. Küssbare Lippen.

„Ich verstehe. Und wie soll ich dein bisheriges *Fehlverhalten* bestrafen?" Meine Stimme ist definitiv tief und heiser. Wenn sie nicht weiß, an was ich denke, dann ist sie völlig unschuldig.

Aber ihre Augen weiten sich, die Brustwarzen platzen fast aus dem Stoff ihres BHs. *Genau so, Baby.*

„Kein Mitleid für das Kätzchen?" Sie klingt atemlos bei dem Wort *Kätzchen*, was es zwanzigmal heißer klingen lässt.

„Richtig." Ich drehe sie herum und beuge sie über das Waschbecken. Meine Handfläche verbindet sich mit der nassen Tasche ihrer Jeans, bevor mein Gehirn den Plan erkennt. Es ertönt ein lauter Knall, befriedigend auf jeder Ebene. Mein Schwanz verhärtet sich bei ihrem Keuchen.

Kylie wirft ihren Kopf zurück und schaut über ihre Schulter, die Zähne entblößt. Sie mag es. Gemessen am Duft ihrer Erregung – sogar sehr.

Ich schlage auf die andere Pobacke, härter.

Scheiße, ich will diese nassen Jeans von ihr reißen und herausfinden, welche Farbe ihr Höschen hat, bevor ich das auch runterreiße. Aber wenn ich ihren nackten Arsch sehe, werde ich die Bestie nicht mehr zurückhalten können. Selbst dieser milde Kontakt durch ihre Kleidung lässt mich härter werden als ein verdammter Felsen und meine Zähne verlängern sich.

Da sie nicht ausgeflippt ist, versohle ich sie weiter, harte Schläge, die gegen die italienischen Fliesen hallen. „Du hast mich gehackt, Catgirl?“ Ich haue sie immer wieder. „Wie alt warst du – vielleicht zwölf?“

„Fünfzehn“, keucht sie auf. „Ich habe nie etwas genommen – ich schwöre – a*hhhh*.“

Das letzte Geräusch von ihren Lippen klingt zu sehr, als würde ich sie ficken, anstatt sie zu schlagen, und meine Sicht verwandelt sich in einen Tunnel, mein Wolf kämpft, um zu übernehmen.

Ich höre auf sie zu hauen, kämpfe, um meinen Atem zu verlangsamen. Ich behalte meine Hand auf ihrem Arsch, denn der Gedanke, ihn *nicht* zu berühren, bringt mich um. „Du wolltest nur sehen, ob du es konntest, Baby?“ Die Tatsache, dass sie Catgirl ist, macht mich jetzt noch mehr an. Dieses Mädchen hat mich *als Teenager* gehackt. Sie ist ein verdammtes Genie und ich bewundere ihr Gehirn fast so sehr wie ihren sexy kleinen Körper.

Meine Augen treffen ihre im Spiegel. Ihr Gesicht ist rot, ihre Augen erweitert und glasig. Ich greife herum und packe ihre rechte Brust, drücke und ziehe sie zurück gegen meinen Oberkörper.

„Böses Mädchen“, flüstere ich ihr ins Ohr und ihr entrinnt das süßeste kleine Stöhnen.

Ich *muss* sie ficken. Genauer gesagt werde ich sterben, wenn ich nicht meinen Schwanz sofort in sie stecke. Ich muss sie vollständig besitzen. Sie mit dem härtesten Fick ihres Lebens bestrafen, bis sie meinen Namen schreit und lernt, dass ich der einzige Mann bin, der jemals *ihren* verdammten Code knacken wird. Dann fange ich wieder von vorn an, langsam. Lecke den Schmerz weg. Lasse sie immer wieder kommen, bis sie weint.

Aber ich vertraue meiner Kontrolle in ihrer Nähe nicht, also entscheide ich mich dafür, sie umzudrehen, sie an der

Taille hochzuheben und auf das Waschbecken zu setzen. „Mochtest du deine Strafe, Baby?"

„J-ja."

Ich liebe ihre Ehrlichkeit. Ich schiebe ihre Knie auseinander und lege meinen Daumen an die Naht ihrer Jeans, direkt über ihrer Muschi.

Sie wölbt sich mir entgegen und umschlingt meine Schultern, ihr Kopf fällt zurück. „Jackson …", flüstert sie.

Ich drücke die harte Stoffnaht gegen ihre Spalte und reibe an ihrer Klitoris.

Sie zuckt und stößt ein bedürftiges Jammern aus. Ihre Finger wandern runter, bedecken meine Hand und drängen mich, ihr mehr zu geben.

Meine mentalen Fähigkeiten schwinden. Ich öffne den Knopf ihrer Jeans, ziehe den Reißverschluss herunter und schiebe die Hose zur Seite.

Passendes Höschen. Rote Spitze wie der BH. Ich wusste es.

Meine Zufriedenheit ist von kurzer Dauer, weil mir ein Sturm der Wut auf den Fersen ist. „Wer hat dich darin gesehen, Baby?"

„W-was?"

„Wer hat dich in diesem höllisch süßen Höschen gesehen?" Ich sehe ihr direkt ins Gesicht, meine Zähne zeigen sich. „Für wen trägst du es?"

Sie drängt gegen meine Schultern, aber ich rühre mich natürlich nicht. Menschliche weibliche Stärke gegen Alpha-Gestaltwandler-Männchen? Kein Vergleich. „Was soll das, Jackson?" In ihren Augen liegt echte Angst und sie lässt mich wie eine heiße Kartoffel fallen. Der Blitz von Wut verdunstet, wird ersetzt durch die Notwendigkeit, meine Frau zu beruhigen und zu beschützen.

Scheiße. Ich betrachte sie bereits als meine Frau.

Ich lehne meine Stirn gegen ihre. „Sorry“, murmele ich. „Ist es falsch, den Kerl töten zu wollen, für den du das hier gekauft hast?“

Sie stößt ein zittriges Lachen aus. „Du bist verrückt.“

Weil ich ein hartnäckiger Bastard bin, warte ich und will immer noch, dass sie meine Frage beantwortet.

„Niemand hat sie gesehen“, murmelt sie.

Heilige Scheiße, läuft sie rot an? Vielleicht ist sie unschuldiger, als ich dachte.

„Niemand?“ Ich kann den Unglauben nicht aus meinem Ton halten.

Sie drängt wieder gegen mich, aber ich erinnere mich wieder an mein ursprüngliches Vorhaben. Mit einem Arm um ihre Taille gewickelt ziehe ich sie vom Waschbecken, um aufzustehen, und tauche meine Finger in ihre Hose und das Höschen.

Verdammt, ja.

Die feuchte Hitze ihrer Mitte lässt meinen Finger hindurchgleiten und sendet eine Welle der Lust durch mich, die so stark ist, dass ich einen scharfen Atemzug nehmen muss.

„Jackson.“

„Ja.“ Sie kann meinen Namen jederzeit mit dieser heiseren Stimme sagen.

Ich reibe meinen Mittelfinger durch ihren triefenden Schlitz entlang und verteile ihre Feuchtigkeit bis zu der geschwollenen Knospe ihrer Klitoris.

Ich denke immer noch über ihr Rotwerden nach. Ist es ihr peinlich, dass sie in letzter Zeit mit niemandem zusammen war? Wenn man bedenkt, wie sie sich an meinen Hals klammert und stöhnt, sobald ich ihre perfekte kleine Muschi berühre, denke ich, dass dies eindeutig eine Möglichkeit ist.

Ein lächerlicher männlicher Stolz durchströmt mich. Ich werde derjenige sein, der sie befriedigt. Ich zwinge mich, langsamer zu werden, während ich ihren Kitzler umkreise. Meine freie Hand rutscht herum, um ihren Arsch zu packen und ihr Becken näher zu ziehen.

Sie reibt sich an meinen Finger.

„Gieriges Mädchen", murmele ich. Wenn ich ihr Höschen ausgezogen hätte, hätte ich ihre Muschi versohlt, aber die Passform ist zu eng.

Ihr Atem stottert, als ich einen Finger in ihren engen Kanal schiebe. Ich drücke mit meinem Handballen gegen ihre Klitoris.

Sie erhebt sich auf ihre Zehenspitzen und krallt sich in meinen Nacken, Fingernägel zerkratzen mich wie eine weibliche Gestaltwandlerin, die ihren Gefährten markieren würde. Meine Zähne verschärfen sich in meinem Mund und ich schließe meine Lippen, um sie nicht selbst zu markieren.

Ihr Becken wölbt sich mir entgegen in gierigen Stößen.

Ich dringe mit einem zweiten Finger in sie. „Du bist so. Verdammt. Eng."

Sie versteift sich leicht, obwohl ich es als Kompliment meine, aber ich streichele ihre Innenwand und treffe ihren G-Punkt.

Ihre Muskeln drücken sich zusammen und sie wird noch feuchter. „Scheiße ... nein ... ich meine, ja. Oh, bitte!" Sie hängt an meinem Hals, ihre Brüste drücken sich gegen mich, als sie ihre Hüften über meine Finger hin und her bewegt.

Ich fühle mich wie ein pubertierender Wolf, bereit, in meiner Hose zu kommen. Aber das hier ist für sie – nicht für mich. Ich stoße in sie hinein und aus ihr heraus und lasse meine Knöchel mit Gewalt zustoßen, bis sie quietscht und ihre Schenkel zusammenpresst. Ihre inneren Muskeln ziehen sich zusammen und sie kommt über meinen Fingern in dem heißesten weiblichen Orgasmus, den ich je erlebt habe.

Das war ich. Mein Wolf grinst zufrieden.

Als ihr Orgasmus abebbt, ziehe ich meine Finger aus ihr und erobere ihren Mund, öffne ihre Lippen mit meiner Zunge. Ich lege eine Hand um ihren Kopf, um sie gefangen zu halten, und überfalle sie, befehle ihr, sich mir zu unterwerfen.

Sie tut es. Sie öffnet sich für mich, drückt ihren mörderischen Körper gegen meinen und küsst mich zurück.

Verdammt.

Mit großem Aufwand unterbreche ich den Kuss.

Sie blickt mich an, schön zerzaust vom Regen und meinem Übergriff. „Bedeutet das, dass wir quitt sind?“ Sie klingt atemlos.

„Nicht mal im Geringsten, Baby. Du schuldest mir etwas und ich werde es eintreiben.“

Ihr Blick fällt auf meinen Ständer. „Wie?“ Sie wartet nicht auf die Antwort, sondern sinkt auf die Knie.

Das Knarren einer Diele im Flur lässt mich innerlich fluchen. Ich ziehe sie auf ihre Füße zurück, bevor wir Sam eine Show geben. Warum zur Hölle habe ich die Badezimmertür nicht geschlossen?

Obwohl der Klang leise genug ist, dass ich gedacht habe, sie würde es überhören, erschrickt Kylie, reckt ihren Hals, um über meine Schulter zu sehen. Jede Zelle in meinem Körper schreit danach, nach dem Türknauf zu greifen, die Tür zu schließen und ihr zu sagen, sie solle bitte weitermachen.

Aber nein, Kylie ist ein Mensch. Und meine Angestellte. Weil ich sie behalte, wo ich sie beobachten kann.

Halte deine Feinde näher.

Ich bin schon viel zu weit mit ihr gegangen. Noch weiter und ich würde sie markieren – und dann hätte ich eine Welt voller neuer Probleme in meinen Händen.

Ich zwinge mich zur Zurückhaltung, ziehe ein sauberes Handtuch aus dem Schrank und werfe es ihr zu. „Geh duschen und wärm dich auf. Ich besorge dir trockene Klamotten."

Ich drehe sie um und treibe sie in Richtung Dusche und gebe ihr einen weiteren Schlag auf ihren herzförmigen Arsch.

Sie entlässt ein tiefes Schnurren aus ihrer Kehle und schaut mit Hitze über ihre Schulter.

Ich halte ein Stöhnen zurück. Es braucht all meine Willenskraft, um mich umzudrehen, rauszugehen und die Tür hinter mir zu schließen.

KAPITEL 4

G*inrummy*

Sein Handy piept. Es ist 20 Uhr und er ist noch immer bei SeCure, aber das ist nicht ungewöhnlich. Für die Hälfte der Mitarbeiter dort ist das nicht ungewöhnlich. Sie arbeiten mit flexibler Arbeitszeit und viele Programmierer vollbringen ihre beste Arbeit in der Nacht.

Es ist Mr. X, der anruft.

Ja, im Ernst. Das Arschloch nennt sich Mr. X.

Er weiß nicht, wie viele Leute er unter sich oder hinter sich hat. Er hat sein Bestes getan und alles, was er gefunden hat, ist, dass Mr. X nicht existiert. Er ist Teil eines mächtigen Ringes für organisiertes Verbrechen.

Nun, was auch immer. Er würde seinen Teil dazu beitragen und ein reicher Mann werden. Vielleicht würde er Kylie sogar warnen, sich zu verstecken, bevor das FBI sie abholt. Oder nicht. Er hat sich immer noch nicht ihretwegen entschieden. Er ist gleichzeitig von ihr mehr angezogen und abgestoßen, jetzt da er sie persönlich getroffen hat.

Er wischt über seinen Bildschirm. „Was ist los?"

„Sieht so aus, als ob deine Drohung nicht überzeugend genug war."

Keine Überraschung. Sie ist schließlich Catgirl.

„Woher weißt du das?"

„Ihre Taschen sind gepackt. Wir haben die alte Dame geholt, mit der sie lebt. Wir übernehmen von hier an."

Sein Atem stockt in seiner Brust und er fühlt sich krank im Magen. *Nun, na klar.* Natürlich haben diese Jungs nichts gegen Entführungen. Verdammt, sie hätten wahrscheinlich auch kein Problem mit Mord. Eine eisige Kälte läuft durch seine Gliedmaßen. Was werden sie mit der alten Dame machen? Was werden sie mit Kylie machen?

Scheiße.

Er will kein Teil von all dem sein. Aber er will die ihm versprochenen fünfzig Millionen Dollar und die sichere Ausreise aus dem Land. Und deshalb ist er mit Männern wie Mr. X befreundet. Sie sind bereit, die harten Sachen zu tun. Er hat nur den Code schreiben müssen.

Und es ist zu spät, um da rauszukommen. Ja, er hat das Gefühl, dass der einzige Ausweg jetzt nur durch eine Kugel im Kopf wäre.

~.~

Kylie

. . .

Meine Beine zittern, als ich in die Dusche trete. Ich mag immer noch nass sein, aber ich bin mir sicher, dass mir nicht mehr kalt ist. *Heiliger Fingerfick, Batman.* Und jetzt sehe ich den Vorteil eines echten sexuellen Partners. Sie tun Dinge mit dir, von denen du nicht wusstest, dass sie möglich sind.

Die ganze Zeit bin ich vollkommen zufrieden mit Pornos und mit meinem batteriebetriebenen Freund gewesen. Ich rutsche aus meiner nassen Jeans und ziehe meinen BH und Höschen aus.

Wer hat dich in diesem höllisch süßen Höschen gesehen?

Ist er wirklich wegen eines imaginären anderen Mannes so wütend geworden? Ein Schauer läuft über mich und ich trete unter den Wasserstrahl. Ist das ein Warnsignal? Vielleicht ist er so gruselig, wie ich ihn im Aufzug dargestellt hatte. Würde er mich zum Auspeitschen in einen Schrank sperren?

Oh Gott. Nur der Gedanke, in einen kleinen Raum eingesperrt zu werden, verdreht meinen Solarplexus. Ich verscheuche den Gedanken und konzentriere mich stattdessen auf den Teil des Auspeitschens.

Er hat mich *versohlt*.

Ein Grinsen spaltet mein Gesicht und ich greife nach hinten, um meinen Arsch zu umfassen, der ein wenig unter dem Strahl von warmem Wasser brennt.

Lecker.

Im Ernst, das ist das Heißeste gewesen, was mir je passiert ist.

Okay, ja, es ist das *einzige* heiße Ding, was mir je passiert ist.

Meine Jungfrauenkarte ist nie gestanzt worden. Ich habe so eine seltsame Existenz gelebt, nie in der Lage, jemandem zu vertrauen. Mit sechzehn Jahren habe ich die Uni begonnen, ein paar unbefriedigende Kontakte gehabt, in denen ich mein Ziel, die Karte gestanzt zu bekommen, aufgegeben und stattdessen Blowjobs gegeben habe. Also, ja. Das ist mein Sexualleben auf den Punkt gebracht.

Totale Jungfrau, fingergefickt von Jackson King in seinem Badezimmer, nachdem ich ihm gestanden habe, ihn als Teenager gehackt zu haben.

Die Tatsache, dass er mich und nicht sich selbst befriedigt hat, ist ein Argument gegen den Gruselfaktor. Aber wer oder was hat ihn aufgehalten, als ich bereit war, ihm einen zu lutschen? Er hat etwas im Haus gehört.

Hat er einen Mitbewohner? Geheime Freundin? Haushälterin? Pool-Boy?

Auch wenn ich keine meiner früheren Erfahrungen mit Männern genossen habe, bin ich so bereit gewesen, Jackson um den Verstand zu bringen. Mein Mund hat danach gelechzt, seinen Schwanz zu schmecken, um ihn wie ein Pornostar zu befriedigen.

Hoffentlich würde es noch eine Chance geben. Ich fahre wieder mit meinen Händen über meinen Arsch und spiele die Bestrafung mental nach. Ich lehne meine Stirn gegen die Fliese und lege meine Finger zwischen meine Beine.

Ohhhh. Ich bin noch nie so nass und geschwollen gewesen. Ich stelle mir vor, Jackson tritt mit mir in die Dusche, sein riesiger Körper drängt mich gegen die Wand. Er würde mir befehlen, meine Hände an die Wand zu legen, und meinen Arsch versohlen, bis ich ihn anflehen würde aufzuhören. Dann würde er meine Hüften ergreifen und von hinten in mich pflügen. Ich ziehe meine Finger zurück und bewege sie zwischen meinen Beinen.

Ein zweiter Höhepunkt schießt durch mich und mein Kopf schwimmt vor Hitze. Ich atme tief ein, bis die Sterne wieder klar sind, dann schalte ich den Strahl aus.

Als ich austrete, sind meine nassen Klamotten weg und ein Handtuch und ein ordentlich gefaltetes Sweatshirt liegen auf dem Waschbecken.

Ein Anflug von Verlegenheit durchströmt mich. Ist er reingekommen, während ich masturbiert habe? Ich nehme das Handtuch und trockne mich ab und ziehe das warme Sweatshirt an. Es ist zu riesig für mich, wie ein Pulloverkleid fällt es mir bis zur Mitte der Oberschenkel, was gut ist, da er mir kein Höschen dagelassen hat. Ich liebe es, etwas zu tragen, das ihm gehört. Ich ziehe es an meine Nase und atme seinen schwachen Duft ein.

Ich kann nicht aufhören, an seine dicken Finger zu denken, die sich in mir bewegen, und ich sterbe plötzlich vor Verlangen, das komplette Paket zu bekommen. Meine Karte von Jackson King gestanzt zu bekommen, wäre die ultimative Hacker-Girl-Fantasie-Erfüllung. Aber nein, es geht nicht darum, einen Listenpunkt abzuhaken oder eine berühmte Person zu haben.

Es geht um die animalische Anziehungskraft zwischen Jackson und mir, die ich im Aufzug gespürt habe, bevor ich überhaupt gewusst habe, wer er ist. Ich habe die Art und Weise gemocht, wie er mich dort behandelt hat, genauso wie ich es geliebt habe, für meine Bestrafung über sein Waschbecken gebeugt zu werden.

Ich suche nach einer Bürste, aber das scheint ein Gästebad zu sein. Es gibt keine persönlichen Gegenstände hier, nur Reinigungsmittel und Toilettenpapier. Ich kämme mit den Fingern durch meine nassen Haare und gehe raus.

Das Haus – eigentlich eine Villa – ist wirklich enorm. Ich folge der geschwungenen Treppe nach unten und den Geräuschen von Bewegungen in eine riesige offene Küche.

Der Mann, der hinter der riesigen Insel mit der Granitplatte steht und mit den Fingern Wurst aus dem Behälter isst, ist jedoch nicht Jackson.

„Oh, hey", sage ich und winke ein wenig mit meiner Hand dabei.

Er ist jung – in meinem Alter oder jünger – mit blonden Haaren, die zerzaust und nass wie meine sind. Die schlanken Muskeln seiner Arme sind mit Tattoos bedeckt und beide Ohrlöcher sind mit Tunneln gedehnt. Er besitzt die ruhige Haltung eines Raubtiers und beobachtet mich, wie ich mich nähere, ohne sich zu bewegen.

Ich ziehe den Saum von Jacksons Sweatshirt runter. „Ich bin, äh, Kylie", biete ich an in der Hoffnung, eine Vorstellung zurückzubekommen.

„Sam." Irgendwie habe ich das Gefühl, dass er mich nicht mag.

Scheiße. Ist Jackson schwul? „Sind du und Jackson …?"

Sein kaltes Benehmen bricht mit einem Flackern seines Lächelns. „Er ist mein Bruder."

Ich starre ihn an. Offensichtlich kein Blutsbruder. Sie sehen sich überhaupt nicht ähnlich. „Sieht so aus, als wärst du auch draußen im Regen gewesen."

Der junge Mann antwortet nicht.

„Ich sehe, du hast Sam kennengelernt." Jacksons tiefe Stimme sendet einen Schauer durch meinen Körper wie ein Nachbeben nach meinem Höhepunkt. Höhepunkt*e*. Plural. Weil er auf jeden Fall für beide verantwortlich gewesen ist.

Ich schaue von Jacksons riesigem Berg an Körper und dunklen Haaren zu dem mageren muskulösen, hellhäutigen Mann und bin nicht überzeugt, dass sie nicht Liebhaber sind. Vor allem, weil Sam Jackson einen ‚*What the fuck?*'-Blick schenkt.

Was macht mich so verzweifelt, einen Anspruch auf Jackson zu erheben? Ich habe kein Recht dazu. Ich habe große Probleme mit meinem Arbeitgeber und meinen Erpressern und wir müssen unseren nächsten Schachzug planen.

„Willst du sehen, was auf dem Stick ist?", frage ich. Der Umschlag mit der Drohung und dem USB-Stick sind aus dem Badezimmer verschwunden, während ich geduscht habe. Auch wenn noch nichts Schreckliches passiert ist, bin ich immer noch nicht sicher, ob ich die richtige Wahl getroffen habe, hierherzukommen. Jemand anderem als meiner Familie zu vertrauen. Ich weiß noch, wie schlimm das für meinen Vater geendet hat.

Jackson nickt mir kühl zu. „Ja. Ich schaue mir das mal an", sagt er abweisend.

Ich hasse es, hierbei übergangen zu werden. Ich meine, ich bin eine Hackerin durch und durch. Ich muss den Code sehen, um zu wissen, was sie geplant haben. Vor allem, weil es mich betrifft. „Darf ich den Inhalt sehen?"

Jackson betrachtet mich für einen Moment. „Du hast nicht geschaut, bevor du ihn hierhergebracht hast?" Trotz der Tatsache, dass wir gerade den heißesten und intimsten Moment meines Lebens oben geteilt haben, ist er wieder zu Mr. Geschäftsmann zurückgekehrt. Sein Gesicht könnte aus Granit geschnitzt sein.

Ich schüttle meinen Kopf. „Willst du ihn dir jetzt anschauen?" Ich füge das *zusammen*, was auf meinen Lippen liegt, nicht an.

„Ich will ihn mir zuerst ansehen", sagt er. „Allein."

Die Alarmglocken läuten. Habe ich einen Fehler gemacht, ihn hierherzubringen? Nicht alles allein zu regeln? Jetzt ist mein Schicksal in seinen Händen und ich weiß immer noch nicht, wie er die Dinge ausspielen wird. „Ich bin auch ziemlich gut im Hacken."

Seine Augen werden schmal. „Ja, ich erinnere mich." Er

sieht Sam an. „Meine neue Angestellte hat sich als die einzige Hackerin entpuppt, die jemals meinen Code geknackt hat.“

Ich kann nicht herausfinden, ob er noch sauer ist oder ob ich in seinem Ton Bewunderung höre.

„Und sie hat angeblich gerade einen Erpressungsbrief erhalten, in dem sie gebeten wird, Malware in unser System zu installieren, um Stillschweigen über ihre Hacker-Identität zu erhalten.“

Angeblich. Der Schlag trifft mich wie eine Handgranate in meinen Solarplexus. Er glaubt mir nicht? Natürlich nicht. Warum sollte er? Nur weil wir uns beide nackt sehen wollen, heißt das nicht, dass wir einander vertrauen sollten.

Aber ich will ihm vertrauen. Und es ist wahrscheinlich nur meine fehlgeleitete Teenie-Schwärmerei, aber ich will unbedingt, dass Jackson mir auch vertraut.

Aber zum Teufel, vielleicht ist es sein Plan, mich den Bullen zu übergeben, sobald er weiß, womit er es zu tun hat.

~.~

Jackson

Kylie wird blass, als ich sage, sie wird angeblich erpresst. Ohne den Schmerz, den ich auf ihrem Gesicht gelesen habe, wäre ich vielleicht misstrauisch ihr gegenüber geblieben. Aber er ist so greifbar, ich schwöre, ich kann ihn riechen.

Und dann drängt dieser neue paarungswillige Teil in mir näher zu ihr, um es wiedergutzumachen. Sie steht auf der gegenüberliegenden Thekenseite von Sam, der drei Päckchen Wurst gegessen hat, seit wir hier stehen. Ich stelle mich neben sie und schenke Sam einen warnenden Blick wegen des Fleischs. Er wischt sofort die leeren Pakete weg und wirft sie in den Müll, was natürlich nur mehr Aufmerksamkeit auf seinen fleischfressenden Appetit lenkt.

„Du warst ziemlich hungrig", sagt Kylie.

Mein Wolfsgehör erkennt das Geräusch ihres knurrenden Magens. Ich will sie nicht füttern. Nun, das ist eine Lüge, aber ich muss sie aus meinem Haus schaffen, bevor ich etwas Unverzeihliches mit ihrem heißen kleinen Körper anstelle. Sie steht in nichts da als meinem Sweatshirt, das unglaublich heiß aussieht und von einer Schulter rutscht. Zu wissen, dass ihre nackte Muschi nur eine Handreichweite entfernt ist, lässt mich meine Fäuste auf der Arbeitsplatte ballen.

„Bist du hungrig, Catgirl?"

Sie zögert einen Moment und schüttelt dann den Kopf.

Ich neige meinen Kopf, genervt, dass sie gelogen hat. Wenn Sam nicht dastünde, würde ich sie zum zweiten Mal dafür versohlen. „Sag es laut", sage ich leise.

„Was?"

„Du lügst. Ich will hören, wie du es laut sagst, damit ich weiß, wie es klingt, wenn du lügst."

Sie läuft bis zu ihren Ohren rot an und dieses Mal genieße ich es, sie zu quälen. Ich habe Hunderte von Angestellten oder anderen Wölfen unter meiner Dominanz zappeln sehen, aber es hat mich noch nie so angemacht. Ich will sie ausziehen, fesseln und sie mit einer Rute befragen.

Und dieses Bild hilft mir nicht, mich zu beruhigen. Überhaupt nicht.

Aber sie sammelt sich und hebt ihr Kinn. „Ich bin nicht hergekommen, um zu essen."

„Sam, hol ihr was“, befehle ich. Sobald ich es sage, erkenne ich, dass es für sie seltsam klingen wird. Ohne das Wissen über Rudeldynamik wird sie ihn genauso sehen wie den Prügelknaben, den sie im Aufzug beschrieben hat.

Um es noch schlimmer zu machen, wirft Sam mir einen verdammenden Blick zu, bevor er gehorcht. Er zieht eine Packung Wurst, Brot und Zutaten heraus und beginnt ein Sandwich zu machen, ohne zu fragen, was sie mag.

Es ärgert mich mehr, als es sollte, aber Kylies Magen beschwert sich wieder und sie scheint dankbar für das Essen zu sein, sodass ich denke, es geht in Ordnung.

„Ich bringe dich nach Hause. Du kommst morgen zur Arbeit, als wäre nichts passiert. Lass es mich wissen, wenn sie wieder Kontakt aufnehmen“, sage ich zu ihr, während Sam das Sandwich macht.

Sie stößt ungeduldig Luft aus, senkt aber ihr Kinn. „Ja, Sir.“

Mein Schwanz wird steinhart. Diese Worte zu hören – die gleichen, die mich normalerweise nerven, wenn ich sie von Angestellten höre, die mir in den Arsch kriechen –, fühlt sich wie ein totaler Sieg an. Dieses Mal stelle ich sie mir auf den Knien zu meinen Füßen vor und sie starrt hoch mit diesen schönen goldgefleckten Augen und wartet auf mein Kommando.

Sam schiebt den Teller über den Tresen zu Kylie.

„Danke, Sam.“ Sie nimmt ihn und isst mit genug Gusto, um den juckenden Teil in mir zu befriedigen, der sich um ihren Komfort sorgt.

„Soll ich irgendetwas tun?“, fragt Sam.

„Bring ihr Fahrrad von außerhalb des Tores rein und leg es in den Kofferraum des Range Rovers.“

Er nickt und geht und ich drehe mich zu Kylie. „Wenn du ein gottverdammtes Wort darüber verlierst, dass er mein

Prügelknabe ist, werde ich dich vornüberbeugen und dich wieder versohlen."

Ihre Lippen strecken sich in ein breites Lächeln und sie leckt die letzten Krümel des Sandwichs mit ihrer Zunge aus den Mundwinkeln. Das Aufblitzen an Pink lässt meinen Schwanz wieder in die Höhe steigen. Ich kann meinen Verstand kaum beisammenhalten mit diesem Mädchen.

„Er ist ein Adoptivbruder. Ich habe ihn als obdachlosen Teenager aufgenommen."

„Hmm." Sie nimmt noch einen Bissen. „Das ist eine Tatsache, die noch nie über dich berichtet wurde."

„Ich schulde der Öffentlichkeit keinen Teil meines Privatlebens."

„Ich bin gut darin, Geheimnisse zu bewahren – normalerweise." Sie läuft wieder rot an.

Ich hebe eine Augenbraue an und versuche herauszufinden, was sie erröten lässt.

„Aus irgendeinem Grund ist es, als ob ich Wahrheitsserum getrunken habe, wenn ich in deiner Nähe bin." Sie kann mir nicht ganz in die Augen sehen und ich finde es so verdammt ansprechend. Ich greife nach ihr und ziehe ihren Körper mit einem Arm um ihre Taille und einer Hand hinter ihrem Kopf an mich.

„Du solltest mich besser nie anlügen, Babygirl, oder ich werde dafür sorgen, dass es dir sehr leidtut."

Ihr Atem stockt, ihre vollen Lippen teilen sich. Der berauschende Duft ihrer Erregung weht hoch und lässt meinen Wolf heulen. Hitze prickelt über meine Haut. „Du bestrafst gerne." Sie klingt atemlos. „So viel habe ich richtig erkannt."

„Das hast du."

Bevor heute Abend hätte ich es abgelehnt, aber ich habe es genossen, ihren perfekten Arsch zu versohlen. Ich necke ihre Lippen und schmecke die Süße dort. Mit großer Anstrengung entferne ich mich von ihr und ergreife sie beim Kinn. „Also, die Wahrheit. Wer, glaubst du, hat dir den Umschlag hinterlassen?"

Ein Runzeln legt sich zwischen ihre Brauen. „Ich weiß nicht. Deshalb will ich den Code sehen. Ich könnte den Stil erkennen."

Ich nicke. „Okay. Vielleicht morgen. Nachdem ich einen Blick drauf geworfen habe." Ich traue ihr immer noch nicht voll und ich muss mir die Malware ansehen, wenn ich nicht von ihrer berauschenden Präsenz abgelenkt bin. „Lass uns gehen."

Ich muss diese Frau wieder in ihre Klamotten kriegen und aus meinem Haus bringen. Bevor ich völlig den Verstand verliere.

~.~

Kylie

ICH WILL NICHT von Jackson nach Hause gefahren werden, aber ich bin zu erschöpft für eine weitere lange Radtour im Regen. Die Sache ist die ... ich fahre nicht gerne in den Autos anderer Leute. Mir geht es allein gut. Ich kenne die Aussteigmöglichkeiten und kann das Fahrzeug steuern. Ich kann die Fenster aufmachen, wenn es mich juckt.

Erleichtert sehe ich, dass es ein Range Rover ist und kein winziger Sportwagen. Ich steige auf der Beifahrerseite ein und gebe ihm meine Adresse. Ich behalte meine Hand am Türgriff.

Jackson verwandelt sich wieder in Mr. Schweigsam und verpasst mir fast ein Schleudertrauma durch dieses ‚Heiß und kalt'-Ding. Ich *weiß*, er steht auf mich. Selbst so unerfahren, wie ich bin, bin ich mir sicher. Aber es ist, als wollte er es nicht. Und es geht nicht um Vertrauen, weil er so gewesen ist, noch bevor er erfahren hat, dass ich Catgirl bin.

Er fährt aus der eingezäunten Einfahrt auf die Straße. „Was ist dir passiert?", fragt er leise.

Ich schwenke meinen Blick zu ihm und er hebt sein Kinn zu meinen weißen Knöcheln am Türgriff. „Die engen Räume. Etwas ist passiert." Ohne mich zu fragen, macht er mein Fenster einen Zentimeter auf, obwohl es regnet.

Meine Kehle schließt sich. Ich habe noch nie darüber gesprochen, nicht einmal mit Mémé. Ich bin mir nicht einmal sicher, ob ich es kann. Aber Jackson ist mein Wahrheitsserum.

„Ja", murmele ich. „Etwas ist passiert." Ich schließe meine Augen wegen der Erinnerung an die Panik. Die Wände schließen sich um mich, meine Schultern sind zusammengepresst, nicht in der Lage, meinen Kopf zu heben, Dunkelheit um mich herum.

Er sagt nichts und der Raum zwischen uns erstreckt sich wie eine Einladung, ein Pool von *Echtheit,* in den ich reinspringen könnte, wenn ich es nur wagen würde.

Kann ich? Echt mit jemandem sein, der kein Familienmitglied ist?

Nein. Der Tod meines Vaters hat bewiesen, dass man niemandem außer seiner Familie trauen kann. Aber meine Lippen bewegen sich trotzdem. „Ich steckte einmal in einem engen Raum fest. Es war niemand da, um zu helfen, und ich brauchte Stunden, um rauszukommen." Ich greife den Türgriff so fest, dass ich ihn abreißen könnte.

Jackson greift rüber und drückt meine Hand. „Es tut mir

leid, dass dir das passiert ist. Du bist jetzt sicher, Baby. Du hast deine eigene Tür zum Aussteigen. Ich halte sofort an, wenn du abhauen musst. Okay?“

Etwas strafft sich in meinem Solarplexus, als die Qual dieses bestimmten Traumas hervorkommt. Ich nehme tiefe Atemzüge. Auf keinen Fall werde ich anfangen, in Jacksons Auto zu heulen. Verdammt, dass er das aus mir rausgeholt hat.

„Hey.“ Er lässt meine Hand los und verdreht seinen Arm, um auf meinen Solarplexus zu drücken, so wie er es im Aufzug getan hat. „Alles ist in Ordnung.“ Er fängt an, rechts ran zu fahren, und ich schüttle meinen Kopf.

„Nein. Fahr weiter. Es ist nicht das Auto“, würge ich hervor.

„Erzähl mir den Rest“, fordert er. Seine Stimme ist hart, als ob er plötzlich wütend ist. Weswegen kann ich nicht ergründen.

Ich schüttle meinen Kopf. „Lass es auf sich beruhen.“

„Das wird nicht passieren. Sag es mir oder ich werde anhalten und dir helfen, Baby.“

Ich habe keine Ahnung, was *Hilfe* meint, aber ich will nicht, dass das eine große Sache wird. „Etwas Schlimmes ist passiert. Kurz bevor“, platzt es aus mir.

Seine Hand schließt sich fester um das Lenkrad.

„Nicht das, was du denkst.“ Mir wird klar, dass er möglicherweise denkt, es geht um sexuellen Missbrauch oder Kindesmissbrauch, weil sein Gesicht absolut mörderisch wird.

„Nichts Sexuelles“, bringt meine Kehle raus. „Ich habe einen Mord gesehen.“

Mord. Das Wort hat eine gezackte Kante, die den begrenzten Raum des Fahrzeugs mit Gefahr überzieht. Die Gefahr, in der ich seit dieser Nacht bin. „Ich musste versteckt bleiben. Und dann, nachher, konnte ich meinen Ausweg nicht finden. Ich schätze, Schock hatte mich verwirrt."

Jackson flucht. „Wie alt warst du?"

„Sechzehn." Ein Jahr, nachdem ich SeCure gehackt und gedacht habe, ich wäre das klügste Mädchen im Universum.

Er lindert den Druck auf meinem Brustbein und schiebt seine Hand hinter meinen Kopf. „Danke, dass du es mir gesagt hast."

Ich rolle das Fenster ganz nach unten und lasse den Regen auf mein Gesicht prasseln, verstecke die einsame Träne, die entkommen ist. Eigentlich, unglaublicherweise, fühle ich mich leichter. Als ob die Worte das Schloss der Dunkelheit geöffnet haben, das ich vor acht Jahren in meiner Brust geschlossen habe. Es löst sich von mir, immer noch im Auto hängend, immer noch ernüchternd und deprimierend, aber weniger intensiv. Ich stelle mir vor, wie es aus dem Fenster gesaugt wird, zurück zum Äther. Was auch immer ein Äther ist.

„Ich habe es noch nie jemandem erzählt", sage ich schließlich, meine Stimme leicht heiser von den zurückgehaltenen Tränen.

„Jetzt hast du es."

Ein tiefes Gefühl von Trost legt sich über mich wie eine Decke. Zum ersten Mal seit Jahren – seit meine Mutter gestorben ist – habe ich nicht das Gefühl, das Gewicht der Welt auf meinen Schultern zu tragen. Allein. Jemand teilt mein Geheimnis und die Welt ist nicht untergegangen.

Noch nicht, jedenfalls.

Vielleicht zahle ich später dafür. Ich lehne meinen Kopf zurück gegen die Kopfstütze, gekühlt durch das Regentrommeln, beruhigt durch das Psst von Jacksons Scheibenwischern.

Er hält vor meinem Haus an. „Wir sehen uns morgen.“

Für einen Moment überlege ich wieder abzuhauen. Ich habe das Richtige getan, indem ich Jackson den USB-Stick gegeben habe, aber wenn es heiß wird, wenn die Erpresser das FBI anrufen, wäre es besser für mich, die Stadt zu verlassen.

Aber der Gedanke, Jackson morgen *nicht* zu sehen, ist zu viel. Ich drücke die Tür auf und steige aus. „Ja. Wir sehen uns morgen.“

~.~

Jackson

Ich bin fassungslos über mein Bedürfnis, Kylie zu beschützen. Ich will jeden Drachen töten, der ihr je seine Zähne gezeigt hat. Das Unrecht beheben, das sie erlitten hat. Und ich muss verrückt sein, denn sobald ich nach Hause komme, recherchiere ich über sie, überprüfe die Datenbanken der Strafverfolgungsbehörden und der Sozialarbeit nach ihrem Namen und ihrer Sozialversicherungsnummer. Nicht sehr überraschend, aber ich finde nichts.

Der Name und die Versicherungsnummer, die sie für ihre Bewerbung benutzt hat, ist vermutlich gefälscht gewesen. Ein Mädchen wie sie, eine Hackerin ihres Kalibers, hat die Fähigkeit, glaubwürdige falsche Identitäten zu erschaffen. Sie kann auf jede Abteilung für Kraftfahrzeuge zugreifen, das Amt der Statistik. Die Macht, die sie ausüben kann, ist atemberaubend. Und trotzdem hat sie nie etwas von meinen Kunden gestohlen, als sie SeCure gehackt hat. Es ist ein Spiel gewesen. Sie ist nur ein Kind gewesen.

Was auch immer ihre Geschichte ist, ihr Leben ist nicht einfach gewesen. Kein Jugendlicher kommt ohne Narben davon, wenn er einen Mord sehen muss.

Ich sollte es wissen.

Unzufrieden schwöre ich, weiter zu graben, bis ich genau herausfinde, was mit meiner kleinen Hackerin passiert ist. Aber im Moment habe ich etwas viel Dringenderes zu erforschen. Mit einem strombetriebenem Laptop, den ich ausschließlich für das Testen von Codes aufbewahre, öffne ich den USB-Stick und untersuche die Malware, mit der Kylie SeCure hätte infizieren sollen.

Sie ergibt keinen Sinn für mich, also fange ich an zu überlegen, welche Ziele sie verfolgen.

Und ich wünschte, ich hätte Kylie bleiben lassen, damit wir uns das zusammen ansehen können.

Morgen. An einem öffentlichen Ort, wo ich weniger versucht bin, sie zu berühren. Morgen werden wir gemeinsam daran arbeiten.

Ich bezweifle die Richtigkeit des Gefühls nicht, denn nichts an Kylies Wirkung auf mich ergibt Sinn.

Nur Kylie. Kylie allein ergibt Sinn für mich.

~.~

Kylie

Die Lichter sind in dem kleinen Haus an, das wir in der Nähe der Universität gemietet haben. Ich habe den Standort gewählt, weil er hip ist und es viele Restaurants und Geschäfte gibt, die zu Fuß erreichbar sind. Ich wähle immer Orte aus, an denen man sich leicht einfügen kann.

„Mémé?" Ich drücke die Tür auf und halte inne. Etwas fühlt sich falsch an. Haare stellen sich in meinem Nacken auf und ich trete ein und versuche zu identifizieren, was anders ist.

Nichts scheint fehl am Platz zu sein.

„Mémé?" Es klingt scharf, ich hoffe, sie ist noch nicht im Bett.

Ich schaue mich in der Küche um und sehe nicht ausgepackte Einkaufstüten auf dem Boden. Die Alarmglocken läuten laut.

Mein Handy klingelt. Ich fummele es aus meiner Tasche und starre auf die Wörter *Nummer unterdrückt*. Normalerweise würde ich da nie rangehen, aber etwas stimmt hier nicht, also streiche ich über den Bildschirm und lege das Handy an mein Ohr. „Hallo?"

„Du hast unsere Anweisungen nicht befolgt." Die Stimme klingt computergeneriert. Eine Welle der Wut überkommt mich.

„Fick dich und deine Anweisungen."

„Wir ficken deine Großmutter. Du hättest tun sollen, was dir gesagt wurde."

Eis durchflutet meine Adern. Ich schwanke auf meinen Füßen. „Mémé?", schreie ich und renne durch das Haus.

„Installiere den Code und du wirst die alte Dame wiedersehen." Der Anruf endet, bevor ich ihnen ein neues Arschloch reißen kann. Ich weiß nicht, was ich gesagt hätte. Höchstwahrscheinlich etwas wie: *Ich werde euch Scheißkerle töten!*

Meine Hand zittert vor Wut, als ich wieder durchs Haus renne. Natürlich weiß ich, dass es erfolglos ist. Sie ist weg.

Sie haben sie. Und ich habe keine andere Wahl, als Jackson Kings milliardenschweres Reich zu stürzen, um sie zurückzubekommen.

Ich will kotzen. Und schreien. Am liebsten würde ich gerne den in die Finger bekommen, der dachte, eine alte Dame zu entführen wäre eine gute Idee. Und ihm dann einen Fleischklopfer in den Hals rammen.

KAPITEL 5

K*ylie*

Tut mir leid, Jackson.

Meine vom Schwärmen beeinflusste idiotische Entscheidung, direkt zu Jackson zu gehen, anstatt mit Mémé gestern Abend abzuhauen, ist mehr als nur fehlgeschlagen.

Ich habe die einzige Person, die ich liebe, das einzige Familienmitglied, das ich noch habe, in furchtbare Gefahr gebracht. Ich werde mir nie verzeihen, wenn ihr etwas zustößt. Also, trotz der überzeugenden Momente, die ich mit Jackson King gehabt habe, trotz meines Wunsches, eine echte Verbindung zu ihm herzustellen, ihm zu vertrauen, dass er die riesige Lücke, die ich zwischen mir und dem Rest der Welt aufgebaut habe, überbrücken kann, wird seine Firma durch meine Hand untergehen. Mémé ist wichtiger.

Ich muss den USB-Stick von ihm zurückbekommen,

ohne Verdacht zu erregen. Ich entscheide mich für den direkten Weg.

Es ist definitiv ein Chucks-Tag. Ich trage einen kurzen Jeansrock, ein Anime-T-Shirt und meine schwarzen glitzernden Converse und marschiere um Viertel vor sieben ins SeCure-Gebäude. Ich denke, dass e offen sein wird, und ich rechne damit, dass Jackson früh dran ist, um der Bedrohung auf den Fersen zu bleiben. Ich gehe die Treppe in den achten Stock.

Die Lichter sind aus, Türen verschlossen. Ich hocke mich auf den Boden vor Jacksons Büro, lehne meinen Rücken gegen seine Tür und ziehe meinen persönlichen Laptop hervor. Ich habe nichts mehr zu recherchieren – ich bin die ganze Nacht aufgeblieben, um die gesperrte Telefonnummer des bedrohlichen Anrufs zu einer IP-Adresse zurückzuverfolgen, aber habe sie noch nicht herausgefunden.

Wie haben sie mich gefunden? Ich war all die Jahre so vorsichtig.

Der Aufzug klingelt. Ich schaue von meinem Bildschirm hoch, Finger fliegen noch immer über die Tastatur, suchen nach Datensträngen.

Jackson hält inne, als er mich sieht. „Konntest du nicht schlafen?"

Ich springe auf meine Füße. „Nein. Du?"

„Überhaupt nicht."

„Was hast du gefunden?" Ich habe mich für die *‚Lass uns so tun, als wären wir Verbündete und gemeinsam in der Scheiße'*-Taktik entschieden. Er zieht eine Braue hoch, um mich wissen zu lassen, dass ich aus der Reihe tanze. Er hat das Sagen und wir sind kein Team. „Sorry. Soll ich deinen Hintern küssen und dich bei der Arbeit Mr. King nennen?"

„Ich mochte es, als du mich *Sir* genannt hast", sagt er, öffnet seine Tür und tritt an mir vorbei.

„Ich wette, dass dir das gefallen hast", murmele ich bei der Erinnerung an seinen dominanten Umgang mit mir gestern Abend. Ich folge ihm, mache es mir in seinem gigantischen Büro gemütlich, indem ich mich in einen Stuhl fallen lasse und meinen Laptop wieder rausziehe. „Ich habe meinen persönlichen PC mitgebracht, um die Malware zu laden. Ich möchte sie studieren, wenn du bereit bist, mich einen Blick darauf werfen zu lassen." Angst und Notwendigkeit haben die alte Kylie zurückgebracht, die fähig ist, jeden anzulügen, sogar Jackson King, mein persönliches Kryptonit.

Er ignoriert mich, sein Gesicht unlesbar, als er seinen eigenen Laptop herauszieht und ihn in die Dockingstation steckt.

Zu zappelig, um dort zu sitzen und darauf zu warten, dass er mich mit einer Antwort würdigt, frage ich: „Soll ich Kaffee machen?" Er muss seine eigene Erfrischungsstation auf dieser Etage haben.

Er hört auf, sich zu bewegen, seine Augen sind heller im Sonnenlicht, das durch seine bodentiefen Fenster strömt. Es liegt etwas Raubtierhaftes an der Art, wie er mich ansieht. Als hätte mein Angebot, Kaffee zu machen, ihn angemacht. Na ja, vielleicht hat er ein Master-Sklaven-Fetisch-Ding. Ihm geht einer ab, wenn er bedient wird. Er war definitiv herrisch mit Sam, seinem Mitbewohner.

„Sahne, kein Zucker."

„Wo ist er?"

„Um die Ecke nach rechts. Du wirst die Küche leicht finden."

Lustig, aber ich könnte die Kehrseite des gleichen Fetischs haben, weil es mich anmacht, ihm Kaffee zu holen.

Dankbar, dass die manische Energie, die mich beherrscht, sich auflöst, schlüpfe ich aus seinem Büro und mache den Kaffee. Es sind frisch gemahlene Bohnen von Peets und im Kühlschrank unten ist echte halbfette Kaffeesahne. Ich mache mir auch eine Tasse und gehe zurück, gerade als seine Sekretärin ankommt.

Wenn Blicke töten könnten, läge ich in zwanzig Stücken auf dem Boden.

„Machen Sie sich keine Sorgen um seinen Kaffee“, sage ich flott. „Ich hab mich schon darum gekümmert.“

Ihre Augen wandern an mir auf und ab und ihre Lippe kräuseln sich, als sie meine Turnschuhe sieht.

Ich lasse mein hellstes Lächeln aufblitzen, als ich in Jacksons Büro gehe. „Ihr Kaffee, Sir.“ Ich gehe zu der Seite seines Schreibtisches und komme ihm viel zu nah, als ich mich wie ein sexy Kätzchen rüberlehne, um ihm die Tasse zu geben.

Seine Sekretärin gafft durch die Tür.

„Pass auf, Kätzchen, sonst bestrafe ich dich auch hier“, knurrt er halblaut.

„Was?“, frage ich unschuldig.

„Stornieren Sie alle meine Termine und schließen Sie die Tür, Vanessa. Wir haben hier eine Situation zu lösen“, sagt er zu seiner Sekretärin, als er seinen Schreibtisch öffnet und ein hölzernes Lineal herauszieht. Er legt es zwischen uns auf den Tisch und schenkt mir einen aussagekräftigen Blick.

Trotz allem – trotz des Schlafmangels und meiner Sorge wegen Mémé, trotz meiner entmutigenden Aufgabe, den USB-Stick zu bekommen und mich innerhalb der nächsten zwölf Stunden in das SeCure-System zu hacken – läuft eine Welle von reinem sexuellen Verlangen durch mich.

Zum Teufel, ja, er kann mir wieder den Hintern versohlen.

Er wird viel Schlimmeres tun wollen, wenn er merkt, was ich vorhabe. Und dieser Gedanke löscht die Lust direkt aus.

Ich strecke meine Handfläche aus. „USB-Stick?"

Ich bin mir wirklich nicht sicher, ob er ihn mir geben wird, aber nach einem Moment zieht er ihn aus seiner Tasche und wirft ihn in die Luft.

Ich schnappe ihn und er lächelt über meine schnellen Reflexe.

„Du bleibst in meinem Büro, während du daran arbeitest." Er hebt sein Kinn zum Stuhl gegenüber von ihm.

Scheiße. Wie zum Teufel soll ich mich in SeCure reinhacken und die verdammte Malware hochladen, während ich in seinem Büro sitze und an einem Computer arbeite, der nicht mit dem System verbunden ist?

Ich setze mich auf einen Stuhl und stecke den USB-Stick rein. Es ist ein ausgeklügeltes Programm und ich bin mir nicht ganz sicher, wie es funktioniert, aber ich kann mich nicht darauf konzentrieren, es herauszufinden. Stattdessen überprüfe ich alles, was ich über das Hacking von SeCure vor acht Jahren gelernt hatte. Natürlich weiß ich, dass diesmal nichts mehr dasselbe sein wird.

Scheiße, ich hab erst seit ein paar Tagen diesen Job. Wie erwarten sie, dass ich das installiert bekomme? Ich habe noch keinen Sicherheitszugriff auf irgendetwas erhalten. Es sei denn ...

Was sind die Chancen, an den Computer des Chefs zu kommen? Hier bin ich und sitze in seinem Büro. Wenn er im System angemeldet ist, kann ich sein Passwort auslesen oder vielleicht sogar den Code von seinem Computer aus hochladen. Der Mann wird irgendwann die Toilette benutzen müssen, oder? Oder zum Mittagessen gehen?

Mein Herz klopft, während ich über den Verrat nachdenke, und Jackson schaut zu mir, als ob er den wütenden Herzschlag hören könnte.

Ich behalte meinen Kopf unten, als ob ich wirklich hart arbeite.

Wenn ich fertig bin, muss ich abhauen, sonst werde ich in Handschellen abgeführt. Ich betrachte die Ausgänge. Das Treppenhaus führt zur Rückseite des Gebäudes. Ich schaffe es vielleicht bis zu meinem Auto.

Und wohin gehe ich dann?

Die Erpresser haben mir nicht mal gesagt, wie ich Kontakt aufnehmen soll. Wie bekomme ich Mémé zurück?

Eine furchtbare, schreckliche Angst trifft mich wie ein Stromschlag an meiner Wirbelsäule. *Was ist, wenn sie nicht vorhaben, sie zurückzugeben?* Was, wenn sie schon tot ist und ihre Leiche irgendwo in der Wüste liegt? Ich hätte verlangen sollen, ihre Stimme zu hören. Was zum Teufel ist nur mit mir los?

Sobald ich die Malware hochgeladen habe, habe ich keinerlei Druckmittel mehr. Mémé und ich werden beide überflüssig sein. Ich übernehme die Verantwortung für den Angriff und Mémé stirbt.

„*Was?*" Jacksons Stimme schneidet quer durchs Büro.

Ich drehe meinen Kopf hoch und sehe, dass er ein Loch durch mich hindurch starrt. Seine Nasenlöcher weiten sich, als ob er etwas Abscheuliches riecht.

Mein Herz schlägt härter. Habe ich etwas laut gesagt?

„Ich spüre deine Unruhe. Was hast du im Code gefunden? Weißt du, wer es war?"

Heilige Maria, er *spürt meine Unruhe?* Kein Wunder, dass dieser Mann mit nichts als einem Laptop eine milliardenschwere Firma aufgebaut hat. Und ich dachte immer, er wäre sozial verkrüppelt. Vielleicht hält er sich von Leuten fern, weil er sie zu gut lesen kann und sie ihn langweilen.

Mein Verstand rast nach etwas, was ich ihm geben kann. „Ich – ich denke, ich wurde hereingelegt."

Seine Lippen heben sich verächtlich. „Ich dachte, das wissen wir bereits."

„Ich meine von innen. Wie habe ich diesen Job bekommen? Eine Headhunterin rief mich aus heiterem Himmel an. Ich habe nirgendwo eine Ausschreibung gesehen. Habe mich nie bei SeCure beworben."

Jackson wird blass und ich schwöre, seine Augen werden wieder blau. Er steht mit einem düsteren Ausdruck auf. „Ich komme gleich zurück." Er geht aus der Tür und schließt sie hinter sich.

Ich zähle bis fünf und stabilisiere meinen Atem. Dann gehe ich schnell zu Jacksons Schreibtisch und setze mich auf seinen Sitz.

Ich habe während der Zeit meiner Überfälle gelernt, Angst vom Job zu trennen. Zeit ist immer von entscheidender Bedeutung gewesen und wenn du deinen kühlen Kopf nicht behalten kannst, ist der Job so gut wie gelaufen. Ich habe gelernt, in ein schwarzes Loch der Konzentration zu tauchen. Ich konzentriere mich nur auf die Aufgabe. Das ist der Kopfraum, in dem ich mich jetzt befinde, meine Sicht verengt sich auf die Eingabeaufforderungen auf dem Bildschirm, während ich durch Login-Bildschirme schaue, um Jacksons Passwort zu ziehen. Ich finde zwanzig, ohne erkennbares Muster. Er muss für jeden Login ein anderes haben. Kluger Mann.

Ich strenge mich an, um durch die Firewall zu kommen und an den Infosec-Code zu gelangen. Ich erlaube mir nicht, darüber nachzudenken, was passieren wird, wenn Jackson zurückkommt, bevor ich Erfolg habe. Oder wenn ich nicht reinkomme. Oder wenn sie Mémé nicht gehen lassen.

Ich sehe nur die Zeichen auf einem Bildschirm. Ein Rätsel zum Lösen.

Sechszehn Minuten später bin ich drin.

Keine Zeit zum Feiern. Ich greife den USB-Stick und stecke ihn in seinen Port.

Tut mir leid, Jackson. Es tut mir so verdammt leid.

Das Programm startet automatisch, der Code entfaltet sich vor meinen Augen in Blitzgeschwindigkeit.

Ich stehe von seinem Stuhl auf, hole meine Sachen und gehe schnell raus. Ich beachte seine Sekretärin nicht. Ich laufe den Flur entlang, als würde ich auf die Toilette gehen, und schlüpfe ins Treppenhaus.

Acht Stockwerke. Dann ein Parkplatz und ich bin in meinem Auto.

Aber ich weiß schon, dass sie mich drangekriegt haben. Sie werden Mémé nicht gehen lassen. Wie könnten sie mich der Sache bezichtigen, wenn eine alte Dame etwas über die Entführung erzählt?

Also habe ich ein weiteres Verbrechen begangen und die einzige Firma zerstört, die ich je bewundert habe. Für nichts.

Noch viel schlimmer – ich habe alles zerstört, was ich mit Jackson King gehabt habe. Und das ... das schmerzt fast so sehr wie der Gedanke, dass Mémé tot ist.

~.~

Jackson

. . .

So wie ich es sehe, musste dieser Angriff von jemandem in meiner Infosec-Abteilung kommen.

Leider bringt das die Zahl nur auf 517 Menschen runter, die sich überall auf der Welt befinden. Nur 137 von ihnen sind in diesem Gebäude. Aber ich kann mit Luis, meinem CSO und Personalchef, anfangen, um Antworten über Kylies Anstellung zu bekommen.

Ich gehe direkt zu Luis' Büro und platze rein, ohne anzuklopfen. Er ist am Telefon, wahrscheinlich mit seiner Frau, weil ich eine weibliche Stimme am Telefon höre, die eine lang gezogene Geschichte erzählt.

Luis setzt sich gerade hin und schaut mich aufmerksam an, als er versucht, den Monolog zu unterbrechen. „Es tut mir leid, Schatz. Mr. King ist gerade in mein Büro gekommen."

„Oh! Okay, ruf mich später zurück", sagt sie schnell.

„Klar." Er legt auf und schenkt mir einen befangenen Blick. „Meine Frau ist ganz aufgeregt darüber, unser Kind in die Talentshow der Schule zu bekommen."

Eins muss ich Luis lassen. Nach all den Jahren meiner eiskalten Stille bei persönlichen Themen macht er immer noch den Versuch. Es ist, als ob er will, dass ich mich daran erinnere, dass er eine Familie hat und menschlich ist, damit ich nicht zu viel von ihm verlange.

Nicht, dass es mich jemals aufhält.

„Was haben Sie über die neue Anstellung in Infosec erfahren?", frage ich.

Luis runzelt die Stirn. „Kylie McDaniel? Was meinen Sie?"

„Ich habe Sie gebeten, nachzusehen, wo wir sie gefunden haben. Wer hat sie überprüft? Wie lange war diese Stelle ausgeschrieben?"

„Wir haben immer offene Stellen. Sie haben mich gebeten, unser Infosec-Team vor drei Jahren zu verdoppeln, und ich arbeite daran. Es ist schwer, neue Mitarbeiter zu finden. Es dauert durchschnittlich drei Monate, um eine Stelle zu besetzen."

„Und diese Stelle wurde veröffentlicht?"

„Nein, sie wurde nicht ausgeschrieben. Wir benutzen eine Headhunterin. Es spart die Zeit, unqualifizierte Bewerber auszusortieren. Seit einem Jahr sucht sie aktiv nach Kandidaten."

„Und wie hat sie Kylie gefunden?"

Luis zuckt mit den Schultern. „Es tut mir leid. Ich habe es nicht weiter untersucht. Es ist bekannt, dass die Hacker-Boards für diese Jobs angezapft werden. Es macht Sinn, aus dem Pool derer anzustellen, die wirklich verstehen, was wir tun. Wir machen spezielle Ausnahmen für Kandidaten wie Kylie. Zum Beispiel verlangen die offiziellen Jobanforderungen zwanzig bis fünfundzwanzig Jahre auf diesem Gebiet. Aber ihre nachgewiesenen Fähigkeiten, basierend auf dem von Stu durchgeführten Test, werden anstelle der jahrelangen Erfahrung angesetzt."

Es ergibt alles Sinn und klingt sogar plausibel. Aber Kylie hat recht. Es ist zu zufällig, dass sie den Erpresserbrief sofort nach dem Start bei SeCure gesendet bekommen hat. Wenn die Hacker nach einem Weg reingesucht hätten, hätten sie länger als ein paar Tage gebraucht, um jeden Mitarbeiter zu identifizieren und an Schmutz über sie ranzukommen.

Das sieht für mich wie ein erstklassiger Fall von Verleumdung aus.

„Ich möchte den Namen und die Nummer der Headhunterin."

„Stimmt etwas nicht, Mr. King? Ich dachte, Sie mögen das Mädchen, trotz ihrer Unverschämtheit."

„Es spielt keine Rolle, ob ich sie mag oder nicht. Ich möchte mehr über die Headhunting-Praktiken wissen, mit denen ich die vertraulichsten Positionen in meinem Unternehmen besetzen lasse“, sage ich in meiner autoritärsten Stimme.

Luis setzt sofort eine ruhige, beschwichtigende Miene auf. „Natürlich. Ich verstehe. Ich rufe sofort HR an und hole Ihnen die Informationen.“ Er nimmt sein Telefon.

„Nicht nötig“, sage ich. „Ich gehe selbst dorthin.“ Ich muss den Leuten in die Augen sehen, nah genug sein, um ihre Angst zu riechen, wenn ich sie verhöre. Ich gehe hinaus, laufe gezielt zum Aufzug und fahre in den vierten Stock, um die Vorgesetzte von HR zu sehen.

Ich komme bei ihr nicht weiter, außer dass ich den Namen und die Nummer der Headhunterin erhalte.

Aber grade jetzt kratzt mein Wolf an der Oberfläche und flüstert mir Dinge über Kylie zu. Es juckt mich, sie zu sehen. Ich brauche es fast.

Verdammt. Ist es möglich, dass der wahre Partner eines Gestaltwandlers ein Mensch sein kann? Weil es keine andere Erklärung dafür gibt, wie ich mich fühle.

Es sei denn, es ist nur meine instinktive Warnung, welche potentielle Gefahr sie für mich ist.

Bei diesem Gedanken nehme ich zwei Treppenstufen gleichzeitig zurück zu meinem Büro, weil ich nicht bereit bin, ruhig in einem Aufzug zu stehen. Ihr Duft ist überall und füllt meine Nase, als wäre sie mit mir im Treppenhaus.

Ich gehe in mein Büro und öffne die Tür.

Mein Computer ist an und ein Programm scrollt schnell über den Bildschirm.

Oh, Scheiße.

Mein Herz erstickt mich, steckt irgendwo zwischen

meinem Schlüsselbein und Hals fest. Meine Handflächen werden klamm; meine Sicht ist ein Tunnel aus Wut.

Sag mir, dass es nicht das ist, was ich denke. Sag mir –

Scheiße!

Mit einem Brüllen nehme ich meinen Laptop und schmeiße ihn gegen die Wand und zerschmettere ihn in eine Million Teile.

„Mr. King." Vanessa läuft ins Büro.

„Wie lange ist sie schon weg?" Ich bin überrascht, wie ruhig ich klinge.

„Oh! Ähm … ungefähr zehn Minuten, Mr. King. Warum? Was ist passiert? Mr. King? Stimmt etwas nicht, Mr. King?"

Ich ignoriere sie und renne an Vanessa vorbei.

Das Treppenhaus.

Das verfickte Treppenhaus. Kein Wunder, dass ich dachte, ich hätte sie dort gerochen. So ist sie entkommen.

~.~

Kylie

Ich schaffe es zu meinem Auto und haue vom Parkplatz ab. Ich fahre in Richtung Innenstadt, aber ich habe keine Ahnung, wohin ich fahren soll.

Die Bullen werden mich zu Hause suchen. Es ist Zeit abzuhauen. Ich habe das mindestens schon zwanzigmal gemacht. Ich weiß, wie ich meine Existenz auslösche und sie in einer neuen, einer anderen Stadt kreiere. Sogar in einem anderen Land. Aber ich werde verdammt sein, wenn ich Tucson ohne Mémé verlasse.

Also, ich brauche nur irgendeinen Ort, um für eine

Weile unterzutauchen. Um auf den Anruf der Erpresser zu warten, von dem ich befürchte, dass er nicht kommen wird.

Ich fahre zur Bank of America, wo ich ein Schließfach habe. Vielleicht kann ich dort reinkommen, bevor das FBI meine Sozialversicherungsnummer überall meldet. Ich gehe zügig in die Bank, zerre den Saum meines T-Shirts nach unten und wünschte, ich hätte heute die Absätze getragen.

Ich hebe alle meine Ersparnisse in bar ab, gebe ihnen meinen Ausweis und bitte um den Schlüssel meines Schließfachs. Sie schicken mich in ein Büro, um dort zu warten. Drei Minuten vergehen. Fünf.

Bitte, lass diese eine Sache für mich richtig laufen.

Der übergewichtige Manager mit einer Neunziger-Frisur kehrt mit der Box zurück.

Gott sei Dank.

Ich öffne sie und nehme alles heraus. Ich habe Pässe und Ausweise dort drin, zusammen mit mehr Notfallgeld. Ich lege mein geschäftliches Selbst auf und widerstehe dem Drang, alles in meine Handtasche zu stopfen und zu rennen. Ich halte meine Bewegungen klar und scharf. Keine vergeudete Geste oder auch nur ein verschwendeter Moment, während das kühle, ruhige und gesammelte Äußere beibehalten wird, das erforderlich ist, um keinen Verdacht zu erregen.

„Vielen Dank", sage ich dem Bankmanager mit einem strahlenden Lächeln. Als ich rausgehe, breche ich fast zusammen.

Wenn ich jetzt renne, bin ich ganz allein. Keine Mémé. Keine Freunde. Keine Chance, den normalen Lebensstil beizubehalten, den ich angenommen habe.

Aber wenn ich bleiben würde, würde ich im Bundesgefängnis landen. Anstatt in mein Auto zu steigen, fange ich an zu laufen. Downtown Tucson ist klein, aber es gibt überall Leute und ich falle nicht auf. Ich laufe zur Congress Street, in keine bestimmte Richtung, ich muss mich einfach nur bewegen. Um zu denken.

Mein Telefon bleibt qualvoll still. Sicherlich wissen die Erpresser inzwischen, dass der Code installiert wurde.

Also, ja. Sie haben nicht die Absicht, Mémé freizulassen.

Ich finde ein Café und ziehe meinen Laptop hervor, um noch einmal an dem Anruf zu arbeiten, den ich in der Nacht zuvor erhalten habe. Nur etwas Vertrautes zu tun zu haben, senkt mein Stresslevel. Ich arbeite den Rest des Tages ohne Glück. Als sich die Fenster verdunkeln und der Barista mich böse anschaut, weiß ich, dass es keine Hoffnung gibt.

Sie werden nicht anrufen.

Ich bin etwas überrascht, dass niemand von SeCure oder dem FBI versucht hat, mich auf dem Handy anzurufen. Nicht, dass ich abheben würde.

Ich verlasse das Café und gehe zurück zu meinem Auto. Es ist nicht von Polizisten umgeben oder beschlagnahmt worden, aber ich gehe trotzdem daran vorbei. Nicht das Risiko wert. Stattdessen rufe ich ein Uber und benutze ein Dummy-Konto, um mich in ein billiges Hotel an der I-10 Frontage Street bringen zu lassen. Ich buche ein Zimmer mit meiner neuen Identität und Kreditkarte.

Im Hotelzimmer ziehe ich meine Schuhe aus und setze mich mit meinem besten und einzigen Freund, meinem Laptop, auf das Bett.

Denk nach, K-K, denk nach.

Was mache ich jetzt? Verlasse ich die Stadt? Steige in ein Flugzeug und verlasse das Land? Was kann ich wegen Mémé tun?

Ich bin eine kluge Frau, aber keine Antworten kommen

mir in den Sinn. Ich ziehe die Knie zu meiner Brust und schaukele hin und her.

~.~

Jackson

ICH PRESSE gegen meine Schläfen mit einer Hand, während sich die andere über meine Tastatur bewegt. Es ist vier Uhr morgens.

Jeder Mitarbeiter in Infosec und ich arbeiten seit Tag und Nacht, um die verdammte Malware zu isolieren, aber sie ist überall. Ich habe Notfallmaßnahmen eingeführt, um die Finanzdaten von Millionen von Benutzern auf neue, sichere Server zu übertragen, aber ich bezweifle, dass wir schnell genug sind. Sie haben wahrscheinlich schon genug, um großen Schaden anzurichten. Ich weiß noch immer nicht, was sie wollen. Dies scheint größer zu sein, als nur um an Kreditkartendaten zu kommen. Es gäbe einfachere Hacks als SeCure, falls das alles wäre, was sie wollten.

„Sagen Sie allen in der Abteilung, dass niemand heute Abend nach Hause geht, bis wir den Transfer abgeschlossen haben. Und wenn jemand ein Wort darüber verliert, womit wir es hier zu tun haben, werde ich sie in den Arsch ficken. Verstanden?"

„Ich habe es ihnen schon gesagt", sagt Luis mit unendlicher Geduld. „Ab welchem Punkt werden wir das FBI einschalten?"

„Erst wenn wir diese ganze Situation unter Kontrolle

haben. Ich will nicht einmal, dass der Rest des Managementteams davon erfährt, bis es eingedämmt ist."

Luis sieht zweifelhaft aus, nickt aber. „Ja, Sir."

Meine Anweisung ergibt absolut Sinn. Wir sind in einem Notfall mit epischen Ausmaßen. Wenn die Presse davon erfährt, werden die Aktien von SeCure sinken und die Bevölkerung der Nation wird verzweifeln, weil ihr Geld und ihre Informationen gestohlen wurden.

Aber ich habe noch einen anderen Grund, warum ich mich weigere, die Strafverfolgung einzubeziehen.

Ich möchte mich persönlich mit Kylie McDaniel befassen. Sie hat mich verraten und ich muss in ihre Augen schauen und verstehen, wie ich einen solchen Fehler machen konnte. Ich muss sicherstellen, dass es nie wieder passiert.

Und da ist noch etwas anderes. Etwas, von dem ich nicht einmal zugeben möchte, dass es ein Antriebsgrund ist, aber es ist so.

Kylie würde im Gefängnis nicht überleben.

Sie ist klaustrophobisch. Es würde sie umbringen.

Also werde ich lieber Wolfsjustiz hierfür benutzen. Kylie finden und sie nach dem traditionellen Weg bezahlen lassen. Strafe und Rückzahlung.

Sie *wird* das hier beheben.

Auch wenn ich sie bis zu ihrem Tod gefangen halten muss.

„Wissen wir, wie sie durchgekommen sind, Mr. King? Verdächtigen Sie die neue Angestellte? Ich habe gehört, sie ist heute verschwunden."

„Ich werde mich um die Menschen kümmern, die dahinterstecken. Sie konzentrieren sich darauf, die Katastrophe einzudämmen."

„Ja, Sir."

„Bleiben Sie hier und überwachen Sie alles. Ich werde herausfinden, wer das getan hat, und werde sie bezahlen lassen.“ Das Raubtier in mir muss meine Beute jagen. Ich muss Kylie finden.

Luis muss die Wildheit meines Wolfs sehen, weil er blass wird und mit dem Kopf nickt. „Ja, Sir.“

KAPITEL 6

J*ackson*

Die Haare in meinem Nacken stellen sich auf, als ich über den mit Solarpaneelen bedeckten Parkplatz zum Range Rover gehe. Ich hebe meine Nase in die Luft und schnüffle, aber ich rieche nur die kühle Frühlingsluft der Wüste.

Der Mond lockt mich und es juckt mich, mich zu verwandeln, um nach Kylie zu jagen.

Ich erreiche das Fahrzeug und halte an.

Ein dunkler Kopf ist auf dem Beifahrersitz meines Autos zu sehen. Ich weiß sofort, dass sie es ist.

Mein Körper springt in den Notfallmodus, die Wandlung überkommt mich. Ich weiß nicht, was ich denken soll – jemand hat sie ermordet und dort hingebracht. Oder dass sie darauf wartet, mich zu töten. Oder sie hat Selbstmord begangen und mir ihre Leiche zum Finden überlassen.

Ich weiß, dass es Kylie ist, und zu ihr zu kommen ist ein verdammter Notfall. Ich reiße die Tür auf.

Sie ist nicht tot. Sie ist nicht einmal verletzt. Und sie hält keine Schusswaffe.

Alles, was ich vorfinde, ist ein blasses, mit Tränen überzogenes Gesicht, dominiert von riesigen, jämmerlichen Augen.

Erleichterung und Wut durchfluten gleichzeitig meine Adern. Ich reiße sie an ihren Handgelenken aus dem Auto und schlage die Tür zu.

Ich rieche keine Angst an ihr, aber sie ist fügsam, als ob sie weiß, dass sie meinen Zorn verdient. Offensichtlich hat sie sich mir ausgeliefert, was logischerweise keinen Sinn ergibt, aber dem Wolf in mir gefällt das.

„Kätzchen, du musst verrückt sein, heute Abend hierherzukommen."

Eine einzelne Träne läuft ihr Gesicht runter. Sie beißt auf ihre Lippe und nickt. „Ja. Ich bin verrückt."

„Du hast dreißig Sekunden, um dich zu erklären." Ich erwarte nicht, dass sie eine Erklärung hat – ich kann mir nichts vorstellen, was ihr Verhalten entschuldigen könnte, aber ich muss hören, was sie zu sagen hat.

„Als ich letzte Nacht nach Hause kam, war meine Großmutter weg. Sie haben sie genommen." Mehr Tränen bilden sich in ihren schönen Augen und der Duft von ihnen stellt etwas mit meinem Wolf an. Jede Zelle in meinem Körper schreit mich an, sie zu beschützen, um alles zu heilen, was sie zum Weinen gebracht hat. „Sie riefen mit einer computergenerierten Stimme an und sagten, ich hätte tun sollen, was sie mir angewiesen haben." Zwei weitere Tränen laufen ihre Wangen herunter.

Ich bin bereit, diese Wichser mit meinen Zähnen

auseinanderzureißen. Dafür müsste ich mich nicht einmal verwandeln.

„Mémé ist alles, was ich habe. Dummes Ich. Ich habe gedacht, sie würden sie zurückgeben, wenn ich den Code installiere. Aber sie ist sicherlich tot. Ich wurde perfekt vorgeführt, um für den Sturz von SeCure verantwortlich gemacht zu werden. Tut mir leid, Jackson. Ich habe dich in die Scheiße geritten, aber ich werde alles tun, um das zu reparieren. Ich weiß, du hast keinen Grund, mir zu glauben. Ich weiß, dass du noch weniger Grund hast, um mir zu vertrauen. Aber ich bin hier. Ich biete mich dir an." Sie hält ihre Handgelenke nach vorn, als hätte ich Handschellen. „Ruf die Polizei, wenn du willst. Aber du weißt, dass ich dir außerhalb des Gefängnisses nützlicher bin. Und ich will sie dafür bezahlen lassen, was sie ihr angetan haben –" Ihr Gesicht ist vor Reue fast zerknittert und ich kann nichts tun, außer sie gegen meine Brust zu ziehen.

Die Richtigkeit ihres Körpers an meinem beruhigt den Wolf.

„Sie ist vielleicht nicht tot."

Kylie ballt ihre Fäuste in meinem Hemd, während ihre Tränen es befeuchten. „Warum sollten sie sie behalten?", würgt sie hervor.

Der Duft ihrer Qual bringt mich fast um. Sie hat recht. Ihre Großmutter *ist* wahrscheinlich tot.

„Steig ins Auto", sage ich schroffer, als ich will. Ich reiße die Tür auf. „Du bist meine Gefangene, bis wir das herausfinden. Du wirst die Villa nicht verlassen. Du wirst nichts anderes tun als zu essen, zu schlafen und diesen verdammten Code zu verfolgen, um ihn auszulöschen. Verstanden?"

Sie nickt und rutscht auf den Beifahrersitz. „Ja, Sir", flüstert sie. Sie klingt so einsam und verloren, aber mein Wolf akzeptiert ihren Respekt dennoch als Sieg.

Mein.

Sie ist zu mir zurückgekommen. Es liegt an mir, Herr über sie zu werden. Sie zu bestrafen.

Mein.

~.~

Kylie

JACKSON SPRICHT NICHT, während er zu seiner Villa fährt. Ich kann nicht glauben, dass er seine Faust nicht um meinen Hals geschlungen und zugedrückt hat. Oder die Polizei gerufen hat.

Er ist immer noch wütend. Ich spüre seine Wut, die unter der strengen Kontrolle kocht. Aber es hat ihn nicht davon abgehalten, mich in seine Arme zu ziehen und mich auf sein Hemd weinen zu lassen.

Ich habe das Richtige getan, als ich in der Stadt geblieben bin. Es ist die erste richtige Entscheidung, die ich seit Langem getroffen habe.

Ich habe noch nie jemandem außer meiner Familie vertraut, aber etwas an Jackson King bringt mich dazu, zurückzukommen, meine Unsicherheiten vor der Tür zu lassen und mich auf einem Silbertablett anzubieten. Es ist verrückt.

Weil er mein Leben jetzt wirklich in seinen Händen hält. Es wäre so einfach für ihn gewesen, mich der Polizei zu übergeben. Sie könnten ein wasserdichtes Verfahren gegen mich einleiten. Und vielleicht wird er es immer noch tun, nachdem ich ihm geholfen habe, die infizierten Daten in Quarantäne zu verschieben.

Aber irgendwie glaube ich das nicht. Jackson fühlt sich wie Sicherheit für mich an. Wie ein Zuhause. Das Gegenteil der völligen Einsamkeit, die ich erlebt habe, als ich die Congress Street entlanggegangen bin und meine Zukunft abgewägt habe.

„Danke", sage ich heiser.

Er dreht seinen ernsten Blick zu mir. „Ich bin froh, dass du zurückgekommen bist."

„Glaubst du mir?"

„Wider besseres Wissens, ja. Das tue ich."

Ich lehne mich erschöpft in den Sitz zurück, aber ich bin erleichtert. „Ich werde alles tun, um zu helfen. Ich werde nicht ruhen, bis ich das repariert habe. Okay? Ich verspreche es."

Er greift rüber und streichelt meine Wange. „Ich werde dir auch helfen, Kätzchen. Ich stelle morgen einen Privatdetektiv ein, um das Verschwinden deiner Großmutter zu untersuchen."

Es ist eine süße Geste, aber ich bezweifle, dass ein PD etwas findet, was ein Hacker nicht finden kann. Dennoch fließen Tränen der Dankbarkeit aus meinen Augenwinkeln.

Jacksons Nasenlöcher weiten sich und sein Blick verschiebt sich von der Straße zu meinem Gesicht. Er reibt eine der Tränen mit einem Knöchel weg. „Erzähl mir von deiner Großmutter. Sie lebt in Tucson?"

Ich nehme einen Atemzug, um mich zu beruhigen. „Wir sind zusammen hierhergezogen. Wir leben zusammen. Ich wohne, seit ich –" Ich höre auf, weil ich ihm schon zu viel von mir erzählt habe. Ich will nicht, dass er alles zusammenpuzzeln kann.

„Seit wann?“, fragt er scharf, als ob er es schon weiß.

„Seit meine Eltern gestorben sind. Sie ist die einzige Familie, die ich noch habe. Hatte“, verbessere ich mich, mein Magen verkrampft sich.

„Ist sie tot, Kätzchen? Spürst du es in deinem Magen? Schau hinter die Angst. Ja oder nein?“

Nein.

Erleichterung umgibt mich wie eine Decke. „Ich glaube nicht“, krächze ich. Ich bin fasziniert von Jacksons Vertrauen auf Instinkt über Logik. Ein Mann mit einem Gehirn wie seinem? Wenn er ihm vertraut, dann tue ich das auch.

Jackson gibt mir ein einziges Nicken. „Dann müssen wir diesen Code knacken und sie finden.“

Ich straffe meine Schultern, konzentriere mich auf die Aufgabe. Mein Gehirn beginnt, das, was ich von der Malware gesehen habe, zu sezieren. Ich ziehe meinen Computer hervor. „Darf ich im Auto arbeiten?“

„Ich wäre sauer, wenn du es nicht tun würdest.“

Wir fahren noch zehn Minuten schweigend weiter, während ich den Code studiere, den ich vorhin vom USB-Stick kopiert habe. Als wir Jacksons Villa erreichen, öffnet sich das automatische Tor und er fährt in die Einfahrt. Ich schnappe mir meinen Laptop, stopfe ihn in meine Tasche und schaue zum Haus hoch.

Jacksons schwarzer Wolfshund steht auf der Treppe und schaut uns an, als das Auto vorbeirollt. Seinem Gruß fehlt die wedelnde Schwanzfreude eines normalen Haustieres. Es liegt etwas Unheimliches in der Luft, eine gruselige Qualität, welche die Haare in meinem Nacken aufstellt.

„Ich bin mir nicht sicher, ob Wölfe als Haustiere gehalten werden sollten“, murmele ich, als er in die Garage fährt.

Jackson zieht eine Augenbraue hoch. „Ich lasse nicht zu, dass er dir wehtut."

Ich lasse nicht zu, dass er dir wehtut ist etwas ganz anders als *Er wird dir nicht wehtun.* Die Fähigkeit, zu verstümmeln oder zu verletzen, ist definitiv da.

„Wie heißt er?"

Jackson zögert, als hätte sein Hund keinen Namen oder er würde sich nicht daran erinnern. „Wolf", sagt er schließlich.

„Wolf? Das ist ja originell."

„Mach weiter so, Kätzchen, und ich werde deine Strafe erhöhen."

Ein Schauer läuft durch mich hindurch, obwohl ich glaube, dass es keine Angst ist. „Bestrafung?" Ich gebe mir eine mentales High Five, weil ich das Wort sage, ohne meine Stimme zittern zu lassen.

„Mmm-hmm. Aber wir kümmern uns später darum. Im Moment haben wir Arbeit zu erledigen."

Wir steigen aus dem Auto aus und gehen durch eine Waschküche und in die Küche. Wolf trifft uns dort. Er entblößt die Zähne und knurrt. Er ist noch erschreckender bei vollem Licht. Er geht mir bis zu meiner Taille und das schwarze Fell an seinem Nacken ist vor Wut gesträubt, bernsteinfarbene Augen starren mich direkt an.

„Es reicht." Jackson klingt nicht annähernd so besorgt, wie er sein sollte, soweit es mich betrifft.

Ich erstarre. „Ich glaube nicht, dass er mich mag."

Jackson drückt von der Tür aus gegen meinen Rücken, immer noch unbesorgt. „Er ist einfach nur beschützend." Zum Hund sagt er: „Kylie wird bei uns bleiben. Du wirst über sie wachen, verstanden?" Er schlägt die Schnauze des Wolfs weg und der Hund dreht sich um und schleicht aus der Küche.

Ich atme einen zittrigen Atemzug aus. „Sag mir noch einmal, warum du einen Wolf als Haustier hast?“

Jackson ignoriert meine Frage. „Komm schon. Ich bringe dich in dein Zimmer.“

Ich schiebe die Enttäuschung weg, dass ich mein eigenes Zimmer habe. Aber was habe ich gedacht? Jackson würde mich in sein Bett nehmen und mit mir kuscheln nach dem, was ich seiner Firma angetan habe?

Ein solcher Schlag kann SeCure vielleicht nicht ruinieren, aber selbst wenn wir den potenziellen Schaden eingrenzen, wird der Reputationsverlust letztendlich das Wohl des gesamten Unternehmens untergraben. Selbst mit meiner Hilfe wird der Schaden bestehen bleiben.

Ich folge ihm die Treppe hoch.

Jackson führt mich in ein Gästezimmer und schaltet das Licht an. Das Zimmer ist geschmackvoll eingerichtet, aber wie im Rest des Hauses fehlt jegliche persönliche Note. Ich habe das Gefühl, er hat einen Dekorateur angeheuert. „Hier bleibst du. Ich werde ein paar Stunden schlafen, bevor ich wieder ins Büro muss.“

„Ich bleibe wach“, sage ich sofort. Ich kann mich nicht ausruhen, vor allem jetzt, wo ich glaube, dass meine Arbeit helfen kann, Mémé zu retten. Ich ziehe meinen Laptop wieder hervor. „Ich muss in dein System, bitte. Um zu wissen, wie dieses Ding funktioniert und sich ausbreitet. Und ich muss wissen, was dein Team tut, um es einzudämmen.“

Er zieht eine Braue hoch. „Ich dachte, du hättest es schon gehackt. Aber, nein, du hast den einfachen Weg genommen und meinen Computer benutzt. Ich muss der größte Idiot der Welt gewesen sein, dich in meinem Büro allein gelassen zu haben.“

Er lehnt sich bereits über mich, tippt das Passwort für

sein WLAN ein und loggt mich dann in SeCure ein. Er riecht göttlich. Wie Kiefernbäume und … männliche Stärke. Ja, ich weiß, das ist kein Geruch. Aber das ist, was sein Duft hervorruft.

„Nein, du warst kein Idiot. Du dachtest, du könntest mir vertrauen. Ich werde es wiedergutmachen."

Er packt mein Kinn und drückt mein Gesicht hoch. „Ich liebe es, wenn du um Gnade bettelst, Kätzchen."

Hitze breitet sich über meiner Brust und meinem Hals aus. „Ich wette, dass dir das gefällt", sage ich trocken und erröte weiter, als ich mich erinnere, dass eine Strafe kommen wird.

Was wird es dieses Mal sein? Noch einmal den Hintern versohlt bekommen? Ich hoffe, es ist etwas … noch Intensiveres.

Er erklärt die Befehle, die er seinem Infosec-Team für die Quarantäne gegeben hat, und wie sie die Daten verschieben. Sein Plan klingt solide für mich. „Es sieht so aus, als wäre das in guten Händen, also werde ich daran arbeiten, die Malware bis zu ihrer Quelle zurückzuverfolgen."

„Gut." Er drückt einen Kuss auf meinen Kopf. „Weck mich um sieben Uhr morgens auf, wenn ich nicht schon auf bin."

OMG. Ich spiele Vater-Mutter-Kind mit Jackson King. Die Anweisung wandert direkt zu meinen ungezogenen Körperteilen, als ich mir vorstelle, das Laken von seinem nackten Körper zu ziehen und ihn zu erregen.

Zieh den Verstand aus der Gosse, K-K. Es gibt einiges zu tun.

KAPITEL 7

J*ackson*

Ich wache auf, meine Reißzähne ausgefahren und Kylies Duft in meinen Nasenlöchern. Kein Wunder, dass ich in den ganzen zwei Stunden, in denen ich geschlafen habe, davon geträumt habe, ihren heißen kleinen Körper durchzunehmen. Ich muss sie im Schlaf in jeder Position markiert haben. Ich sollte mich nicht ausgeruht fühlen, aber die sexuelle Frustration pumpt mich voll mit Energie.

Anspruch. Gefährtin. Markieren.

Mein Wolf *liebt* es, dass sie in meinem Haus ist. Ich zwinge mich, eiskalt zu duschen, damit ich sie nicht jage.

Es hilft nicht. Ich bin immer noch bereit, sie zu dominieren, als ich fertig bin. Sie einen felsigen Berg hochzujagen, sie auf den Boden zu werfen und meine Zähne so tief in ihr Fleisch zu versenken, dass sie schreien wird …

Ja, und das würde sie umbringen. Sie würde schreien, aber es wäre kein *Ja, Jackson.*

Heute ignoriere ich Anzug und Krawatte und entscheide mich für ein Hemd und Khakis. Meine Mitarbeiter haben die ganze Nacht gearbeitet und ich muss niemandem etwas beweisen.

Kylies Duft trifft mich hart, sobald ich aus meinem Zimmer gehe. Mein Schwanz schwillt gegen den Reißverschluss meiner Hose an. Ich finde sie in ihrem Zimmer, sie arbeitet immer noch.

Sie hat einen Stift in einem chaotischen Knoten auf ihrem Kopf und sieht nicht weniger schön aus, obwohl sie die ganze Nacht nicht geschlafen hat. Im Gegenteil, der Anblick von ihr wach, hart für mich arbeitend – zum Wohle meiner Firma –, sendet eine frische Welle der Lust durch mich. Natürlich tut sie es nicht für *mich*, sie tut es für ihre Großmutter, aber der Wolf kümmert sich nicht darum.

Alle Wölfe müssen ihre Weibchen dominieren, aber ich wusste nie, wie sehr es mich anmachen würde, wenn ich sie sozusagen unter meiner Pfote hätte. Gleichzeitig steigt der Drang, mich um sie zu kümmern, stark an. „Guten Morgen. Bist du hungrig, Kätzchen? Ich hätte dir sagen sollen, dass du dich in der Küche einfach bedienen sollst.“

Ein leichtes Lächeln blitzt auf, die Art, die keine Absicht dahinter hat, aber Nationen stürzen könnte. „Oh, das hätte ich. Ich wollte gerade nach Kaffee suchen.“

„Irgendwas gefunden?“

„Es ist eine komplexe Sequenz. Der Stil erscheint mir irgendwie vertraut, aber ich kann den Finger nicht darauflegen. Ich habe alte Posts auf dem DefCon-Board überprüft, aber bisher habe ich es nicht herausgefunden. Deine Mitarbeiter haben jetzt alle deine Daten gesichert, aber ich schätze, die Erpresser hatten Zugriff auf mindestens

250.000 Datensätze, bevor diese unter Quarantäne gestellt wurden."

Ich habe schon das Gleiche von Luis und Stu gehört, aber es ist gut zu wissen, dass mein kleines Genie zustimmt.

„Komm schon, wir holen dir Frühstück. Dein Körper braucht Treibstoff, nachdem er die ganze Nacht wach geblieben ist."

Verdammt. Warum rede ich über ihren Körper? Es ist schon Qual genug für mich, ohne ihn zu erwähnen.

„Ich komme gleich runter." Sie tippt ihren Finger gegen den Rand ihres Bildschirms, während sie liest.

Unten sitzt Sam am Frühstückstisch. Anscheinend hat keiner von uns letzte Nacht viel geschlafen.

„Was ist los?", verlangt er zu wissen in der Minute, in der ich reinkomme. Ich habe ihn angerufen, als ich letzte Nacht zu spät gewesen bin, und ihm erzählt, was Kylie getan hat, also hat mein Erscheinen mit ihr in den frühen Morgenstunden eher unangemessen gewirkt.

„Die Erpresser entführten ihre Großmutter. Sie hat sich mir gestellt. Wir arbeiten daran, eine Spur zu dem Code zu bekommen, um irgendwelche Hinweise zu finden."

Sam schüttelt den Kopf, sein Mund formt ein bewertendes O. „Ich mag das nicht. Du benimmst dich nicht richtig, Jackson. Sie ist ein verdammter *Mensch*. Warum zum Teufel hast du sie hierhergebracht?"

Ein Knurren bricht mir aus der Kehle, der Wolf in mir ist bereit, meine auserwählte Gefährtin bis zum Tod zu verteidigen.

Sams Kiefer fällt herunter, als er mich anstarrt. „Willst du mich verarschen?"

„Was?", frage ich streng.

„Ist dir bewusst, dass sie deinen Paarungsinstinkt auslöst?"

Ich ignoriere ihn, ziehe einen Karton Eier hervor und zerbreche sie über einer Schüssel. „Du musst hierbleiben und sie im Auge behalten. Lass sie unter keinen Umständen aus dem Haus."

Sam antwortet nicht, was mich dazu zwingt, zu ihm zu sehen. Er beobachtet mich mit verengten Augen.

„Und tu ihr nicht weh."

„Ich soll sie hier gefangen halten, aber ich darf ihr nicht wehtun." Sein Tonfall ist zweifelnd.

Ein weiteres Knurren entkommt meiner Kehle, aber ich schaffe es, es zurückzudrängen, als mein Wolf spürt, dass Kylie die Treppe runterkommt. Sie hätte unser Gespräch nicht hören sollen, aber als sie reinkommt, ist ihr Ausdruck streng.

„Sam ist also mein Wärter?", fragt sie fröhlich.

Ich spitze meine Lippen. *Verdammt.* Sie hat ein übermenschliches Gehör. Ich sollte mir das merken. „Richtig. Ich verbiete dir, das Haus zu verlassen, solange ich weg bin."

„Du *verbietest* es." Ihr mit Zweifel getränkter Tonfall ähnelt Sams.

Ich hebe eine Augenbraue. „Hast du ein Problem damit?"

„Du bist der Chef." Sie zuckt mit den Schultern.

Verdammt richtig.

„Hausarrest mit Sam. Mir fällt nichts Spaßigeres ein."

„Pass auf deinen Sarkasmus auf, Kätzchen", sage ich, aber mein Wolf ist nicht glücklich. Ich kann es nicht ertragen, dass sie das Wort *mit* und den Namen eines anderen Mannes benutzt, auch wenn es nach meinen Anweisungen ist.

Sie guckt in die Schüssel mit den Eiern. „Was kochst du?"

Mein angeborenes Selbstvertrauen schwindet, das

Bedürfnis, meiner Frau zu gefallen, sie zu füttern, gewinnt an Bedeutung. „Ich dachte an Arme Ritter. Klingt das okay?" Um Himmelswillen, ich erkenne mich selbst nicht einmal. Seit wann frage ich jemanden, ob etwas in Ordnung ist?

Sie schenkt mir das Lächeln, das perfekt für ein Foto wäre, und der Wolf entspannt sich. „Klingt toll. Danke. Gibt es Kaffee?" Sie schaut sich um.

„Nimm, so viel du willst." Sam zeigt auf die volle Kaffeekanne.

Ich bin Sam gleichzeitig dankbar, dass er ihn gemacht hat, und sauer, dass er ihn ihr anbieten darf.

Sie zieht zwei Tassen hervor und fischt die halbfette Kaffeesahne aus dem Kühlschrank. Sie reicht mir eine volle Tasse. „Sahne, kein Zucker, stimmts, Chef?" Ihr heiserer Ton, zusammen mit ihrem gefälligen Handeln, sendet eine Welle der Lust durch mich.

Muss mich mit ihr verpaaren.

Ich will, dass sie jeden Morgen hier ist und mir Kaffee kocht, während ich ihr Eier mache. Ich will sehen, wie diese goldgefleckten Augen über ihren Becher schauen, während sie mir etwas Brillantes erzählt. Ich möchte dieses leichte Lächeln verdienen, indem ich etwas Humorvolles sage.

Das muss ich aus meinem Kopf streichen. Ich bin kein lustiger Typ. Ich sage nie etwas Humorvolles. Außer dass ich es im Aufzug getan habe. Ich habe sie da zum Lachen gebracht. Um sie herum verwandle ich mich in jemand anderen. Jemand Besseren.

Du bist nicht der Bösewicht.

Ich tauche vier Scheiben des Zimt-Rosinenbrots in den Eierteig und lege sie in eine mit geschmolzener Butter triefende Pfanne.

„Ich gehe nach dem Frühstück ins Büro. Ich möchte stündliche Updates. Es sei denn, du schläfst." Ich drehe mich herum, um sie mit meinem strengsten Blick zu fixieren. „Du hast vor, etwas zu schlafen, richtig?"

Sie hebt ihre Tasse Kaffee in die Luft. „Nicht in der nächsten Zeit. Keine Sorge. Ich mache meine beste Arbeit, wenn ich halb wahnsinnig bin."

„Nicht, wenn ich verantwortlich bin. Du brauchst Ruhe."

Sie rollt mit ihren Augen und ich schlage ihr auf den Hintern, als sie vorbeigeht. Mein Schwanz verhärtet sich bei ihrem Keuchen.

Sam starrt aus dem Fenster, als hätte er noch nie eine so faszinierende Aussicht gesehen.

„Komm schon, Chef, ich muss arbeiten. Bitte." Ihr Betteln schmilzt mich. „Ich ziehe Nickerchen sowieso festen acht Stunden Schlaf vor."

Ich drehe den Toast um, bin durcheinander, weil ich wissen muss, ob das stimmt. Ich will jedes einzelne Detail über diese Frau wissen. Ich *muss* es wissen.

Ich ziehe mein Handy heraus und gebe es ihr. „Gib mir deine Nummer." Sie scrollt zu meinen Kontakten und fügt sie mit bemerkenswerter Geschwindigkeit hinzu, während ich den Armen-Ritter-Toast auf den Tellern platziere und den Ahornsirup aus dem Kühlschrank ziehe.

Ich sehe, dass sie sich als „Catgirl" gespeichert hat, und es bringt mich zum Lächeln. „Was ist dein richtiger Name, Kätzchen?"

Sie verspannt sich und ihr Zögern verletzt mich mehr, als ich es zugeben möchte.

„Warum ist es ein Geheimnis?", frage ich sanft. „Wegen des Mordes, den du gesehen hast?"

Sie erblasst und ich bereue es sofort, sie gedrängt zu haben, aber wenn sie in Gefahr ist, muss ich es wissen. Die Notwendigkeit, sie vor all ihren Feinden zu beschützen, ist eine reißende, verzehrende Bestie in mir.

„Ja." Sie nimmt einen Teller mit Toast und buttert ihn.

Sam muss endlich erkennen, dass er hier das fünfte Rad am Wagen ist, weil er von seinem Platz an der Frühstücksbar aufsteht. „Ruf, wenn du mich brauchst. Ich werde im Haus sein, Catgirl."

„Ich glaube, dass er mich auch nicht mag", sagt Kylie, nachdem er gegangen ist. Sie weiß nicht, dass Sam immer noch jedes Wort hören kann.

„Er ist einfach nur beschützend. Was meinst du mit *auch*?"

„Wie Wolf. Dein monstergroßer Hund." Sie gabelt ein Stück Armer Ritter auf und ein schwaches Knurren, fast wie ein Schnurren, kommt aus meiner Brust. Ich füttere sie gerne. Viel zu gerne. „Wo ist er übrigens?"

„Er ist wahrscheinlich draußen. Er braucht viel Platz zum Umherstreifen." *Keine Lüge.*

„Okay, also bin ich deine Gefangene und Sam ist mein Wärter." Sie nimmt noch einen Bissen, ihre Zunge schnellt hervor, um ein bisschen Puderzucker aufzulecken, und ich stöhne fast. „Ich werde dich jede Stunde informieren. Irgendwelche anderen Befehle?"

Verdammt, ich werde so hart, wenn sie die Devote mit mir spielt. Und glaubt mir, ich weiß, es ist ein Spiel – eine Entscheidung, nicht ihre Persönlichkeit. Das Mädchen ist durch und durch eine Alpha, wenn ich je eine getroffen habe. Ein Alpha-Weibchen, das sich nur ihrem Männchen unterwirft.

Ein Ziehen der Sehnsucht entsteht in meiner Brust. Endlich treffe ich eine Frau, die mich interessiert – Mensch oder Wolf – und sie ist menschlich. Zerbrechlich. Unfähig, eine Markierung zu überleben.

Wie werde ich sie behalten? Ich muss es einfach.

~.~

Kylie

Das Essen und der Kaffee helfen. Ich verbringe den Morgen damit, in das System des FBIs einzudringen, um alle ihre Dateien über bekannte Hacker zu bekommen. Die Malware, mit der SeCure infiziert wurde, war nicht das Raffinierteste, was ich je gesehen habe. Was gut ist – es ermöglicht Jackson, die Bedrohung einzudämmen. Der Nachteil ist, dass ich die Verdächtigen in einem viel größeren Pool suchen muss.

Jackson schickt mir eine Nachricht, dass er keinen Privatdetektiv eingestellt hat, weil er niemandem traut, mich nicht zu hintergehen, aber er arbeitet an einem Plan.

Mittags ist mir übel wegen des Schlafmangels, aber jetzt bin ich so überdreht vom Kaffee und Adrenalin, dass ich bezweifle, dass ich mich ausruhen kann. Ich stehe auf, um meine Beine zu strecken, und wandere durch die Zimmer im Obergeschoss. Ich habe Sam nicht gehört – ich schätze, dass sein Zimmer irgendwo unten ist.

Ich bin versucht, Jacksons Zimmer zu durchsuchen. Hacker sind von Natur aus Stalker und ich will unbedingt mehr über meinen Schwarm wissen.

Ich drücke leicht gegen eine geschlossene Tür und sie geht auf. *Bingo.*

Die große Master Suite muss Jackson gehören. Ich nehme seinen Duft wahr und er beruhigt mein überdrehtes System sofort. Ich habe immer einen überentwickelten

Geruchssinn gehabt. Mein Papa hat mich immer deswegen aufgezogen.

Wie der Rest des Hauses ist das Zimmer elegant, aber einfach. Es gibt nicht viel zu sehen, aber ich wandere herum, spähe auf die Kommode, wo Wechselgeld liegt, schaue im Papierkorb nach etwas Interessantem, aber es gibt nichts.

„Was machst du da?“

Ich keuche und springe auf, mein überdrehtes System verpasst mir fast einen Herzstillstand. „Meine Güte, Sam. Du hast mich erschreckt.“

Seine Augen werden schmal. Er sieht nicht aus wie der Typ, mit dem man sich anlegen will. Er mag schlank und drahtig sein, aber die Tattoos schmücken harte Muskeln und die Piercings geben ihm einen Leg-dich-nicht-mit-mir-an-Look. Ich erinnere mich, dass Jackson ihm die Anweisung geben musste, *ihr nicht wehzutun.* Wie bei seinem Wolfshund ist die Gewalt dort, direkt unter der Oberfläche.

Ich entscheide mich für die Wahrheit. „Ich schnüffle herum. Ich versuche, Jackson besser zu verstehen.“

Sam schüttelt kurz den Kopf. „Seine Geheimnisse sind nicht dafür da, dass du sie aufdeckst, Catgirl.“

Ich mag es, dass er mich *Catgirl* nennt. Der Name hat immer noch eine Kraft, die mich an die unbesiegbare Teenagerin erinnert, die ich einmal war. *Einst.*

Ich lehne mich mit der Hüfte gegen die Kommode und halte ihm stand. „Es gibt also Geheimnisse?“

Sam faltet die Arme über seiner Brust und lehnt sich gegen den Türrahmen. „Jeder hat Geheimnisse.“

Ich versuche eine andere Taktik. „Ich wollte ihm nie wehtun. Ich bin hier, um die Dinge zu reparieren. Nicht, um sie schlimmer zu machen.“

„Dass du hier bist, macht die Dinge definitiv schlimmer."

Jetzt bin ich an der Reihe, meine Augen zu verengen. „Was ist dein Problem mit mir?"

„Schau, ich kann sehen, dass es etwas Besonderes an dir gibt. Jackson wäre ansonsten nicht interessiert. Aber er kann nicht mit dir zusammen sein – es wird nicht funktionieren. Und dass du in diesem Haus bist, wird ein Problem für ihn sein."

Ich drehe seine Worte in meinem Kopf herum, aber sie machen keinen Sinn. Das Einzige, was mir einfällt, ist, dass er und Jackson ein Paar sind und er mich warnt.

„Ist er schwul?"

Sams Augenbrauen heben sich verwirrt. „*Nein.* Wie kommst du darauf?"

„Ich wollte nur herausfinden, ob du und er –"

Sam lacht. „Nein. Ich sagte doch, er ist mein Bruder."

Erleichterung überkommt mich. *Komm runter, Mädchen. Er gehört immer noch nicht dir.* „Wie habt ihr euch kennengelernt?"

Sams Gesicht wird schlaff und für einen Moment sieht er dreißig Jahre älter aus, müde von dem, was in seinem jungen Leben passiert ist. „Ich wanderte in den Bergen von Santa Cruz verloren umher und er fand mich."

„Was hast du in den Bergen gemacht?" Ich stelle mir einen verlorenen Pfadfinder vor, aber es passt nicht zu ihm.

„Ich war ein Ausreißer. Ich dachte, ich könnte dort allein überleben. Aber ich war am Verhungern. Halb verrückt – ich war so lange allein."

„Wie lange?"

Er zuckt mit den Achseln. „Ich weiß nicht. Vielleicht ein paar Monate. Jackson sah mich und ich rannte weg. Er hat mich gejagt. Ich habe mit ihm gekämpft. Ich wollte nicht in die Zivilisation zurückkehren, aber er zwang mich, mit ihm zurückzukommen. Versprach, niemandem zu sagen, dass er mich gefunden hatte."

Ein Ansturm von Mitleid durchflutet meine Brust. Sam versteckt sich wie ich. Jemand da draußen will etwas von ihm. Wahrscheinlich eine missbrauchende Familie. Er hat recht. Wir alle haben Geheimnisse.

„Wie lange ist das her?"

„Sieben Jahre. Ich war vierzehn."

„Ich bin froh, dass er dich gefunden hat. Und ich werde es niemandem erzählen."

„Ich mache mir keine Sorgen mehr", sagt er. „Aber danke." Ein widerwilliges Lächeln zerrt an seinen Lippen und er tritt auf mich zu und hält mir seine Faust entgegen. Ich stoße gegen seine Faust und folge ihm aus dem Raum, froh, ein weiteres kleines Teil des Jackson-Puzzles ausgegraben zu haben.

~.~

Jackson

Als ich nach Hause komme, finde ich Kylie auf dem Sofa zusammengesackt, ihr offener Laptop gegen ihre Brust geneigt.

Sam ist in der Küche und isst einen Stapel von zehn Hamburgern. Ich nehme einen und beiße rein. „Wie lange ist sie schon so?"

„Ein paar Stunden", sagt Sam mit vollem Mund. „Ich

hab sie in deinem Schlafzimmer rumstöbern entdeckt. Sie sagte, sie wolle deine Geheimnisse erfahren."

Ein nerviges Gefühl der Sorge kitzelt mich. Was, wenn ich immer noch von diesem Mädchen ausgespielt werde? Aber das macht keinen Sinn – was könnte sie mehr wollen oder brauchen? Sie hat schon genug Schaden angerichtet, um mich zu stürzen.

Nein, Hacker haben Probleme mit Grenzen. Sie bekommen ein aufgeblähtes Gefühl der Macht. Sie können jeden und alles ausspionieren. E-Mails lesen, Kreditkarten stornieren. Abiturnoten überprüfen. Kylies Geschnüffel in meinem Zimmer ist eine Erweiterung davon. Sie hat mich nicht persönlich hacken können, weil es nichts zu finden gibt. Sie ist nicht die Einzige, die weiß, wie man eine Identität erschafft oder löscht.

„Was hast du mit ihr vor? Du kannst sie nicht ewig hierbehalten."

Ich streife mit meinen Fingern durch meine Haare. „Ich weiß es nicht", antworte ich ehrlich.

„Du *kannst sie nicht* hierbehalten", wiederholt Sam.

„Warum zum Teufel nicht?", zische ich zurück, obwohl ich weiß, dass er recht hat.

Er hebt seine Augenbrauen. „Planst du, dich mit ihr zu verpaaren?"

Ich schaue finster rein. Wir wissen beide, dass das nicht möglich ist. Ein Werwolfbiss könnte einen Menschen wie sie töten. Würde zumindest schwere Narben und Schäden verursachen. Und das setzt voraus, dass Kylie dazu bereit ist. Was bedeuten würde, es ihr zu erzählen – was eine deutliche Verletzung der Rudelgesetze ist. Und wenn ich es ihr sage und wir uns nicht verpaaren, muss sie eliminiert werden. Rudelgesetz. Oder ihren Verstand von einem

Vampir löschen lassen. Ich kann nicht riskieren, dass ihr so etwas passiert.

Also, ja. Sam hat recht. Ich kann sie nicht hierbehalten.

Aber ich kann sie auch nicht gehen lassen.

„Nur bis das hier vorbei ist", verspreche ich.

Sams geschürzte Lippen sagen mir, dass er weiß, dass es eine Lüge ist. „Weißt du, was mit einem Wolf passiert, der seinen Paarungsinstinkt ignoriert?"

Übelkeit verdreht meinen Magen. *Mondkrankheit.* „Das ist nicht das, was hier passiert. Sie kann nicht meine Schicksalsgefährtin sein. Sie ist ein Mensch."

Sam zuckt mit den Schultern. „Ich weiß das, aber du handelst wie ein Mann, der bereit ist zu markieren. Und der Mond ist morgen voll."

„Ich habe die Situation unter Kontrolle." *Wenn die Hölle zufriert.*

Sam verschlingt seinen fünften Hamburger und schiebt den Teller mit den restlichen Burgern in meine Richtung. „Ich sehe dich später. Ich arbeite heute Abend im Club." Manchmal arbeitet er als Türsteher im Eclipse, Garretts Nachtclub.

Komm nicht zu früh nach Hause.

Mein Wolf will Kylie allein. Was wahrscheinlich die schlimmste Idee überhaupt ist.

~.~

Kylie

. . .

Ich wache zum Klang von Sams Motorrad auf und Jacksons wütender Stimme, die aus der Küche kommt. „Wer hat es zur Presse durchsickern lassen? Ich werde sie kriegen. Finde es heraus und kündige ihnen, bevor ich sie in meine Hände bekomme. Verstanden? Gut."

Verdammt. Jacksons verdammter Schlamassel wird nur noch schlimmer, wenn einer seiner Mitarbeiter die Situation an die Presse hat durchsickern lassen. Ich frage mich, ob das bedeutet, dass ich als Täterin benannt wurde? Wie lange dauert es, bis das FBI involviert wird? Ich klettere von der Couch. Die Fenster sind dunkel, also muss ich den ganzen Nachmittag durchgeschlafen haben. Ich überprüfe die Zeit auf meinem Laptop. Neunzehn Uhr.

Jacksons redet wieder – er muss telefonieren. „Hol mir Sarah aus der PR-Abteilung."

Ich jogge nach oben, entschlossen zu duschen und mich vorzeigbar zu machen, bevor er mich sieht. Ich scheitere kläglich, denn er geht ins Wohnzimmer und beobachtet mich, wie ich die Treppe hinaufgehe, während er seine Public-Relations-Mitarbeiterin anschreit.

Ich zucke zusammen, verhalte mich unterwürfig und forme still das Wort *Dusche* mit meinem Mund.

Er nickt und fährt mit seiner Tirade fort.

Wenn das FBI sich einschaltet, wird er mich ausliefern? Ich schlüpfe in sein Gästebad und die Erinnerung an das, was wir vor zwei Nächten hier gemacht haben, kommt zurück.

Ich ziehe mich aus und klettere in die Dusche und lasse meine Finger wie beim letzten Mal zwischen meine Beine gleiten.

Mir steht noch eine Strafe bevor.

Plötzlich sehne ich mich danach. Meine Zeit hier ist vielleicht begrenzt. Wenn das FBI mich sucht, muss ich vielleicht in Eile fliehen. Und die Sache mit Jackson fühlt sich unvollendet an.

Ich will seine Berührung, seine Dominanz, noch einmal.

Genau, und er ist unten im Krisenkontrollmodus.

Aber vielleicht ist eine kleine Ablenkung genau das, was er auch braucht. Ich könnte ihm den Blowjob geben, den ich das letzte Mal beginnen wollte. Es könnte meine Buße für das sein, was ich getan habe.

Ich reibe meine Klitoris, erregt bei der Aussicht darauf. Aber ich will mich nicht selbst zum Kommen bringen. Ich hätte lieber Jacksons geschickte Finger.

Ich schalte das Wasser ab, steige aus der Dusche und trockne mich ab.

Ja, es gibt nur eine Möglichkeit, das hier auszuspielen. Ich wickle das Handtuch um meine Taille und tänzele nach unten, meine nackten Brüste stehen wie eine Eins in der kühlen Abendluft.

Jackson ist immer noch am Telefon, aber sobald er mich sieht, hört er auf zu sprechen. Er hebt einen Finger und zeigt auf mich. Ich weiß nicht, was es bedeutet, aber ich komme näher.

„Sie wissen, was zu tun ist. Rufen Sie mich erst an, wenn es vorbei ist. Verstanden?" Er legt auf. „Kätzchen." Seine Stimme klingt erstickt. „Was zum Teufel machst du da?"

Ich spiele die Kokette, lege einen Finger zwischen meine Zähne und beiße zu. „Ist es Zeit für meine Strafe?"

„Scheiße." Es platzt ihm einfach raus. Seine Augen sehen bläulicher aus, als ich sie sonst gesehen habe – ein blasses Blau. Überhaupt keine Spur von Grün.

Er zeigt auf die Couch im Wohnzimmer. „Ich komme gleich."

Meine Handflächen sind klamm. Trotz meiner Tapferkeit habe ich keine Ahnung, was ich tue. Verführung ist ein neues Spiel für mich und Bestrafung ist mir völlig fremd. Nein, das stimmt nicht. Ich habe einen guten Teil an Fetischpornos gesehen. Aber ich habe noch nie echte Schmerzen erlebt. Ich bin mir nicht sicher, wie es mir gefallen wird.

Jackson kehrt mit einem Holzlöffel zurück und mein Magen verdreht sich.

Ich beiße auf meine Unterlippe und arbeite daran, meinen Atem ruhig zu lassen.

Er setzt sich auf die überfüllte braune Wildleder-Couch und klopft auf seinen Schoß. „Zieh das Handtuch aus, Kätzchen."

Meine Muschi zieht sich zusammen. Ich bin mir nicht sicher, ob ich aufgeregt oder nervös bin, so oder so schreite ich vorwärts. Ich lege das Handtuch auf den Boden und klettere über seinen Schoß, biete meinen Arsch für seine Strafe an. Ich bete darum, dass ein Holzlöffel nicht das schlimmste Folterwerkzeug auf dieser Welt ist. Ist es wahrscheinlich nicht, da es regelmäßig früher auf Kinderhintern verwendet wurde, als Versohlen als eine nützliche und akzeptable Form der Bestrafung galt. Nicht, dass ich mit solchen Maßnahmen einverstanden bin.

„Oh, Kätzchen." Es klingt wie ein Klagen, fast wie ein Stöhnen. Jackson lässt seine Hand über meine Oberschenkel und über die Kurve einer meiner Pobacken gleiten. Ich spüre seine harte Länge gegen meine Hüfte drücken.

Ich spreize meine Schenkel.

„Baby, ich kümmere mich bald um die Sehnsucht zwischen deinen Beinen. Aber du hast recht. Jetzt ist es Zeit für deine Bestrafung." Er gibt mir einen Schlag auf den Arsch, aber es ist nur mit seiner Hand.

„Mhm", ermutige ich ihn.

Er schlägt auf die andere Seite und reibt das Brennen

weg. Noch ein paar Schläge rechts und links und ich fange an zu wackeln und will mehr.

Er lehnt sich über mich und beißt mir in den Arsch und ich kreische und kichere. Er grinst auch.

„Okay, sagen wir … zwanzig mit dem Holzlöffel."

Ich habe keine Ahnung, ob das viel oder wenig ist, da ich den Löffel noch nicht gespürt habe, also halte ich meinen Mund.

Er lehnt sich über mich. „Wenn es zu viel ist, Baby, möchte ich, dass du es mir sagst."

„Ja, Sir."

Er stöhnt. „Ich liebe es, wenn du mich so nennst."

„Bist du deshalb CEO geworden?"

Er gibt mir eins mit dem Holzlöffel. Es ist definitiv schlimmer als seine Hand, aber nicht schrecklich. „Nein, Baby. Ich will nicht, dass mich jemand anderes *Sir* nennt. Nur du." Er beginnt mich schnell zu versohlen, die eine Seite, dann die andere.

Ich rolle mit den Hüften und zucke beim Aufprall zusammen.

„Ich mag es nur von dir. Der Rest von ihnen kann sich selbst ficken gehen."

Ich drücke meinen Arsch zusammen. Es tut weh. Sogar sehr. Aber dann ist es vorbei. Zwanzig Schläge in zwanzig Sekunden. Es tut mir fast leid, dass es nur zwanzig waren. *Beinahe.*

Jackson streichelt mit seiner Handfläche über meinen zuckenden Arsch und ich stöhne leise. „Ich bin mir nicht sicher, ob das reicht", sagt er. „Ich wusste nicht, wie du es vertragen würdest." Seine Finger tauchen zwischen meine Beine und meine Gedanken verlieren sich.

„Sollen wir noch eine Runde machen, Kätzchen? Noch zwanzig mehr?"

„Nein."

Hitze umgibt mich überall; meine Muschi ruft nach ihm.

„Nein?" Seine Berührung ist so betörend, Finger gleiten auf und ab durch meine nassen Falten. Mein Gehirn kann nicht begreifen, dass er mir mehr von dem Holzlöffel androht.

„Ja", sage ich.

Er knurrt, tief und sexy. Eher wie ein zustimmendes Schnurren. „Ich versohle dir gerne den Hintern, Kätzchen. Ich liebe es, dich über meinem Schoß zur Strafe drapiert zu haben."

„Wen sonst?", würge ich hervor, weil ich aus irgendeinem Grund eifersüchtig bin, wenn es um Jackson geht.

Er hört auf sich zu bewegen. „Wie bitte?"

„Wen hast du sonst noch übers Knie gelegt?"

Sein tiefes Schmunzeln wandert direkt in meine erogenen Zonen, versteift meine Brustwarzen und lässt meine Muschi sich zusammenziehen. „Nur dich, Baby. Nur dich." Er nimmt den Löffel wieder und schlägt wieder auf mich ein.

Ich mag es dieses Mal definitiv nicht, da es schon von der Runde davor wehtut, aber ich bin auch nicht bereit zu sagen, dass es zu viel ist. Er legt eine weitere schnell gefeuerte Runde ein und ich winde mich und quietsche über seinem Schoß. „Autsch, bitte!", schreie ich am Schluss, aber er hätte sowieso aufgehört.

Seine Finger rutschen sofort zwischen meine Beine und ich merke, dass ich dreimal so nass bin wie zuvor. Ich brauchte wohl eine zweite Runde davon, übers Knie gelegt zu werden.

„Mein Gott, dieser süße kleine Arsch, der über meinem

Schoß wackelt, bringt mich dazu, dass ich das die ganze Nacht tun will.“

„Neeeeeeeeinn“, stöhne ich. Ich bin definitiv nicht für eine dritte Runde.

Er grinst und dreht mich um. Er ist ein großer Kerl und ich weiß, er ist stark, aber ich schwöre, er lässt es erscheinen, als würde ich weniger als drei Kilo wiegen. Mit einer riesigen Handfläche um meinen Oberschenkel geschlungen zieht er sie auseinander und hebt meine Hüften hoch. Sein Mund trifft meine Mitte und entreißt mir einen Schrei von den Lippen.

Heiliger Cunnilingus, Batman. Seine Zunge umkreist meine inneren Lippen. Er saugt und nippt an meinen Schamlippen, saugt mit seinen Lippen an meiner Klitoris.

Ich bocke hoch und kralle mich an ihn und schließe meinen Mund, um die Schreie zurückzuhalten, die nicht aufhören wollen zu kommen.

Er knurrt und dringt mit dem Daumen in mich ein, während er mit seiner weltvernichtenden Folter an meinen weiblichen Körperteilen fortfährt.

Ich lasse alles gehen und ein Höhepunkt schießt durch mich hindurch mit genug Kraft, um ein Raketenschiff zu betreiben.

„Fuck, Kätzchen.“ Jackson entfernt seinen Mund, stößt seinen Finger in mich und wieder raus und beobachtet mein Gesicht, wie ich komme.

Ein Teil von mir denkt, es sollte mir peinlich sein, dass er mein O-Gesicht sieht, aber dem Rest von mir ist es egal. Oder besser gesagt glaube ich, dass er das Privileg verdient hat, da er derjenige ist, der es hervorgerufen hat.

„Fuck, fuck, fuck.“ Es liegt Verzweiflung in Jacksons Ton. Seine Augen leuchten hellblau. Er dreht mich wieder um, dieses Mal bin ich mit meinen Knien auf der Couch und mein Oberkörper hängt über die Lehne des Sofas. Er schlägt mir auf den Arsch und ich höre das Rascheln von Kleidung.

Mir ist klar, dass ich jetzt meine Karte gestanzt bekommen werde. Die Dinge bewegen sich so schnell. Jacksons Atem ist unregelmäßig, seine Bewegungen ruckhaft. Er reibt den Kopf seines Schwanzes über meinen triefend nassen Eingang. Ich glaube, er hat kein Kondom übergezogen. Ein Teil von mir ist begeistert, diese Leidenschaft in ihm hervorgerufen zu haben. Der andere Teil in mir ist – *Autsch.*

Ich keuche auf, Tränen schwimmen in meinen Augen, als er ihn in mich schiebt und meinen Widerstand durchbricht.

Er erstarrt. „Kylie, *nein*."

Ich halte immer noch meinen Atem an.

„Baby, *nein.*" Sein Oberkörper bedeckt meinen und er streichelt mir die Haare aus dem Gesicht und versucht, mich anzusehen. Sein Schwanz füllt mich aus und dehnt meine Öffnung. Jetzt, da der anfängliche Schock des Schmerzes weg ist, fühlt es sich gut an. Ich will, dass er sich bewegt.

„Es tut mir so leid. Habe ich dich gerade –"

„Ja. Alles okay. Mach weiter."

Er flucht und zieht ihn raus.

„Wag es nicht", fauche ich ihn an. „Du nimmst mir das nicht weg. Beende, was du angefangen hast, großer Mann."

Er streichelt meine Hüfte. „Kylie." Ich höre das Bedauern in seiner Stimme und es ärgert mich. Ich bin keine verdammte Porzellanpuppe. Oder vielleicht will er keinen Sex mit einer Jungfrau haben. Vielleicht ist es ein totaler Abtörner und er hat seine Erektion verloren.

„Wage es nicht“, flüstere ich wieder und meine Stimme bricht.

„Kylie.“ Seine Hände sind diesmal sanft. Er hebt mich hoch und versucht, mich auf seinen Schoß zu setzen, aber ich bin zu gedemütigt. Ich torkele weg und laufe die Treppe hinauf. Meine Nacktheit ist nicht mehr sexy. Sie ist nur … verletzlich.

Jackson ist mir auf den Fersen, aber er berührt mich nicht. „Kylie. Kylie, warte. Es tut mir leid. Es tut mir so verdammt leid.“

Ich renne in mein Schlafzimmer, aber als ich ihm die Tür vor dem Gesicht zuschlagen will, stoppt er sie mit seiner Hand.

Dennoch fließen Tränen der Frustration aus meinen Augen.

„Kylie, bitte.“ Er stellt seinen ganzen Körper in den Türrahmen, also kann ich sie nicht schließen. Ich gebe auf und gehe zum Bett und ziehe meine Kleidung vom Tag vorher an.

„Es tut mir leid. Ich habe die totale Kontrolle verloren. Ich hatte nicht mal ein verdammtes Kondom an und ich hatte keine Ahnung, dass du eine –“

Ich drehe mich um und starre ihn an, was das Wort davon abhält, aus seinem Mund zu kommen.

Er schüttelt seinen Kopf. „Ich habe nie geplant, Sex mit dir zu haben. Ich wollte dir nur ein wenig Lust bereiten. Aber du warst so verdammt heiß und ich habe die Kontrolle verloren.“ Er fährt mit seinen Fingern durch sein Haar und lässt es in alle Richtungen abstehen. „Es ist besser so, Kätzchen.“

Warum sieht es so aus, als würde er mit mir Schluss machen? Ich will ihm etwas ins Gesicht werfen.

„Ich bin froh, dass uns etwas aufgehalten hat. Ich … kann keinen Sex mit dir haben."

Was zum Teufel ist denn das hier? Zuerst sagt Sam, dass es nicht funktioniert, jetzt Jackson.

Warum kann er nicht mit mir zusammen sein? Warum? Ist er schon verheiratet? Anfällig für Krampfanfälle? Ich kann einfach nicht herausfinden, was es uns verbietet, zusammen zu sein.

Aber ich bin jetzt zu zerbrechlich, um es aus ihm herauszuholen.

„Ich muss jetzt allein sein", sage ich ihm.

Sein Gesicht fällt zusammen. „Richtig. Okay? Aber … bist du verletzt? Versprich mir, dass du nicht verletzt bist."

Ich hebe mein Kinn hoch. „Definitiv nicht verletzt." *Nicht körperlich.*

Jackson dagegen scheint gewaltige Schmerzen zu haben. Ich merke, dass sein Schwanz sich immer noch in seinen Khakis wölbt.

Nun gut. Geschieht ihm recht, direkt dabei aufzuhören. Ich hoffe, diese Kavaliersschmerzen werden ihm die ganze Nacht wehtun.

~.~

JACQUELINE

JACQUELINE ROLLT im Dreck umher und stöhnt. Sie ist zu alt für diesen Mist. Wenn ihre Enkelin nicht in furchtbarer

Gefahr wäre, würde sie sich selbst hier in der Wüste sterben lassen.

Es wäre so einfach. Sie hat so viele Schusswunden erlitten. Mindestens vier. Nicht einmal ein Wandler wäre in der Lage, eine Kugel in den Kopf zu überleben.

Aber sie atmet noch, also muss das bedeuten, dass sie überlebt hat.

Wie lange ist sie schon hier draußen?

Zumindest eine ganze Nacht und einen Tag. Könnte auch länger her sein, weil sie immer wieder ihr Bewusstsein verloren hat.

Aber die Katze in ihr hat sich erholt und die Kugeln aus ihrem Fleisch geschoben und ihre Wunden geschlossen. Aber da steckt noch immer eine in ihrem Kopf fest. Und sie hat viel Blut verloren. Sie will nur schlafen.

Aber Minette. Ihre *Petite Fille* ist in Gefahr. Die Männer, die sie entführt haben, haben Pläne für Minette. Sie muss Hilfe holen. Wenn sie sich nur wandeln könnte.

Wenn eine Gestaltwandlerin schwer verletzt ist, während sie in ihrer menschlichen Form ist, wird ihr Körper sich in der Regel zum Tier verwandeln für besseren Schutz und Heilung. Warum sie immer noch in ihrer schwachen menschlichen Form ist, weiß sie nicht. Es muss etwas mit der Kopfwunde zu tun haben.

Sie muss zu den anderen Wandlern gelangen.

Sie sind erst seit einer Woche in Tucson, aber sie hatte dem Alphawolf, Garrett, einen Besuch abgestattet, um sich vor ein paar Tagen vorzustellen. Sie muss zu ihm gelangen. Er wird helfen können.

Sie zwingt sich auf ihre Hände und Knie und dann auf ihre Füße. Ihre Kleidung ist steif, mit Blut und Schmutz bedeckt. Sie kann ihren Weg zur Zivilisation nicht zurückkriechen, weil nichts als der Geruch von Blut ihre Nasenlöcher erfüllt.

Vielleicht wäre es am besten, bis zum Morgen zu warten, wenn sie die Richtung der Sonne beurteilen kann. Aber sie will keine weitere Nacht in der Kälte verbringen. Nicht in menschlicher Form.

Wandle dich, verdammt, wandle dich.

Warum kann sie sich nicht verwandeln?

~.~

Jackson

Ich bin das größte Arschloch. Ich laufe in meinem Schlafzimmer auf und ab und lausche jedem Knarren oder jeder Bewegung aus Kylies Zimmer.

Ich fühle mich schrecklich, dass ich Kylies Jungfräulichkeit genommen habe, ohne zu fragen. Auch noch ohne einen Schutz benutzt zu haben. Noch schlimmer: Wenn es so weiter gegangen wäre, hätte ich sie markiert. Ich war schon halb Bestie. Keine Gedanken bewegten sich durch mein Gehirn, außer sie zu nehmen. Sie zu beanspruchen.

Sie als meine Gefährtin zu markieren.

Ja, wenn ich ihren jungfräulichen Widerstand nicht durchbrochen hätte, hätte ich meine beschichteten Zähne direkt in ihrer Schulter versenkt, ihr zartes Menschenfleisch zerrissen und sie vielleicht sogar getötet.

Aber die Tatsache, dass ich ihren Stolz verletzt habe – sie beleidigt habe, indem ich aufgehört habe –, macht die

Situation unerträglich. Wie habe ich nicht bemerkt, dass sie so unerfahren gewesen ist? Im Nachhinein hätte es von ihrem Erröten offensichtlich sein sollen, aber sie benimmt sich mit solchem Selbstbewusstsein, sexuell und sonst auch, dass ich es nie hätte erraten können.

Der Wolf in mir ist stolz darüber, ihr Erster zu sein, und das ekelt mich noch mehr. Ich habe es nicht mal gut für sie gemacht. Es war eine minus Fünf auf einer Skala von eins bis zehn.

Und dennoch kann ich nicht herausfinden, wie ich es besser machen kann. Ich kann nicht beenden, was ich begonnen habe. Wenn ich heute Nacht etwas gelernt habe, ist es, dass ich mir selbst nicht trauen kann. Vor allem nicht bei Vollmond.

Kylies Emotionen sind auch nicht mein einziges Problem heute Nacht. Jemand hat der Presse die Geschichte gesteckt und Kylie als Täterin benannt. Ich werde morgen das FBI im Büro haben, um gegen sie zu ermitteln, und ich kann nicht zulassen, dass sie sie finden.

Ich logge mich auf meinem Computer ein, um zu überprüfen, wie die Geschichte in die Presse gekommen ist.

Die Tochter eines Kunstdiebes hackt den SeCure-Konzern.

Kunstdieb? Ich rufe die Geschichte auf, um über Kylie zu lesen.

„Tochter von Robin-Hood-Kunstdieb Jacob Anders, Kaye Anders, auch bekannt als Kylie McDaniel, könnte verantwortlich sein, die SeCure-Corporation gehackt und Hunderttausende von Kreditkartennummern gestohlen zu haben. McDaniel wurde von der Firma nur ein paar Tage zuvor angeheuert, bevor sie das System hackte und Malware installierte.

Sarah Smith, Public-Relations-Leitung von SeCure Corporation, sagte, dass die Besitzer der betroffenen Konten so schnell wie möglich benachrichtigt werden, und sie empfiehlt die Löschung aller betroffenen Kreditkarten.

Smith sagt, es ist unbekannt, ob McDaniel den Einbruch als einen weiteren Selbstjustiz-Raub inszeniert hatte, um in die Fußstapfen ihres Vaters zu treten. Jacob Anders war bekannt dafür, Kunst und andere Antiquitäten, die während des Zweiten Weltkriegs von den Nazis gestohlen wurden, zurückzuholen und die Schätze ihren rechtmäßigen Besitzern oder Museen zurückzugeben. Seine Leiche wurde 2009 im Louvre mit mehreren Stichwunden entdeckt, von denen die Polizeibeamten glauben, dass sie von einem Partner während eines Raubes zugefügt wurden. Das Degas-Gemälde „Elegante Tänzerin", ein Gemälde, das angeblich vom NS-Kriegsverbrecher Hedwig Model beschlagnahmt worden war und dem Louvre geschenkt wurde, wurde damals im Kunstmuseum als vermisst entdeckt.

McDaniel, zu deren weiteren Aliasnamen auch der Hacker-Name Catgirl *gehört, wird seit dem Mord von 2009 gesucht, ist aber bis jetzt nicht wiederaufgetaucht.*

FBI-Beamte standen für keinen Kommentar zur Verfügung, aber die Sprecherin von SeCure-Corporation erklärte, dass sie Hand in Hand mit der Strafverfolgung arbeiten würden, um bei McDaniels Verhaftung zu helfen, und Anklage in vollem Umfang des Gesetzes erheben würden."

Kylie, eine Kunstdiebin, zusätzlich zu der talentiertesten Hackerin der Welt. Meine schöne, talentierte kleine Einbrecherin. Aber verdammt, sie hat zugesehen, wie ihr Vater vor ihren Augen ermordet worden ist. Kein Wunder, dass sie eine posttraumatische Belastungsstörung hat. Ich muss sie beschützen.

Ein Knurren rumpelt in meiner Brust, mein Wolf ist bereit, auf die Jagd zu gehen. Niemand wird mein Kätzchen anfassen. Ich weiß nicht, wie ich das beheben soll, aber ich werde Kylie – oder wie auch immer ihr richtiger Name ist – nicht dafür untergehen lassen.

Ich habe eine Hackerin und Diebin in meine Firma geholt. Die PR wird die Hölle sein.

Ein Wimmern ertönt aus ihrem Zimmer und ich springe auf die Füße und renne aus der Tür, um vor ihrer anzuhalten.

Noch ein Wimmern.

Ich drücke sanft die Tür auf. Meine kleine Hackerin schläft auf ihrer Seite, einen Arm über ihren Kopf geworfen, den sie hin und her rollt.

Albtraum.

Ich lege mich hinter ihr auf das Bett und wickle meinen viel größeren Körper um ihren. „Sch, Baby. Es ist nur ein Traum."

Sie wimmert lauter. „Kann nicht raus, kann nicht raus, kann nicht raus." Ihr Atem geht schnell, zu schnell, wie sie es im Aufzug getan hat.

Ich lege meine Hand auf ihre Rippen und schüttele sie sanft. „Kylie. Kätzchen. Wach auf, Baby."

Sie erwacht erschrocken mit einem Schrei.

Ich bedecke ihren Mund, aber bemerke, dass es die Klaustrophobie nur noch schlimmer macht, also bewege ich mich wieder zu ihrem Brustbein. „Atme, Baby. Ein. Aus. Du bist sicher. Es war nur ein Traum. Nur ein Traum, Kätzchen."

Sie stößt ein zitterndes Wimmern hervor und ich rolle sie auf ihren Rücken, um ihr Gesicht im Dunkeln zu sehen.

Ihre Arme schlingen sich um meinen Hals und sie klammert sich zitternd an mich.

Ich reibe ihren Rücken. „Sch, Baby. Alles ist in Ordnung. Ich lasse nicht zu, dass dir jemand wehtut."

So schnell sie sich zu mir gewandt hat, entfernt sie sich, springt vom Bett und auf ihre Füße.

Ich folge ihr. „Kylie."

Sie ignoriert mich und läuft hin und her, ihre Schultern gebeugt, ihr Kopf geneigt, als würde sie schwer nachdenken.

Sie lehnt meine Hilfe ab. Sie bekämpft ihre Probleme auf eigene Faust – wie sie das tut, seit sie ein Teenager ist. Vielleicht ihr ganzes Leben. Ich will, dass sie zu mir zurückkommt. Unbedingt. Aber ich weiß nicht, wie ich zu ihr durchkomme.

„Du hast den Mord deines Vaters gesehen."

Sie hört auf, auf und ab zu gehen, und ihr Atem verlässt sie mit einem Rauschen.

„Im Louvre. Wo warst du? In einem Lüftungsschacht?"

Ihre Knie knicken ein und ich fange sie, als sie zurückstolpert. Ich ziehe sie in meine Arme, aber sie bekämpft mich. Der Duft ihrer Tränen trifft mich, salzig und voller Schmerz. Ich lasse sie nicht gehen.

Sie braucht mich, auch wenn sie meine Hilfe nicht annehmen will.

„Hör auf, mich zu bekämpfen", murmele ich, als ich sie gegen meine Brust drücke. „Ich bin auf deiner Seite, Baby. Hör auf zu kämpfen."

Sie bricht gegen mich zusammen, drückt ihr Gesicht gegen meinen Hals und benetzt meine Haut mit ihren Tränen.

„Verdammt, Jackson. Verdammt", schluchzt sie.

„Warum, Baby?" Ich streichele ihren Kopf. „Ich weiß, ich bin ein Arschloch, aber warum bist du sauer?"

„Ich will nicht, dass du dich so gut um mich kümmerst."

Ich finde ihren Mund, berühre diese zarten Lippen und lasse meine Zunge mit ihrer tanzen.

Sie bewegt sich in meinen Armen, hält meinen Hals und

schwingt ein Bein um mich herum. Mein Schwanz wird schwer, drückt in die Kerbe zwischen ihren Beinen, die Hitze ihrer Mitte sendet Blitze der Lust durch mein Blut. Diesmal verliere ich aber nicht die Kontrolle.

Meine Frau braucht mich. Braucht Trost. Sanftheit. Und Wunder über Wunder unterwirft sich mein Wolf. Die Notwendigkeit, sie zu beschützen, trumpft sein Bedürfnis, sich zu paaren. Meine Zähne bleiben menschlich groß, auch wenn mein Schwanz wächst.

„Sag mir nicht, dass du keinen Sex mit mir haben kannst." Sie reißt mein Hemd auf und lässt die Knöpfe aufplatzen.

Oh, Schicksal und alles, was heilig ist.

Ich trage sie in mein Schlafzimmer und lege sie sanft auf ihren Rücken. Ich schiebe ihren Rock hoch und ziehe den Zwickel ihres Höschens zur Seite und lege meinen Mund dorthin, wo er immer sein will. Direkt auf ihre Mitte. Koste ihre süße Essenz, bereite ihr Vergnügen. Befriedige sie.

Sie wölbt sich und zieht ihre Knie hoch, um sich weit zu öffnen.

„Genau so, Baby. Lass mich dir ein gutes Gefühl geben."

Sie reibt ihre Klitoris, während ich sie mit meiner Zunge penetriere. „Ich will deinen Schwanz, großer Mann. Ich brauche ihn hier." Sie tippt auf ihre Muschi.

Ich stöhne.

Kann ich das tun?

Ich muss es.

Sie ist meine Frau und sie braucht mich. Auch der Wolf versteht das.

Ich hole mir ein Kondom von meiner Kommode.

„Klamotten aus", sagt sie. „Ich will alles von dir sehen, Jackson King."

Ich lächle und ziehe meine Kleidung mit Absicht aus

und stehe im Licht des fast vollen Mondes, das durch das Fenster kommt. „Ich lasse dich die Befehle geben, aber nur dieses eine Mal, Kätzchen." Ich rolle das Kondom über meine Länge und grinse über ihre Aufmerksamkeit. „Weil ich vorher Scheiße gebaut habe. Aber vergiss nicht, wer den Holzlöffel hat."

Ihr Gesicht läuft rot an und der Duft ihrer Erregung füllt den Raum noch stärker als zuvor.

Ich greife den Ansatz meines Schwanzes und zeige mit ihm in ihre Richtung. „Magst du, was du siehst?"

„Kein Wunder, dass es wehtut", sagt sie, aber sie grinst dabei.

„Kleidung aus, Kätzchen. Das wird eine Regel sein. Du solltest nie mehr Kleidung tragen als ich."

Ich werte den musikalischen Klang ihres Lachens als einen weiteren Sieg.

Ich werde mich um dich kümmern, Baby.

Sie schlüpft aus ihrer Kleidung und legt sich zurück. Ich verstehe, warum ich getäuscht wurde. Es gibt nichts Unschuldiges an ihren pfirsichfarbenen Brüsten, der Kurve ihrer Hüfte, ihrem ordentlich getrimmten Venushügel und ihren langen, formschönen Beinen. Selbst mit geröteten Wangen sagen ihre Augen: *Komm her*. Ich weiß nicht, wie sie es so lange geschafft hat, ohne Sex zu haben, aber mein Wolf macht doppelte Saltos vor Freude darüber, der Erste zu sein.

Ich will stöhnen. Ich will singen. Den Altar ihres Körpers für den Rest meines Lebens anbeten.

Ich *werde* mich dieses Mal zurückhalten. Das schulde ich ihr.

~.~

Kylie

Jackson kniet zwischen meinen Beinen. Sein Körper ist noch unglaublicher, als ich ihn mir vorgestellt habe – aus reinen Muskeln gemeißelt. Seine Brust ist mit dunklen Locken bedeckt und sein Schwanz ist … beträchtlich.

Er stößt gegen meinen Eingang mit der ummantelten Spitze seines Schwanzes und ich bäume mich auf, meine Lust gerät außer Kontrolle, meine Innenschenkel zittern vor Vorfreude. Er atmet härter als normal, aber er geht langsam vor und bahnt sich langsam seinen Weg in mich, obwohl er schon einmal den Pfad vorgepflügt hat.

Diesmal gibt es keine Schmerzen, nur Befriedigung. Er füllt mich, hält still, damit ich mich daran gewöhne. Ich hebe meine Hüften ungeduldig. *Bin nicht zerbrechlich, Kumpel.* Ich brauche das hier. Ich verdiene es.

Jackson stöhnt und klettert über mich, lehnt sein Gewicht auf seiner Faust neben meinem Kopf.

Er ist riesig, so über mich gebeugt.

Bevor ich meine Reaktion kontrollieren kann, versteife ich mich vor ihm und suche nach einem Ausweg.

Immer noch in mir begraben rollt er unsere Körper, sodass ich am Ende oben bin. Ich ziehe einen Atemzug ein, meine Muskeln entspannen sich.

Er zeigt mir seine offenen Handflächen, als wollte er beweisen, dass er keine Waffe hat, dann schiebt er sie unter seinen Hintern. „Du hast die Kontrolle, Kätzchen."

Ich knabbere an meiner Lippe, weil er es deutlich gemacht hat, dass er gerne die Kontrolle hat. Und ich *liebe* seine Dominanz. Ich kann es einfach nicht ertragen, beengt zu werden. Trotzdem fühlt er sich gut an und meine Hüften bewegen sich von selbst und schaukeln über seiner riesigen, harten Männlichkeit. Ich kippe mein Becken nach vorn, um meinen Kitzler über ihn zu reiben, immer härter und schneller.

Seine Lippen verziehen sich über seinen Zähnen und er schließt die Augen, während sein Atem hörbar stoßweise kommt.

Eine Welle von Macht überkommt mich bei dem Wissen, dass ich ihn so sehr beeinflusse. Es spornt mich an. Ich wippe schneller auf und ab, meine Titten hüpfen über seiner Brust. Ich vergrabe meine Nägel in seinen Schultern und nehme ihn tiefer.

„Scheiße, Kätzchen. *Fuck*", brüllt er. Sein Gesicht verzieht sich. Seine Hände befreien sich von seiner selbst auferlegten Position und ergreifen meine Hüften. Ich bin dankbar, dass er das Ruder übernimmt, weil meine Muskeln zittern und sich nach Erlösung sehnen.

Er bewegt mich über seinem Schwanz, rauf und runter, und dann schreit er, seine Hüften heben sich vom Bett und tragen mich mit sich, auch wenn er mich hält, um tiefer einzudringen, als ich dachte, dass es möglich ist.

Ich schreie auch auf, meine Muskeln ziehen sich um seinen riesigen Schwanz zusammen, melken ihn um alles, was er geben will, mit einer Pumpbewegung, die außerhalb meiner Kontrolle ist.

Atemlos, zitternd, falle ich über ihm zusammen, schmiege meinen Körper an seinen, kuschele mich an seinen Hals.

Er legt seine starken Arme um mich und hält mich fest. Diesmal gibt es keine Angst. Nur reine Zufriedenheit.

„Küss mich, Baby."

Ich drehe meinen Kopf und er beansprucht meinen

Mund, küsst mich aggressiv, lässt mich Zähne und Zunge fühlen, besitzt mich.

Ja. Das ist, was ich mag. Jackson in Kontrolle.

Es bringt dieses Gefühl von Zuhause zurück. Zugehörigkeit.

Sein Schwanz schwillt in mir an. Herrgott. Ist er schon bereit für Runde zwei?

Er stöhnt. „Du solltest besser von mir steigen, Kätzchen, oder ich werfe dich auf deinen Rücken und ficke dich, bis du alles vergisst. Und du bist wahrscheinlich schon wund."

Das bin ich. Ich gleite von ihm, schau mir seinen Schwanz ganz genau an, um zu sehen, ob er immer noch genauso groß ist. „Jackson."

Er greift nach unten, um danach zu greifen, und trifft meine Augen. „Das Kondom ist ab!"

Ich laufe rot an, als ob ich etwas falsch gemacht habe. Ich bin nicht dumm. Ich habe *Cosmo* gelesen. Ich weiß, was passiert. Ich weiß auch, dass ich jetzt dem Risiko ausgesetzt bin, schwanger zu sein.

Jackson übernimmt die Führung, drückt meine Hüften gegen das Bett und taucht seine Finger in mich. *Heiliger peinlicher Moment, Batman.* Er holt das Kondom. „Scheiße. Es tut mir leid, Baby."

„Es war wahrscheinlich meine Schuld", murmele ich und versuche wegzurollen.

Er fängt meine Hüfte und rollt mich zurück zu ihm. „Hey. Ich bin auch Teildieser Sache. Was auch immer passiert. Es würde mir nicht leidtun, wenn du meinen Welpen bekämst."

Mein Herz schlägt schneller, aber ich lache. „Welpe?"

„Kätzchen", sagt er schnell. „Ich hätte gerne, dass du mir ein kleines Katzen-Mädchen schenkst." Er schenkt mir ein verheerendes Lächeln.

Ich rolle meine Augen. Zumindest sagt er nicht „Ich bezahle für deine Abtreibung“ oder flippt aus. Aber ja, das ist alles zu viel, um es zu verarbeiten. Ich hatte zum ersten Mal Sex. Zweimal, weil das erste Mal ein abgebrochener Versuch war. Dann geht ein Gummi in meiner Muschi verloren. Und jetzt könnte ich von niemand anderem als dem Kerl, nach dem ich mich seit meiner Jugend sehne, schwanger sein. Oh, und ich bin vielleicht auf der Flucht vor dem FBI.

Wenn ich nur eine Verschnaufpause kriegen könnte und mehr als ein paar Stunden Schlaf, würde ich wahrscheinlich damit umgehen können.

KAPITEL 8

K*ylie*

Ich habe noch nie mit einem Mann in meinem Leben geschlafen. Ich hatte keine Ahnung, wie unglaublich schön es ist. Die *Richtigkeit*, sich an den Körper eines Mannes zu schmiegen – nicht nur den irgendeines Mannes, sondern *Jackson Kings* Körper –, sein schwerer Arm über meine Taille drapiert. Wie sicher und bequem ich mich gefühlt habe.

Ich will nicht, dass diese unmögliche, kurzlebige Romanze endet. Aber die Realität ruft. Ich werde vom FBI gesucht, weil ich die Firma meines neuen Liebhabers ausgeraubt habe. Also, ja, sich in seinem Haus zu verstecken, wird nicht lange funktionieren.

Die ersten Lichtstrahlen leuchten durch das Fenster. Jacksons Schwanz zuckt gegen meine Rückseite und sendet eine frische Welle der Lust durch mich.

Ich frage mich, ob er auf Morgensex steht, weil ich es

total tue. Ja, ich bin bis gestern Jungfrau gewesen, aber morgens ist meine Masturbationszeit.

Ich drücke meinen Arsch gegen seine Männlichkeit und sein Schwanz reagiert, indem er sich aufstellt und zwischen meine Schenkel gleitet. Jacksons große Hand gleitet meine Seite hoch und packt meine Brust. Er bewegt seine Hüften, fickt die Lücke zwischen meinen Beinen und lässt seine harte Länge entlang meines Schlitzes wandern.

„Mmm, Kätzchen. Ist diese Muschi wieder nass für mich?" Er rollt meine Brustwarze zwischen seinen beiden Fingern.

Es scheint so.

Er kneift meine Brustwarze und ich winde mich überrascht vor Schmerz.

Ich greife zwischen meine Beine, um seinen Schwanz fester gegen meine Mitte zu ziehen. Eine langsame Bewegung meiner Hüften reibt meine Klitoris darüber.

Er stöhnt und beißt mir ins Ohr. „Du willst mich in dir haben, Baby? Soll ich dich heute Morgen wachvögeln?"

„Ja", murmele ich. Ich bewege meine Hüften und positioniere seinen Schwanz an meinem Eingang.

„Scheiße, Baby, ich habe kein –" Er gleitet in mich. Ich erschaudere vor Lust, meine Muskeln ballen sich um seinen Schwanz.

Ken Kondom. Oh ja.

„Uups", sage ich.

Jacksons Atemfrequenz wird schneller und er packt meine Hüften und stößt tiefer in meinen Kanal. Ich weiß, ich sollte ihm sagen, aufzuhören, dass er das Kondom holen soll, aber es fühlt sich. So. Gut. An.

„Zieh raus, bevor du kommst", sage ich ihm.

Er macht ein schmerzhaftes Geräusch. „Ich werde jetzt aufhören", sagt er, aber er pflügt mit grausamer, köstlicher

Kraft in mich hinein. Sein Griff an meiner Hüfte ist bluterguss-würdig; seine Lenden schlagen gegen meinen Arsch.

„Jackson–“ keuche ich.

Er dreht mich auf den Bauch, besteigt mich von hinten und hält meine Handgelenke über meinem Kopf.

Zum Glück tritt die Klaustrophobie nicht ein. Vielleicht weil der Blick vor mir nicht versperrt ist. Ich hebe ihm meinen Arsch entgegen, liebe den neuen Winkel, will mehr, will alles. Jede Position, jede Variation, jeden Rhythmus.

Ein unheimliches, animalisches Knurren bricht aus Jackson und ich drehe mich, um über meine Schulter zu schauen.

Und schreie.

Ich schreie aus voller Lunge und ich höre nicht auf damit.

Weil Jackson ein verdammter Vampir ist. Reißzähne sind aus seinem Mund ausgebrochen und seine Augen sind eisblau. *Eisblau.* Überhaupt nicht grün. Und das Geräusch, das er macht, ist nicht menschlich. Er wird mich beißen und zu einem Vampir machen. Ich fühle mich, als wäre ich direkt in einen Horrorfilm gefallen.

Wie die Klaustrophobie ist meine Panik eine lebende Sache. Keine Gedanken, nur reine von Adrenalin angetriebene Angst.

Zum Glück überrascht ihn mein Schrei und er zieht sich genug zurück, dass ich unter ihm wegkommen kann. Ich packe meine Klamotten vom Boden und renne nackt nach unten. Barfuß.

Ich rase aus der Hintertür und ziehe mein Hemd über meinen Kopf, während ich renne. Ich dachte, sie würde in die Garage führen, aber ich muss durcheinander sein – ich lande in der Wüste, die direkt zu dem Vorgebirge führt. Ich höre Jackson hinter mir rufen, also renne ich geradeaus auf das Vorgebirge zu, den Berg hinauf.

„Kylie!" Jackson schreit. Er ist draußen und er klingt wütend.

Mir ist jetzt klar, dass sie versucht haben, mich zu warnen. Er und Sam sagten beide, er könne nicht mit mir zusammen sein. Warum habe ich nicht zugehört? Ich halte lange genug an, um meinen Jeansrock anzuziehen und weiterzulaufen. Ohne Schuhe schaffe ich es nicht weit. Überall sind Steine und Kakteen und meine Füße sind jetzt schon blau. Ich drehe mich um, um über meine Schulter zu schauen, aber Jackson folgt mir nicht.

Gott sei Dank. Vielleicht ist er wieder reingegangen, um sich anzuziehen. Dann schlängelt sich eine gewaltige Gestalt den Hügel hinauf. Ein silberner Wolf. Und er kommt direkt auf mich zu.

Oh, verdammt. Jackson ist kein Vampir. *Er ist ein Wolf.*

Ich kann nicht entscheiden, ob das besser oder schlechter ist. Infizieren dich Werwölfe mit ihrem Biss und verwandeln dich auch zu einem? Oder sind das Vampire? Nein, Vampire trinken dein Blut. Also, ja. Werwölfe infizieren dich. Ich fühle mich immer noch wie in einem Horrorfilm.

Der Wolf ist in kürzester Zeit bei mir, aber er stürzt sich nicht auf mich wie ... *Mein Gott.* Ist das *Sam* gewesen, der mich vor der Villa angegriffen hat? Der hier ist definitiv Jackson. Das merke ich an den eisblauen Augen. Er stupst meine Hand mit der Nase.

„Bleib. Verdammt noch mal. Weg von mir."

Er setzt sich auf die Hinterbeine und jault. Er ist enorm. Zweimal so groß wie ein normaler Wolf mit einem dicken silbernen Fell. Ein schöner Wolf, aber definitiv tödlich.

Ich blinzle und er ist wieder ein Mann, der neben mir

hockt. Nackt. „Hey. Du bist in Sicherheit. Ich werde dir nicht wehtun, Kätzchen."

„Nenn mich nicht so!" Meine erstickte Stimme klingt etwas hysterisch. Ich bin im Allgemeinen jemand, der stolz darauf ist, alle Sinne beisammen zu haben, aber diese Situation hat mich total aus der Bahn geworfen.

Ich renne den Hügel hinauf. In meinen Augenwinkeln erscheint der Wolf, trabt an meiner Seite, als hätte er entschieden, mein Haustier zu werden. „Geh nach Hause", befehle ich. Wenn er nur ein einfacher Hund wäre, könnte ich ihn nach Hause schicken.

Natürlich trabt er weiter neben mir.

Ich funkele ihn böse an. „Du bist also ein Werwolf? Das ist dein großes Geheimnis? Und was? Du musst jemanden am Vollmond beißen? Oder so etwas in der Art?"

Jackson – oder besser gesagt: der Wolf – jault wieder.

„Was willst du von mir?" Ich schluchze.

Er leckt meine sich bewegende Wade.

„Nein!", schreie ich. „Fass mich nicht an. Hör auf, mir zu folgen. Geh. Nach Hause." Ein Stein verdreht sich unter meinem Fuß und ich falle auf die Knie, hart. Schmerz schießt durch mein ganzes Bein. Ich drücke meine Augen zu und versuche ihn zu ignorieren.

Als ich sie öffne, ist Jackson wieder in menschlicher Form. Nackt. Er nimmt mich in seine Arme.

„Nein", protestiere ich. „Lass mich runter."

Er geht mit steinernem Gesicht den Hügel hinunter. „Du bist verletzt."

„Ich gehe nicht mit dir in das Haus zurück." Meine sture Seite kommt hervor, sie ist immun gegen Logik. Wenn er ein gefährlicher Werwolf wäre, der vorhat, mich zu verwandeln, wäre es ihm egal, wohin ich will.

Aber Jackson bleibt stehen. Seine Schultern sacken

herunter. „Okay, in Ordnung." Er läuft mit unglaublicher Geschwindigkeit den Hügel hinauf.

Ich umklammere seine Schultern. „Wo bringst du mich hin?", keuche ich.

„Ich habe eine Hütte auf dem Berg."

Großartig. Er bringt mich noch weiter weg, damit er mich verwandeln kann. Außer dass ich keine Angst mehr habe. Jetzt, wo die anfängliche Panik nachgelassen hat, geht mein Gehirn wieder online.

„Jackson, was passiert, wenn du jemanden beißt?"

„Ein Serum überzieht meine Zähne. Es hinterlässt meinen Duft in deiner Haut."

„Und verwandelt mich in einen Werwolf?"

„*Nein.*" Er bewegt sich mit schwindelerregender Geschwindigkeit, seine nackten Füße und langen Schritten rasen den Berg hinauf. Ich kann mir nicht vorstellen, wie seine Füße nicht zerfetzt werden. „Wir verwandeln Leute nicht", sagt er steif und ich merke, mit einem Hauch von Belustigung, dass ich ihn vielleicht beleidigt habe.

„Aber ich bin in Gefahr? Was macht das Serum?"

Er hört auf zu rennen und schließt seine Augen resigniert. „Wenn ein Wolf seine Gefährtin wählt, markiert er sie mit seinen Zähnen. Ein Paarungsserum überzieht seine Reißzähne und hinterlässt seinen Duft dauerhaft auf ihr, sodass andere Wölfe wissen, dass sie beansprucht wurde."

Ich starre ihn an. Unlogischerweise pulsiert es heiß zwischen meinen Beinen.

„Willst ... willst du mich markieren?"

„Das *kann ich nicht*", spuckt er aus und steigt weiter den Berg hinauf. „Ein Mensch könnte einem solchen Biss nicht standhalten. Gestaltwandler heilen schnell, aber ein Mensch würde Blut verlieren, vielleicht sogar sterben. Wandler verpaaren sich nicht mit Menschen."

Eine Wolke scheint über uns zu schweben. „Ah. Deshalb sagte Sam, du könntest nicht mit mir zusammen sein."

„Richtig." Er beißt seinen Kiefer so fest zusammen, dass ich schwören könnte, er wird brechen.

Eine kleine Blockhütte kommt in unsere Sicht. Er holt einen Schlüssel von der Oberseite des Türrahmens und öffnet die Tür. Im Inneren ist eine schön eingerichtete Berghütte, einfach, aber komfortabel. Er trägt mich auf die Ledercouch und legt mich darauf, mein Rücken gegen die Armlehne und meine Beine erhöht auf Kissen. Mein Knöchel ist zu seiner doppelten Größe angeschwollen und mein Knie ist auch zerkratzt und blau.

„Ich hole etwas Eis." Jackson verschwindet um die Ecke. Als er zurückkehrt, hat er eine Jeans angezogen und trägt ein Geschirrtuch, das um eine Eispackung gewickelt ist. Er hockt bei meinen Füßen nieder und legt das Päckchen drauf.

„Es tut mir leid, dass ich dich erschreckt habe."

Er schüttelt ungeduldig seinen Kopf. „Nein, ich bin froh, dass du es getan hast. Ich hätte dich gebissen."

Ich starre auf meinen pochenden Knöchel und kann Jackson nicht anschauen. „Nun, ich fühle mich geschmeichelt, glaube ich."

Er stößt ein hartes Lachen aus, das überhaupt nicht amüsiert klingt. Als er aufsteht, fährt er sich mit seinen Fingern durch die Haare wie letzte Nacht.

„Jetzt verstehst du es. Ich bin gefährlich für dich, Kylie."

Ich studiere ihn durch verengte Augen. „Ich habe keine Angst vor dem großen bösen Wolf."

Seine Augen sehen gespenstisch aus. „Lerne, Angst zu haben. Hör zu, ich muss ins Büro. Ich muss mich um das FBI kümmern." Er geht zu einem altmodischen Schreibtisch und drückt den Deckel nach oben. Im Inneren blinken die tröstenden Lichter eines WLAN-Routers. Er zieht einen Laptop hervor und bringt ihn mir. „Du kannst von hier aus arbeiten. Oder ich hole das Auto und fahre dich den Berg runter."

„Hier ist in Ordnung", sage ich schnell. Aus irgendeinem Grund bin ich nicht bereit, zurück in seine Villa zu gehen.

„Es gibt Essen in den Schränken. Ich bringe dir etwas, damit du nicht aufstehen musst."

Er geht und kehrt mit einem Laib Brot, Erdnussbutter, Marmelade und mit einer Dose Austern zurück. „Ich wünschte, ich könnte dir ein Schmerzmittel anbieten, aber Gestaltwandler benutzen sie nicht."

Gestaltwandler. Es ist immer noch nicht ganz eingesunken, aber jetzt, wo ich es weiß, macht es ihn umso faszinierender und attraktiver. Kein Wunder, dass Jackson King mein Teenangerschwarm war. Er ist übermenschlich.

„Es tut mir wirklich leid, dass ich ausgeflippt bin. Es ist mir so peinlich. Ich wünschte, wir könnten die Sache wiederholen und ich würde megacool reagieren. Können wir es versuchen?"

Ein widerwilliges Lächeln zieht Jacksons Lippen hoch. „Wie würde das ablaufen?"

„Ich wäre so: *Oh, du bist ein Werwolf. Das ist cool. Vergiss das Kondom nicht.*"

Ein Schatten fällt über sein Gesicht, vielleicht wegen der Erinnerung an die Kondom-Panne. „Ich bin schlecht für dich", sagt er streng. „Das hier ... kann nicht funktionieren."

Etwas verengt sich in meinem Solarplexus. Ich will ihn mir schnappen und ihm sagen, dass ich keine Angst habe, aber er schnappt mich zuerst, drückt seine Lippen auf meine, verdreht sie über meinem Mund mit einer Intensität, die mich schwindelig werden lässt.

Ich spüre die Verzweiflung in dem Kuss.

Die Verabschiedung.

„Schreib mir nicht. Ich will nicht, dass dich jemand durch mich verfolgen kann. Ich komme heute Abend zurück. Sobald ich kann. Soll ich Sam hochschicken, um nach dir zu schauen?"

Ich schüttle meinen Kopf und schlucke meine Enttäuschung herunter. „Nein, es geht schon. Ich werde weiter an der Malware arbeiten. Jackson?"

„Ja?"

„Warum haben sie mich nicht kontaktiert, falls meine Großmutter noch lebt?"

Er runzelt die Stirn. „Vielleicht behalten sie sie, falls sie ein weiteres Druckmittel gegen dich brauchen?"

Ich schüttle meinen Kopf. „Nein, sie haben meine Geschichte an die Presse weitergegeben. Sie stellen mich als die Täterin dar."

Er berührt meine Schulter und ich schwöre, ich spüre, wie seine Kraft auf mich übergeht und mich wärmt. „Ich weiß nicht warum, aber mein Bauchgefühl sagt auch, dass sie lebt."

Er küsst mich wieder und streift die Jeans ab. Sein Schwanz ist immer noch hart und so beeindruckend, dass mir das Wasser im Mund zusammenläuft.

Ich beobachte dieses Mal, wie er sich verwandelt. Es liegt ein Schimmer in der Luft und dann fällt er auf alle viere, ein riesiger, schöner Wolf. Ich wage es, eine Hand auszustrecken, um sein Fell zu berühren, und er leckt sie und leckt dann die Wunde auf meinem Knie sauber. Es kribbelt. Ich erinnere mich an einen Arzt in Mexiko, der mir empfohlen hat, einen Schnitt an meiner Hand von einem Hund lecken zu lassen, damit er schneller heilt. Mein Papa und ich haben über die Medizin der Dritten Welt gelacht, aber natürlich habe ich mich später informiert und da war etwas dran. Ich frage mich, ob der Speichel eines Werwolfs noch besser ist?

Ich streichle seine seidigen Ohren. Ich will meine Hände in seinem Fell vergraben, aber er dreht sich um und trabt in Richtung Küche. Ich höre das, was das Schwingen einer Hundetür sein muss, und er ist weg.

So. Jackson King ist ein Werwolf.

Jetzt weiß ich es.

Ich bin überrascht, wie sehr ich sein Geheimnis schützen möchte. Ich werde noch härter arbeiten, um alles zu begradigen, jetzt, da ich weiß, dass der brillante CEO des Unternehmens genauso anfällig ist, entlarvt zu werden, wie ich es bin.

~.~

Jacqueline

Jacqueline öffnet ihre sandverkrusteten Augen und blinzelt gegen die Morgensonne. Immer noch in der Wüste. Immer noch in menschlicher Form. Sie quält sich auf die Füße und prüft den Stand der Sonne. Sie erhebt sich über die ferne Bergkette, was die Catalinas sein müssen. Also ist sie in den Tucson-Bergen auf der Westseite. Wahrscheinlich irgendwo in Marana, wo die Crackheads ihr Meth kochen.

Sie ist nicht die Einzige, die online recherchieren kann. Ihre Minette denkt, sie ist nur in der Lage, Suppe zu machen …

Minette.

Sie beginnt, nach Osten zu gehen. Ihr Gang ist zunächst

ungeschickt, aber nach einem Dutzend Schritten kehrt ihre Koordination zurück. Ihr empfindliches Gehör erkennt das Geräusch von Autos in der Ferne. *Dieu merci.* Blöd, dass sie blutüberströmt ist. Falls sie ein Auto anhalten kann, wird das schwer zu erklären sein. Wenn sie sich nur verwandeln könnte.

Sie fällt auf alle viere und schließt ihre Augen, bereit, sich zu verwandeln. Das Problem ist, sie hat sich in den letzten Jahren nicht oft genug gewandelt. Um flink zu bleiben, müssen sich Gestaltwandler hin und wieder verwandeln, wenn die Natur ruft. Ein Gestaltwandler, der zu lange in Tierform bleibt, wird vergessen, wie man wieder Mensch wird, und umgekehrt. Mit Minette, ihrer Halbblut-Enkelin, die sich nie als Wandlerin gezeigt hat, hat sie nicht so oft wild umherlaufen können, wie sie wollte. Vor allem nicht, wenn sie sich in Städten versteckt haben. Jetzt, schwach, hungrig und verletzt, ist es noch schwieriger, die Magie zu rufen.

Erinnere dich. Erinnere dich daran, wie es ist. Sie denkt an ihre erste Wandlung in der Pubertät, an die Freude, ihre Schwester durch die französische Landschaft zu jagen. *Dort.*

Die Magie schimmert um sie herum. Sie hält an, um ihre blutige Kleidung auszuziehen, damit diese sie nach der Wandlung und Transformation nicht behindert. Jetzt nur vor menschlichen Augen verborgen bleiben, während sie in die Innenstadt läuft. Zumindest erinnert sie sich an den Weg.

Garrett hat ihr einmal eine Karte ihres Territoriums auf der Westseite gezeigt. Sein Rudel läuft im westlichen Saguaro-Nationalpark. In der Nähe der Innenstadt und seinem Hauptquartier. Sie muss nur dem Flussbett von Santa Cruz nach Süden folgen.

. . .

~.~

Jackson

Ich gehe ins Büro wie ein verdammter Gladiator. Jeder Mitarbeiter, der mich sieht, wagt einen Blick und wendet seine Augen ab. Selbst Menschen wissen sich zu unterwerfen, wenn der Dominante Blut sehen will.

„Das FBI ist bei Mr. Anderson, Sir“, sagt Vanessa und zeigt auf das Büro meines CFO. Luis ist auch dort. Ich wusste das schon von den fünfzehn Telefongesprächen während meiner Fahrt, aber ich schenke ihr ein kurzes Nicken.

Niemand von SeCure hat zugegeben, die Informationen über Kylie durchsickern gelassen zu haben, was bedeuten könnte, dass sie recht hat. Es kam von ihren Erpressern, obwohl die Erpresser auch von innen kommen könnten.

Ich kann das prickelnde Bewusstsein nicht aufhalten, dass noch *mehr* hinter diesem Angriff steckt, das wir noch nicht gesehen haben. Würde ein Hacker sich die Mühe machen, eine alte Dame zu entführen und jemanden für weniger als eine Million Kontonummern ins offene Messer laufen zu lassen? Vielleicht. Aber es war riskant. Ich weiß nicht, wie viel Geld sie haben abzwacken können, aber ihr Zeitfenster ist klein gewesen. Wir haben es gestern geschlossen.

Ich marschiere in Andersons Büro und nehme einen Stuhl. Mein Führungsteam schwitzt. Sie stehen unter mehr Druck, als ich sie je habe erdulden lassen, und es ist noch nicht einmal vorbei.

Luis hat dem FBI Kylies Akte gegeben und nickt mit dem Kopf, um zu etwas zuzustimmen, was sie gesagt haben.

Er schaut herüber. „Mr. King, das FBI hat ihr eigenes Infosec-Team, das sie bei unserem System einsetzen möchten."

Ich nicke. „Gut. Zeigen Sie Ihnen den Einbruch und alles, was wir getan haben, um alles wieder abzusichern."

Einer der Agenten steht auf und hält seine Hand ausgestreckt. „Special Agent Douglas."

Ich schüttle sie. „Jackson King."

„Mr. King, ich habe gehört, dass Sie vor dem Einbruch Fragen über Kylie McDaniel gestellt haben. Hatten Sie Grund, sie zu verdächtigen?"

Ich entscheide mich für die Wahrheit. Wenn Douglas klug genug ist, folgt er meiner Logik. Wenn nicht, sind wir nicht schlechter dran als vorher. „Eigentlich habe ich mich gefragt, wie sie für die Position eingestellt wurde. Die Annahme war, dass sie eine Hackerin war, aber nichts in ihrem Lebenslauf hat uns das verraten. Ich wollte wissen, wer sie für diese Position vorgeschlagen hat und warum."

„Glauben Sie, sie hat einen Komplizen in Ihrer Firma?"

Ich zucke mit den Schultern. „Vielleicht. Irgendetwas mit dieser ganzen Sache stimmt nicht, und es ist nicht nur eine 24-jährige Hackerin, die sich als Teenagerin Catgirl nannte."

„Sie wird seit Langem mit Selbstjustizdiebstählen in Verbindung gebracht. Dies könnte ein organisierter Angriff aus dieser Richtung sein."

Ich betrachte den Mann. Er scheint intelligent zu sein. „Mr. Douglas, ich möchte einige Informationen mit Ihnen privat teilen."

Mein Team sieht empört aus, aber ich stehe auf und gehe zur Tür, wissend, dass Douglas folgen wird. Ich bringe ihn in mein Büro und werfe ihm das Päckchen zu, das Kylie mir gebracht hat in der Nacht, in der alles begonnen hat.

„Miss McDaniel hatte sich an mich gewandt, nachdem sie dies erhalten hat", erkläre ich.

Douglas guckt durch die Papiere und nimmt die Informationen schnell auf. „Aber sie hat immer noch den Code installiert. Von Ihrem Büro aus, wenn ich es richtig verstehe."

Ich reibe meine Stirn. „Ja. Ich brachte sie am nächsten Tag in mein Büro und bat sie, die Malware auf einem nicht vernetzten Computer zu entschlüsseln."

„Aber sie nutzte die Gelegenheit, um sie bei Ihnen hochzuladen."

„Ja."

„Also, was, glauben Sie, ist passiert?" Er hält das Paket hoch. „Das war ein Trick, um in Ihr Büro zu kommen? Sich selbst die Mühe sparen, sich durch Ihre Firewalls zu hacken?"

Ich schüttele meinen Kopf. „Nein. Sie kontaktierte mich später, um mir zu sagen, dass ihre Großmutter entführt wurde und als Geisel festgehalten wird. Die Großmutter wurde nicht freigelassen, nachdem sie die Malware installiert hatte, also bot sie ihre Hilfe an."

„Wie hat sie Sie kontaktiert?", fragt er scharf.

Nun wird es schwierig. Ich will nicht, dass sie bei mir oder in meiner Nähe nach Kylie suchen. „Sie hat auf dem Parkplatz auf mich gewartet."

„Die Hackerin, die Ihr System lahmgelegt hat, hat auf dem Parkplatz auf Sie gewartet und Sie haben nicht die Polizei angerufen? Mit dieser Geschichte stimmt definitiv etwas nicht, Mr. King. Was erzählen Sie mir nicht?"

Die Notwendigkeit, Kylie zu beschützen, lässt Wut in meinem Bauch aufsteigen. Ich antworte nicht.

„Oh, ich verstehe. Sie haben Gefühle für Miss McDaniel, nicht wahr?“ Der verächtliche Tonfall in seiner Stimme ist nicht zu überhören. „Ich habe gehört, dass Sie beide an ihrem ersten Morgen zusammen im Aufzug gesteckt haben. Glauben Sie, das war ein Zufall?“

Ein Hauch von Zweifel steckt in meiner Brust. Würde Kylie so etwas inszenieren? Warum? Um mir nahezukommen? Mich zu verführen?

Aber nein, ihr Schock in diesem Aufzug war echt. Keine Frau mit Platzangst würde einen Aufzug wählen, um eine Verführung zu inszenieren.

Ich laufe im Büro auf und ab und schiebe mir die Hände in die Hosentaschen.

„Also traf sie Sie auf dem Parkplatz und bot an zu helfen. Was haben Sie getan?“

„Ich habe sie gehen lassen.“ Ich stehe Douglas nicht gegenüber, sondern starre aus den großen Fenstern. Lügen ist nicht meine Stärke, ich mag die Unehrenhaftigkeit davon nicht, aber ich werde alles tun, um meine Gefährtin zu beschützen.

Scheiße. Nicht meine Gefährtin. Sie kann nicht meine Gefährtin sein.

„Schwachsinn. Wo ist sie, Mr. King?“

Meine Finger ballen sich zu Fäusten. „Sie versucht, ihre Großmutter zu finden“, sage ich.

Er starrt mich einen langen Moment an. „Okay“, sagt er schließlich. „Wir werden dieser Spur weiter folgen.“

Ich zwinge mich, meine Zähne voneinander zu lösen.

„Und wenn Sie bereit sind, mir zu sagen, wo Ihr geheimnisvolles Catgirl zu finden ist, werde ich bereits warten.“ Er wirft eine Karte auf meinen Schreibtisch. „Meine Handynummer steht da drauf.“

Ich nicke.

Er hebt das Paket hoch. „Ist es in Ordnung, wenn ich das mitnehme?“

Ich bin überrascht, dass er um Erlaubnis bittet, aber es ist wahrscheinlich nur aus Höflichkeit.

„Ja. Lassen Sie mich wissen, was Sie über die Großmutter rausfinden.“

Er hält auf dem Weg zur Tür an. „Arbeite ich für Sie, Mr. King?“

Ich räuspere mich. Es liegt nicht in meiner Natur, für jemanden Männchen zu machen, dabei tue ich das heute schon zum zweiten Mal. Einmal für Kylie, einmal für ihn. „Bitte.“

Der Hauch eines Lächelns umspielt seine Lippen. „Ich werde Sie auf dem Laufenden halten.“

Ich sinke in meinen Stuhl, als er geht. Der Alpha in mir will Dinge auseinanderreißen und heulen.

Der Mond ist voll. Meine Firma wird angegriffen. Meine Frau ist in Gefahr. Ein Mensch kennt mein Geheimnis, was bedeutet, dass per Rudelgesetz ich etwas dagegen tun muss. Und obwohl die Tatsache, es Kylie zu sagen, unsere Beziehung hätte beenden sollen – jetzt, da sie versteht, warum wir nicht zusammen sein können –, will mein Wolf nicht aufhören, sie als meine gottverdammte Gefährtin anzusehen.

~.~

GINRUMMY

. . .

Der Plan geht auf. Kylie hat SeCure gehackt und seinen Code installiert. So viel hat geklappt. Ebenso wie der Tipp zur Presse, um das FBI auf sie aufmerksam zu machen. Ihm ist es egal gewesen, ob das FBI sie findet oder nicht – es hat nur dazu gedient, sie von seiner Spur abzulenken.

Mr. X hat gesagt, sie haben sich um ihre Großmutter gekümmert. Er hat nicht gefragt, was das bedeutet. Er hat es gewusst.

Zeit, die nächste Erpressungsdrohung auszusprechen. Er schiebt sich in seinem Sitz herum, Hitze baut sich unter seinem Kragen auf. Das FBI ist überall im Gebäude und alle reden über das private Treffen, das King mit einem der Agenten gehabt hat.

Was zum Teufel bedeutet das? Was könnte King dem Agenten sagen, das er nicht vor seinem Führungsteam sagen würde?

Es gefällt ihm nicht.

Er hat den ganzen Morgen damit verbracht, dieselben Fragen über Kylie vier verschiedenen Agenten zu beantworten. Er soll ihnen Zugang zum SeCure-System verschaffen, damit ihre Infosec-Leute ihre eigenen Ermittlungen durchführen können.

Er hat nichts zu verbergen. Kylie hat die Malware hochgeladen; seine IP oder Spuren sind nirgendwo zu finden.

Er überprüft sein Handy. Eine Nachricht ist von Mr. X angekommen.

Ich rufe jetzt King an.

Ein Muskel zuckt in seiner Wange. Dies ist der Teil von Mr. Xs Plan, der weit über Cybersicherheit und Kreditkartennummern hinausgeht.

Sie betreiben ein Spiel, um die ganze Firma zu vernichten. Der Kreditkarten-Diebstahl war eine Ablenkung von der wahren Infektion in den Backup-Daten, welches dem X-

Team die Fähigkeit gewährt, jeden gespeicherten Datensatz von SeCure zu löschen. Also SeCure um fünfhundert Millionen Dollar für eine Überweisung zu bitten, um die Dateien wiederherzustellen, wird nicht zu viel sein. Wenn erfolgreich, wäre es der größte Ransomware-Angriff in der Geschichte. Wenn nicht, hätten sie bereits eine halbe Milliarde in Kreditkartentransaktionen gestohlen.

~.~

Kylie

Bei Sonnenuntergang humpele ich zur Dusche, um mich aufzufrischen, bevor Jackson auftaucht. Er hat mich den ganzen Tag nicht kontaktiert und es juckt mich, ihn zu sehen. Ihn zu berühren. Mein Körper fühlt sich vom Sex und meinem Lauf den Berg hinauf schmerzhaft an, aber alles, woran ich denken kann, ist, Jacksons Hände auf mir zu haben, damit er mich so hart nimmt, wie er will – mich beißt und mich als sein markiert. Es ist, als hätte mich der Vollmond auch beeinflusst.

Die Kratzer auf meinem Knie sehen eine Woche alt aus anstatt einem Tag. Ich schätze, Werwolfspeichel *ist* besser als Hundespucke.

Ich habe den ganzen Tag damit verbracht, mich in mehrere Kreditkartenfirmenseiten zu hacken, um die Daten über die gestohlenen Kartennummern zu kriegen. Nach meiner Schätzung sind in den vierundzwanzig Stunden, bevor die Besitzer benachrichtigt und die Karten eingefroren worden sind, rund fünfhundert Millionen Dollar gestohlen worden. Es muss alles automatisiert gewesen sein. Mit den gestohlenen Händlerkonten der kleinen Anbieter haben sie zufällige Beträge unter einigen tausend Dollar auf jeder Kreditkarte berechnet. Auch das suggeriert wieder einen Insider, jemand, der wusste, welche Daten sie finden würden und wie sie konfiguriert werden müssten, um eine so komplexe Formel vorprogrammiert zu haben.

Ohne Kontakt von Jackson – obwohl seine Gründe, den Kontakt einzuschränken, vernünftig sind – setzt eine Leere ein. Er glaubt nicht, dass er mit mir zusammen sein kann. Er will es – so viel weiß ich –, aber er glaubt, dass er mir wehtun wird.

Ich habe aber keine Angst. Er hat sich zurückgezogen, als ich geschrien habe. Sich auf den Bauch gelegt, selbst als ich geflüchtet bin. Er besitzt viel mehr Kontrolle, als er glaubt. Und ich habe keine Angst davor, markiert zu werden. Tatsächlich begeistert mich die Idee. Vielleicht haben mich deshalb normale Männer nie interessiert. Ich brauchte jemand Übermenschlichen.

Ich will alles über sein Wandlerleben wissen. Wie es ist, wie es funktioniert. Was bei Vollmond passiert. Welcher heute Nacht ist.

Die Badezimmertür öffnet und schließt sich und mein Herz schlägt härter. Durch die neblige Glastür der Dusche sehe ich Jacksons breiten Körper. „Jackson."

Einen Moment später öffnet er die Tür zur Dusche. Er ist nackt, seine unbeschnittene Erektion noch ausgeprägter als heute Morgen. Blaue Augen brennen in seinem Gesicht. Seine Hände sind zu Fäusten an seiner Seite geballt, sein Ausdruck dunkel, wütend. Hungrig.

Ich halte meinen Atem an. „Jackson." Meine Stimme schwankt.

Er tritt zu mir in die Dusche. Ich erwarte fast ausgefahrene Reißzähne, als er den Mund aufmacht, und ich bin gespannt und auch nicht sicher, ob ich ihn mich markieren lasse oder nicht.

„Ich wollte dich in der Dusche ficken seit der Nacht, in der du bei mir aufgetaucht bist.“ Seine Stimme ist leise und rau. „Glaubst du, ich habe nicht gesehen, wie du dich selbst berührt hast, durch die beschlagene Glastür?“

Ein Schauer purer Lust läuft durch mich hindurch, schießt mir die Oberschenkelinnenseiten herunter und lässt meine Zehen sich aufrollen.

Er greift meine Handgelenke und dreht mich gegen die Duschwand. Seine Berührung ist ehrfürchtig, als er meine Handflächen gegen die Fliesen drückt. „Neue Regel“, murmelt er mir ins Ohr. „Du berührst diese Muschi nicht ohne *meine* Erlaubnis. Verstanden?“

Das tue ich nicht, aber ich bin zu angetörnt, um zu sprechen.

„Ich muss ein *Ja, Sir* hören.“

„Ja, Sir.“ Die Worte rutschen aus mir heraus, bevor ich überhaupt weiß, dass ich sie ausspreche. Hitze blüht in meiner Mitte auf bei seiner herrischen Aufforderung.

„Weißt du warum?“ Seine Stimme ist wie ein grollendes Schnurren in meinem Ohr.

„N-Nein.“

Er reicht herum, um meinen Venushügel zu umfassen, und gleitet mit zwei Fingern entlang meines nassen Schlitzes. „Diese Muschi gehört mir. Ich darf sie befriedigen. *Meine Aufgabe.* Verstanden?“

Oh verdammt, fuck. Meine Beine zittern vor Lust. Ich kann nichts anderes tun, als eine Zustimmung zu stöhnen.

„Braves Mädchen.“ Er belohnt mich mit einem schnellen Flattern seiner Finger über meiner Klitoris.

Meine Knie knicken ein, aber es spielt keine Rolle, denn

er schlingt einen Arm um meine Taille, fängt mich und hält mich hoch, als er mich mit zwei Fingern penetriert. Ich werfe meinen Kopf zurück gegen seine Schulter und schließe meine Augen, verloren in der Ekstase seiner Berührung, seiner Hitze.

„Du hast mich heute Morgen mit Kavaliersschmerzen zurückgelassen, Kätzchen."

Ich schreie auf, als er mit der Handwurzel über meinen Kitzler reibt.

„Ich werde dich jetzt bestrafen müssen."

„Ja", hauche ich. *Bestraf mich. Fick mich. Behalte mich als dein Spielzeug.* Ich will von Jackson besessen werden. Von ihm markiert werden, egal, wie sehr es wehtut.

Er zieht seine Hand von der Spalte zwischen meinen Oberschenkeln und ich stöhne vor Enttäuschung. „Arsch ausstrecken, Baby."

Ich gehorche sofort und drücke meinen Arsch nach hinten für seine Strafe.

Er schlägt ihn und ich schreie auf. Das Wasser lässt es umso mehr stechen, die Fliesen lassen den Knall seiner Handfläche hallen. Er versohlt meine andere Pobacke, dann wiederholt er es von rechts nach links. Ich bin im Himmel, die Kakophonie der Sinneseindrücke – das Wasser der Dusche, der Schmerz seiner Schläge, das Vergnügen seiner Berührung – vermischt sich und bringt mich an den Rand des Orgasmus.

Jackson stöhnt. „Scheiße, ich liebe es, dir den Hintern zu versohlen. Ich sollte dir deinen Arsch mit einem Gürtel versohlen für den Zustand, in dem du mich heute gelassen hast." Seine Stimme ist ein tiefes Grollen, das in jede Pore meines Körpers einzudringen scheint.

Als ich nicht widerspreche, flucht er. „Ich werde dich so hart ficken, Kätzchen, dass du nicht mehr richtig laufen kannst. Dann wirst du dich erinnern, wem diese Muschi gehört."

Ich stehle einen Blick über meine Schulter und suche nach Reißzähnen. Seine Dominanz ist geil, aber es ist auch viel zu viel heute Abend und ich bin mir nicht sicher, ob er noch die Kontrolle hat. Als ich mein Gewicht verlagere, sticht der Schmerz in meinem Knöchel.

Jackson springt nach vorn und fängt mich unter meinem Oberschenkel des verletzten Beines und hebt mein Knie gegen die Fliesenwand. Sein Körper schmiegt sich gegen meinen Rücken, der Kopf seines Schwanzes drückt an meinen Eingang. „Alles okay, Baby?" Seine Lippen streifen mein Ohr, während er spricht.

Falls möglich, schmilzt meine Muschi sogar noch mehr. Er hat die Kontrolle. Beschützt mich. Wie er es von Anfang an getan hat.

„Ja", murmele ich.

„Greif nach unten und führ mich."

Ich gehorche, greife zwischen meine gespritzten Beine und lenke seinen Schwanz an die süße Stelle des Eingangs.

Er gleitet vorwärts, teilt mich, füllt mich Zentimeter für Zentimeter aus. Diese Position ist so unanständig, seine Dominanz so extrem, ich fühle mich wie der Star eines Pornofilms. Jackson brummt zustimmend hinter mir und stößt dann nach oben. „Nimm alles von mir", knurrt er.

Ich schreie auf. Es ist die gute Art von Schmerz – tief und köstlich. Sein Schwanz dehnt mich, trifft die Vorderseite meiner Muschi mit jedem rammenden Stoß.

„Oh Gott", stöhne ich.

„Noch nicht, Baby." Jackson muss zwischen zusammengebissenen Zähnen reden. Er streckt eine Hand gegen die Duschwand bei meinem Kopf und pflügt weiter in mich hinein.

Erregung bäumt sich in mir auf. „Bitte."

„Oh, verflucht, Baby. Bettelst du grade? Bettele verdammt noch mal weiter. Das macht mich so hart für dich, Kätzchen."

Tränen brennen in meinen Augen. Ich sehne mich verzweifelt nach Erlösung. Mein stehendes Bein zittert so stark, dass es mich wundert, dass es noch steht. „Bitte, bitte, Jackson", flehe ich.

Ein unmenschliches Geräusch entkommt seiner Kehle und ich erstarre. Er fickt mich so tief und so hart, dass ich Sterne sehe. Ein weiteres Brüllen trifft die Duschwand und Jackson stößt so tief zu, dass er mich von meinen Füßen hebt und mich mit seinem explodierenden Schwanz aufspießt. Er hält mich um die Taille und hält immer noch mein erhobenes Knie mit seiner anderen Hand.

Ich verkrampfte mich um ihn herum, lasse eine göttliche Reihenfolge von Druck und Erschaudern aus mir heraus, bis ich die Lust voll ausgewrungen habe und schlaff vor Vergnügen bin. Die ganze Zeit warte ich auf den Biss, aber er kommt nicht.

Ich kann mich nicht entscheiden, ob ich enttäuscht oder erleichtert bin.

„Du akzeptierst meinen Schwanz so gut, Baby." Seine Lippen sind wieder direkt an meinem Ohr, seine tiefe, raspelnde Stimme ist verführerisch. „Öffne deine Augen und sieh dir an, wo du bist."

Sind meine Augen immer noch geschlossen? Es scheint so. Ich erlaube ihnen, aufzuflattern. Ich stehe immer noch mit der Nase gegen die Duschwand, Jacksons harter muskulöser Körper gegen meinen Rücken gedrückt.

„Das ist ein enger Raum, findest du nicht?"

Mein Herz schlägt doppelt so schnell. Es ist ein sehr

enger Raum. Und der Ausgang ist blockiert. Und ich habe keinerlei Angst.

Ich lasse einen Schwall an Lachen aus mir herausströmen. „Das ist es."

Er knabbert an meinem Ohr. „Du hast es überlebt." Er zieht sich aus mir heraus und dreht mich sanft um. Seine Augen sind immer noch blau und seine Zähne sehen schärfer aus als sonst, aber er ist eindeutig Jackson, der Mann, nicht der Wolf.

„Ich habe keine Angst, wenn ich bei dir bin." Es ist wahr. Kein Hauch von Klaustrophobie.

Er schüttelt seinen Kopf. „Du musst nie wieder Angst haben. Du hast es besiegt."

Ich bin mir nicht sicher, ob ich sein Vertrauen in mich teile. Diese Situation ist besonders. Das nächste Mal werde ich wahrscheinlich keinen gottähnlichen Mann haben, der mir das Hirn rausfickt, damit ich vergesse, Angst zu haben. Aber ich liebe es, dass er sich daran erinnert. Dass er sich um mich kümmert.

Ich lächle zu ihm hoch. „Vielleicht sollten wir ein wenig mehr üben, um sicher zu sein."

Qual strömt in seinen Ausdruck. „Ich bin mir nicht sicher, ob ich es überleben würde. Ich muss hier raus und rennen. Sonst werde ich dich für die nächsten acht Stunden ans Bett fesseln und dich ficken. Vorausgesetzt du hast Glück und ich verliere nicht die Kontrolle."

Und beißt mich. Markierst mich als dein.

Frische Hitze strahlt in meiner Mitte. Ich habe mich in meinem Leben noch nie so begehrt gefühlt. Ja, ich weiß, ich habe einen heißen Körper und habe ihn gelegentlich zu meinem Vorteil benutzt. Aber diese animalische Seite von Jackson, dieses verrückte Ich-kann-es-nicht-ertragen-in-deiner-Nähe-zu-sein-ohne-dich-zu-ficken, lässt mich mir vorkommen, als wäre ich Helene von Troja. Oder eine unwiderstehliche Sirene.

Er zieht das Kondom ab und tritt aus der Dusche, um es zu entsorgen. Als ich rauskomme, öffnet er ein Handtuch für mich. Gibt es mir nicht nur einfach, sondern wartet darauf, dass ich hineintrete, und wickelt es dann um mich. Es liegt eine Vertrautheit in dieser Geste, als ob wir ein langjähriges Paar sind, das kleine, süße Rituale hat. Plötzlich will ich das so sehr – will bleiben und Jackson King als mein „normal" haben. Mein Rudel.

Aber er hat schon gesagt, dass es nicht passieren kann. Er muss sich mit einer anderen Gestaltwandlerin verpaaren. Nicht mit mir.

Der Schmerz darüber blendet mich fast. Ich wende mich ab, damit er ihn nicht auf meinem Gesicht sieht. Ich muss Mémé retten und die Stadt verlassen. Schuldgefühle darüber, dass ich überhaupt an einen Mann denke, wenn sie vermisst wird, erdrückt meinen Magen.

Ja, Mémé zu finden und die Stadt zu verlassen, ist das einzige Ende dieser Geschichte, das Sinn ergibt. Ich bete nur, dass sie noch lebt. Sie ist das einzige *Zuhause*, das ich habe.

~.~

Jackson

ICH WEIß NICHT, wie ich es überlebt habe, Kylie zu ficken, ohne sie zu markieren. Meine Zähne waren ausgefahren und mit Serum überzogen, aber ich habe den Wolf irgendwie in Schach gehalten. Weil ich es musste. Um meine Frau zu beschützen.

Ja, ich habe der Mondkrankheit gerade den Stinkefinger gezeigt. Das Weibchen, mit dem mein Wolf sich unbedingt verpaaren will, ohne sie zu beißen, sollte mir eine Medaille einbringen. Aber mein ganzer Körper juckt jetzt danach, sich zu wandeln. Und ich weiß nicht, was passieren wird, nachdem ich dem Wolf freien Lauf gelassen habe.

Ich wickle ein Handtuch um meine Taille und stehle mich zur Hintertür, wo ich die Barrikade in der riesigen Hundetür blockiere. Das Letzte, was ich will, ist, nach dem Vollmond reinzukommen und Kylie anzugreifen.

„Lass mich nicht rein, wenn ich auf vier Beinen bin“, sage ich ihr.

Sie ist mir gefolgt, auch mit einem Handtuch bekleidet. Mir fällt auf, dass sie wirklich einen Kleiderwechsel gebrauchen könnte – sie trägt seit drei Tagen meine Kleidung oder den gleichen Jeansrock und T-Shirt – und ich fühle mich wie ein Arschloch, weil ich die Situation für sie nicht behoben habe. Eine kleine – verglichen mit ihrer vermissten Großmutter. Ihre Augen sind groß, aber sie nickt tapfer. Keine Überraschung. Meine kleine Hacker-Diebin, die im Alter von zehn schon Millionen-Dollar-Gemälde klaute.

Irgendwo auf dem Berg heult Sam und ruft mich, mit ihm zu laufen. „Ich muss gehen. Schließ die Tür hinter mir ab und mach sie nicht auf. Verstanden?“

Noch ein Nicken.

Ich packe sie für einen rauen Kuss, unsere Münder verschmelzen, Zungen schlingen sich umeinander mit genug Hitze, um meine Reißzähne wieder herauszuholen. Es braucht all meine Stärke, um mich von ihr zu lösen, mich zu wandeln und in die Nacht zu laufen.

. . .

~.~

Kylie

Ich wache auf beim Heulen direkt vor der Hütte. Die Haare in meinem Nacken stellen sich auf. Ein Wolf.

Ich schaue auf die Uhr – vier Uhr morgens. Ich bin in dem großen, bequemen Bett eingeschlafen, das vermutlich in dem Hauptschlafzimmer steht, direkt nachdem Jackson gegangen ist. Und jetzt, so scheint es, ist er zurückgekehrt. Aber er ist auf vier Beinen, was bedeutet, dass ich ihn nicht reinlassen kann.

Dong. Ein Klang, als würde sich jemand gegen die Hintertür werfen. Er versucht reinzukommen. Ich schlüpfe aus dem Bett und humpele in die Küche auf der Rückseite der Hütte. Ich trage nur eines von Jacksons T-Shirts, das ich in der Kommode gefunden habe. Ich schaue aus dem Fenster und sehe Jackson in seiner riesigen silbernen Wolfsform, der sich gegen die verbarrikadierte Hundetür wirft.

Der schwarze Wolf – muss Sam sein – erscheint hinter ihm und kneift in seinen Hintern.

Jackson dreht sich zu dem kleineren Wolf und greift an. Die beiden rollen sich auf dem Boden, ihr schreckliches Knurren erfüllt die Luft. Es scheint mehr als nur Spiel zu sein. Jacksons Zähne schnappen, Sams antwortendes Jammern klingt schmerzhaft.

Jackson rennt noch einmal und wirft seinen riesigen Körper gegen die Tür. Er versucht ernsthaft, diese Tür auszuhebeln oder zu zerschlagen. Die Tatsache, dass er sich nicht einfach wandelt und die Türklinke benutzt, sagt mir, dass er nicht dazu in der Lage ist. Und deshalb hat er mir gesagt, ich solle ihn nicht reinlassen.

Ein Schauer geht durch mich, der nichts mit der kühlen Bergluft zu tun hat.

Also, was macht Sam? Versucht er, mich zu beschützen? Jackson fernzuhalten? Es scheint so, denn der kleinere Wolf kommt noch einmal von hinten an Jackson, zwickt ihn und rennt davon, bevor Jackson ihn im Gegenzug beißen kann. Als Jackson ihn ignoriert und wieder auf die Tür losgeht, wiederholt Sam die Aktion.

Diesmal bewegt sich Jackson schneller und beißt in Sams Flanke. Der Wolf jault erbärmlich und meine Hand fliegt zum Türgriff. Ich muss das stoppen, bevor Sam verletzt wird. Aber ich bin kein Wolf. Was kann ich tun, um einen Wolfskampf zu stoppen? Vielleicht ist das nur Vollmondspielerei.

Aber nein. Jackson bleibt auf Sam, auch als Sam sich herumrollt und ihm seinen Bauch zeigt. Der große silberne Wolf schnapp nach seiner Kehle. Ich schreie zur gleichen Zeit, als Sam sich in seine menschliche Form verwandelt.

„Jackson." Die Dringlichkeit in Sams Ton erschreckt mich.

Lieber Gott, wenn Jacksons Kiefer Sams Kehle in menschlicher Form erwischt, wird es ihn töten? Ich springe aus der Tür, denn ich muss helfen.

Sams bernsteinfarbener Blick schwenkt alarmiert zu mir. *„Nein!"*

Jackson wirbelt umher und springt in einem einzigen, unmöglichen Bogen zu den Stufen. Seine Schulter trifft meine Taille und wirft mich gegen die Tür.

„Uff."

Sam verwandelt sich zurück zu einem Wolf und macht

einen ähnlich anmutigen Sprung, landet auf Jackson und wirft ihn von den Stufen. Die beiden kämpfen wieder.

Ich schlucke meinen Schrei herunter. Der gesunde Menschenverstand sagt mir, ich soll zurück in die Hütte rennen und die Tür abschließen, aber ich kann Sam nicht hier draußen bleiben lassen oder er wird meinetwegen verletzt werden. *Ich kann es nicht.*

„Jackson!“, schreie ich, um ihn abzulenken.

Sein Kopf schnellt hoch mit einem wilden Knurren und er greift mich noch einmal an.

Sam bewegt sich noch schneller, springt durch die Luft und landet zwischen uns. Noch einmal wandelt er sich in seine menschliche Form und greift nach dem Türknauf. „Geh. Rein.“

Jackson wandelt sich auch und schlägt Sam gegen die Wand und würgt ihn mit seinem Unterarm über Sams Luftröhre. Seine Augen sind eisblau, unheimlich unmenschlich. „Bleib. Weg von ihr.“

Sams Handflächen fliegen nach oben, er unterwirft sich. „Du bist ... die Gefahr“, keucht er.

Für einen Moment denke ich, dass Jackson Sam töten wird, aber seine Augenfarbe wird grün und er gibt Sam frei, der keucht und an seine Kehle greift. Blut tropft Sams Bein herunter, wo er eben gebissen worden ist.

„Sam“, krächzt Jackson, Reue klingt in der einzelnen Silbe mit. Er ergreift Sams Kopf und lehnt seine Stirn gegen die des jüngeren Mannes. „Scheiße. Danke schön. Es tut mir leid.“

„Alles in Ordnung mit dir?“, fragt Sam, was irgendwie falsch wirkt, da er derjenige ist, der verletzt ist. Aber ich weiß, dass er fragt, ob Jackson die Kontrolle hat.

„Ja.“ Jackson packt meinen Arm, dreht mich um und

gibt mir einen Schlag auf den Hintern. „Geh rein, Weib. Ich sagte doch, du sollst die Tür nicht öffnen."

Schmetterlinge heben in meinem Bauch ab bei der Andeutung der kommenden Strafe.

„Willst du, dass ich bleibe?", fragt Sam, als ich wie befohlen reingehe.

„Nein, ich bin wieder da. Danke, Bruder." Die Art und Weise, wie er spricht, ist feierlich, als würde er einen feierlichen Eid oder ein Gelübde ablegen. Als ich begreife, dass ich hier Rudelgesetz beobachte, bekomme ich eine Gänsehaut.

Jackson tritt ein, sein Schwanz ist total hart und schwingt, während er geht. Er ist ein unglaublicher Anblick – wild, er riecht nach Kiefern und Schmutz und der Nachtluft. Seine Muskeln wölben sich und bewegen sich, als er sich bückt, um mich über seine Schulter zu werfen. Sein Ausdruck ist dunkel. Unersättlich.

„Jackson. *Jackson.* Geht es dir gut?"

Er trägt mich ins Schlafzimmer und setzt mich auf meine Füße. „Ich weiß nicht. Du kannst es mir sagen. Ist es okay, mir nicht zu gehorchen?" Er reißt mir das T-Shirt in einem schnellen Zug herunter. Wickelt eine Faust in mein Haar und zieht meinen Kopf zurück.

Ich bin unglaublich angetörnt und ein bisschen erschrocken, weil er nicht ganz Jackson ist. Da ist ein wilder Hunger in seinem Gesicht, eine kontrollierte Gewalt, knapp unter der Oberfläche brodelnd.

Er tritt meine Füße auseinander. „Spreiz deine Beine."

Ich gehorche.

Seine Handfläche berührt meine Muschi, ein strafender Schlag. „Breiter."

Ich spreize sie weiter. Er schlägt meine Muschi wieder und hält immer noch meinen Kopf mit meinen Haaren.

„Beantworte meine Frage. Ist es okay, mir nicht zu gehorchen, Kätzchen?"

Jetzt gleich werde ich ihm sagen, er soll sich entspannen, und sicherstellen, dass das hier Spiel ist und nicht real. Aber anscheinend will ich das nicht, denn meine nasse Muschi schmerzt wegen seiner Berührung und „N-Nein" ist das einzige Geräusch von meinen Lippen.

Noch ein Schlag. Ein weiterer. Es tut weh und vibriert gleichzeitig. *Noch ein Schlag. Noch ein Schlag.* Er fährt fort, meine weiblichen Körperteile zu verhauen. Meine Beine zittern und ich frage mich, ob ich allein vom Muschiversohlen kommen kann.

Ich werde es nicht herauszufinden. „Böses Mädchen", murmelt er mir ins Ohr. Seine riesige Handfläche knetet meinen Arsch. Er klingt überhaupt nicht wütend. Ich höre nur Aufregung. Verführung. Er drängt sich mit dem Finger zwischen meine Backen und drückt gegen meinen Anus.

Ich zucke überrascht zusammen und presse verlegen meine Backen zusammen.

„Ich werde dich dafür in den Arsch ficken müssen."

Er lässt meine Haare los und stiefelt um das Bett und wirft Kissen in die Mitte.

Meine armen zittrigen Beine halten mich kaum aufrecht und es flattert in meinem Bauch. „Jackson, ich glaube nicht –", fange ich an und starre auf seine enorme Erektion. *Nein. Auf keinen Fall.* „Du bist zu groß. Ich denke nicht, dass du in mich passt."

Er läuft aus dem Zimmer und ich höre ein dunkles Lachen. Als er zurückkehrt, hält er eine Flasche Olivenöl aus der Küche. „Oh, du wirst mich nehmen, kleines Mädchen. Du wirst jeden Zentimeter von mir nehmen. Das ist deine Strafe. Immer wenn du mir nicht gehorchst, Kätzchen, bekommst du es in den Arsch."

Das klingt nach einer schrecklichen Idee. Eine furchterregende, wunderbare, schreckliche Idee. Aber ich kann mich nicht dazu bringen, mich zu weigern. Mein Körper ist wie auf einer engen Spule aufgewickelt und will verzweifelt loslassen.

Er schlägt mir auf den Arsch. „Leg dich über die Kissen, Baby. Ich werde deinen heißen kleine Körper besitzen."

Etwas, das einem Miauen ähnelt, kommt von meinen Lippen, aber ich gehorche, taumele zum Bett und klettere über die Kissen. Ich präsentiere ihm meinen Arsch wie einen Kuchen auf einem Teller.

Es ertönt ein dunkles zustimmendes Grollen. Ich schaue über meine Schulter, als er seinen Schwanz packt und eine großzügige Menge Öl über ihn gießt. Ein weiterer Schauer läuft meine Ritze entlang.

Er kriecht über mich, eine Hand wichst seinen Schwanz, die andere massiert Öl in meinen Arsch, um meinen Anus herum.

„Es gibt Konsequenzen, wenn du gegenüber deinem Alpha ungehorsam bist." Er schiebt den Kopf seines Schwanzes gegen meinen Anus und wartet.

Ich spanne mich gegen seine Berührung an, aber einen Moment später geben die Muskeln nach. Sobald sie sich lockern, drückt Jackson nach vorn und dringt in mein enges Loch rein.

Ich stoße einen scharfen Schrei aus.

Er erstarrt kurz, weitet mich und wartet darauf, dass ich mich beruhige. Die Sorge, die er zeigt, beruhigt mich, zeigt mir, dass er die Kontrolle hat, und ich gebe nach, bereit, meinen Beckenboden zu entspannen. Er drückt weiter hinein und die Dehnung wird intensiver, dann wird es leichter.

„Da. Das ist die Eichel. Ich bin drin, Baby. Jetzt nimm den Rest von mir.“

Ich wimmere, aber entspanne all meine Muskeln, biege meinen Rücken ein wenig und warte.

„Braves Mädchen“, murmelt er, eine Hand reibt über meine Seite, streichelt meine Haut.

Das Lob schickt Wärme durch mich und ich wölbe mich noch mehr.

„So ist es gut, Baby. Nimm es wie ein gutes Mädchen und ich werde diese reife Muschi küssen, wenn ich fertig bin.“ Er stößt rein und raus und gibt mir ein enormes Gefühl der Dringlichkeit jedes Mal, wenn er mich ausfüllt.

Mein Arsch ist vollgestopft mit seinem Schwanz, aber meine Muschi fühlt sich tragisch leer an. Ich greife mit meiner Hand zwischen meine Beine, um die Situation zu beheben. Mein Fleisch ist saftig, geschwollen bis zur Unkenntlichkeit, sogar gegenüber meinen vertrauten Fingern.

Jackson knurrt, packt mein Handgelenk und zieht meine Hand hervor. „*Mein.* Was habe ich dir darüber erzählt, deine Muschi zu berühren? Nur ich kann diese Süße meistern.“ Er bedeckt meinen Körper mit seinem und reicht herum, um meinen Venushügel zu greifen. Es ist genau das, was ich brauche. Das Zittern beginnt in meinem Körper.

„Jackson.“ Der heisere Schrei klingt nicht einmal nach meiner Stimme. „Jackson, bitte.“

„Das ist es, Baby. Fleh mich an.“ Er nimmt das Tempo auf und plündert meinen Arsch, während seine Finger mich von unten ficken. Mir ist schwindlig vor Geilheit, benommen vor Bedürfnis. Die Hütte dreht und kippt sich.

„Jackson!“ Der Raum füllt sich mit heftigen Schreien, die mir gehören müssen.

Ein Knurren und ein Brüllen übertreffen sie und

Jackson stößt tief zu. Ich packe seine Finger in meiner Muschi und drücke sie tiefer rein, halte sie dort fest, während ich komme, meine vaginalen Muskeln pressen zusammen, mein Anus verengt sich um seinen riesigen Umfang.

Er zieht zu früh raus, stolpert zurück und ich drehe mich um, um zu gucken, auch wenn ich schon weiß, was da sein wird. Reißzähne.

Er reißt das Kondom ab und wirft es weg. Dann kommt auf mich zu.

~.~

Jackson

WENN ICH NICHT GENUG VON Kylie kriege, sterbe ich. Ich muss sie in jeder Hinsicht besitzen.

Verflucht, ich hätte Sam fast umgebracht. Mein Wolf hat Kylie in der Hütte gerochen und mit einer Verzweiflung reinzukommen versucht, die mich erschüttert hat. Als Sam sich eingemischt hat, hat der Wolf gedacht, er würde mich ihretwegen herausfordern. Gott sei Dank hat er sich verwandelt, sonst wäre ich sicher mondkrank geworden.

Selbst jetzt, nachdem ich einen Orgasmus gehabt habe, hat das immer noch nicht das heftige Bedürfnis gestillt. Ich hoffe, wenn ich sie immer wieder nehme, sie befriedige, sie ficke, wird es meinen Wolf so sehr beschwichtigen, dass er sie nicht markiert.

Ich ziehe die Kissen unter ihrem herzförmigen Arsch hervor und drehe sie um. Schiebe ihre Knie auseinander.

Benutze meinen Mund auf ihrer Klitoris, lecke und sauge, als ob mein Leben davon abhängt.

Sie ist am Anfang schlaff, ihre Knie fallen auf, immer noch gleichgültig nach ihrem Orgasmus. Aber ihre Finger wandern in meine Haare, als ich ihre Klitoris leck, und sie stößt ein schwaches Stöhnen aus. Ich gebe nicht auf. Sie schmeckt wie der Himmel. Ich schlemme an ihren Säften und verschlinge sie. Ich reibe ihre Klitoris, lutsche und knabbere an ihren Schamlippen.

Sie reißt an meinen Haaren, heisere Schreie kommen aus ihrer Kehle. Sie ist unglaublich, wie sie sich mir hingibt, so bereit, all die Lust zu empfangen, die ich ihr schenke. Ihr untrainierter Körper reagiert unendlich. Ich dringe mit zwei Fingern in sie, finde ihren G-Punkt an ihrer Innenwand und spiele mit ihm, bis sich das Gewebe verhärtet und krümmt.

„Jackson. *Jackson*. Bitte. Ich kann nicht mehr." Ihre Knie klemmen sich um meinen Kopf.

Ich penetriere sie mit meiner Zunge. Genauso wie mit meinen Fingern, dann kehre ich wieder zurück, um an ihrer Klitoris zu saugen, stoße drei Finger in sie und aus ihr heraus, bis sie zum dritten Mal an diesem Abend kommt. Ihre Muschi drückt und lässt los, als sie einen langen scharfen Schrei freilässt.

Ich wünschte, es wäre genug. Ich weiß, dass ich meinen kleinen Menschen schon erschöpft habe. Kostbare, wunderschöne Frau.

Ich klettere hoch, um mich auf das Bett zu setzen und sie über meinen Schoß zu ziehen. Ihr Duft bringt mich wieder in den Tiermodus. Ich versohle ihren hübschen Arsch, schnell und hart. „Herrgott, Kätzchen. Der Duft deiner Erregung macht mich verrückt. Ich kann immer riechen, wenn du angetörnt bist. Ich wusste es am ersten Tag im Aufzug, nachdem ich dich berührt hatte."

Sie wimmert und ich registriere, dass ich ihr wehtue, aber ich kann nicht aufhören. Es fühlt sich so verdammt gut an, ihren saftigen Arsch zu schlagen, und die kleinen Grunzlaute, die sie macht, füttern nur meinen Rausch. Mein Wolf beginnt zu heulen.

Ich versohle sie, bis ihr Arsch rot wird.

„Es tut mir leid!", ruft sie und ich bringe meine Hand unter ihre Hüften und kneife ihre kleine Klitoris wieder. Ich klatsche sie weiter, liebe die Art, wie ihre Pobacken flacher werden und wieder unter meiner Hand hochspringen.

„Ich brauche deine Entschuldigung nicht. Ich brauche nur deine Kapitulation. Nur so kann ich verhindern, dass mein Wolf dich markiert."

Sie wackelt über meiner Hand, ihre Muschisäfte tropfen über meine Finger.

„Gefällt dir das, Baby?"

„*Nein ... Ja ... Ohhhh*", keucht sie. „Zu viel. Zu viel, Jackson. Ich kann nicht mehr ertragen."

Ich schiebe sie von meinem Schoß, aber das hält mich nicht auf. „In dir", knurre ich. Ich hebe sie auf ihre Hände und Knie hoch und zwinge ihren Oberkörper nach unten, sodass ihr Gesicht auf den Bettbezug drückt. Irgendwie, wundersamerweise, erinnere ich mich daran, ein anderes Kondom zu überziehen. Ich rolle es über und stoße in ihre feuchte Hitze. Meine Reißzähne fahren aus; ein Knurren dringt aus meiner Kehle.

Nicht markieren. Nur. Ficken.

Verpaaren, brüllt der Wolf.

Nur. Ficken.

Meine Eier schlagen gegen sie, mein Schwanz gleitet rein und raus aus ihrem engen Kanal. Sie nimmt mich komplett in dieser Position, nimmt mich tief in sich. Meine

Oberschenkel zittern, meine Eier ziehen sich fest zusammen.

Sie stöhnt und schreit, sie klingt erbärmlich und schamlos zugleich. Ihre Muschi ist immer noch nass und willig. Großzügig, wie hart sie sich ficken lässt.

Nur ficken, nur ficken, nur ficken, nur ficken. Nicht. Beißen.

Ich komme wieder mit einem Brüllen. Kylies Schreie gesellen sich zu meinem Knurren und sie kommt, melkt meinen Schwanz mit ihren engen Muskeln und zieht noch mehr Sperma aus mir heraus. Ich erschaudere, Kälte und Hitze laufen durch mich, als ob ich Fieber habe.

Kylie schluchzt, als ich aus ihr gleite. Ich entsorge das Kondom und rieche einen Hauch von Salz. *Nein.* Eine Träne läuft ihre Nase herunter.

Der Duft drängt sofort meinen Wolf nach unten. Er wimmert und zieht sich zurück. Der lusterfüllte Dunst über meinem Gehirn löst sich auf. *Oh, Scheiße – meine Frau. Habe ich ihr wehgetan?*

„Baby, Baby, Baby“, murmele ich. Ich nehme sie in meine Arme, wiege sie an meiner Brust. Ich setze mich wieder auf das Bett. „Bist du verletzt?“

„Nicht verletzt ... nur ausgewrungen.“ Sie steckt ihren Kopf unter mein Kinn, ihr schlaffer Körper schmiegt sich an meinen.

„Sag mir, dass es dir gut geht“, flehe ich.

Sie küsst meinen Hals. „Ja. Mir gehts okay. Ich liebe dich.“

Ich werde still und sie versteift sich, denn sie scheint zu merken, was ihr herausgerutscht ist. „Ich meine –“

„Schsch. Wage es nicht, das zurückzunehmen“, warne ich. Ich halte ihr Gesicht in meinen Handflächen und drehe es, um in ihre warmen braunen Augen zu schauen.

„Ich liebe dich.“ Ich sage nicht: *Ich liebe dich auch*, weil ich nicht will, dass es sich weniger ernst anhört als ihr Eingeständnis. Ich sage es wie ein Gelübde. Ich weiß nicht, wie ich es mit einem Menschen machen soll, besonders wenn jeder Vollmond so ist, aber ich muss es unbedingt versuchen. Ich gebe sie für nichts auf.

Und das bedeutet, dass ich alle Bedrohungen für meine Frau beseitigen muss.

„Kylie, ich muss wissen, was im Louvre passiert ist."

Sie blinzelt überrascht und versucht zurückzuweichen. Ich kann ihren emotionalen Rückzug buchstäblich vor meinen Augen sehen.

„Lauf nicht weg", befehle ich. „Schau mich an. Ich muss es wissen."

„Warum?"

„Du hast dich seitdem versteckt. Und jetzt wurdest du enttarnt. Bist du in Gefahr?"

Sie schüttelt ihren Kopf. „Nicht für die nächsten sieben bis zehn Jahre."

„Erzähl es mir."

„Es war der Diebespartner meines Vaters. Ein doppelter Verrat. Mein Vater plante, das Gemälde seinen rechtmäßigen Besitzern zurückzugeben – Verwandte der jüdischen Familie, der es während des Krieges gestohlen wurde. Sobald sie das Gemälde hatten, stach er auf meinen Vater ein und nahm die Leinwand. Er wusste nicht, dass ich mitgekommen war. Wusste nie, dass es einen Zeugen gab. Ich habe mich vorsichtshalber versteckt. Ich dachte, wenn er wüsste, wo er mich findet, würde er mich tot sehen wollen. Aber seltsamerweise wurde er in den letzten Jahren Opfer einiger Cyberangriffe, darunter einem, der genug Beweise stahl, um das FBI auf ihn zu hetzen." Meine tapfere kleine Kriegerin lächelt mich an. „Also bin ich vorerst sicher. Bis er aus dem Knast kommt und mich sucht."

Ich knurre. *Nicht gut genug.* Ich gelobe, diese Bedrohung vollständig zu beseitigen. Aber zumindest weiß ich, dass sie von dieser Seite aus sicher ist.

Kylie hebt ihr Kinn. „Was ist mit dir? Will dich jemand töten?"

Ich reibe meine Stirn. „Vielleicht. Falls ich nach Hause zurückkehren würde, würde ich wahrscheinlich herausgefordert werden."

„Warum?"

Mein Kopf schmerzt plötzlich. Ich lehne meine Stirn gegen ihre. „Das willst du nicht wissen, Baby."

„Ich habe dir meine Geschichte erzählt. Jetzt erzähl du mir deine." Ihre Stimme ist streng, die Herausforderung klar in ihren Augen. Mein Weibchen ist komplett Alpha.

„Ich habe meinen Stiefvater getötet." Die einzige Person, der ich es je zuvor gesagt habe, ist Sam, obwohl Garrett es vielleicht weiß, falls er etwas über meine Vergangenheit recherchiert hat.

Ich muss ihr zugutehalten, dass Kylie nicht zusammenzuckt, keinerlei Schock zeigt. Sie berührt mein Gesicht. „Was ist passiert?"

„Er war der Anführer des Rudels. Alpha. Ein erstklassiges Arschloch. Hat meine Mutter regelmäßig geschlagen. Nicht den Hintern versohlt, wie Wölfe Dominanz etablieren. Mit seinen Fäusten."

Kylie erblasst, bleibt aber ruhig.

„Er hat meine Mutter einmal ins Krankenhaus gebracht. Gestaltwandler heilen schnell, also kannst du dir vorstellen, wie schlimm es war." Die Erinnerungen kehren zu mir zurück. Meine Mutter blutend und misshandelt auf dem Krankenhausbett zu sehen. *Ich gehe nicht zurück, Jackson*, hat sie zu mir gesagt. *Du gehst auch nicht zurück.*

„Sie heilte nicht. Ich kann nur vermuten, dass sie es

nicht wollte. Oder dass er ihren Kopf so schwer verletzt hatte, dass die Fähigkeit zur Heilung sich ausgeschaltet hatte." Ich war erst vierzehn. Alt genug, um gegen meinen Stiefvater zu kämpfen, aber zu klein, um ihn aufzuhalten. „Sie starb drei Tage später. Ich sah, wie sie einfach schwand. Und ich ..." Meine Kehle streikt. Ich will ihr diesen Teil nicht erzählen.

Sie streichelt meinen Arm und hört zu. Wartet.

„Ich habe ihn getötet."

„Wie?"

„Frag mich das nicht, Baby. Ich will nicht, dass du über mich denkst, als –"

„Du kannst es mir sagen", murmelt sie. „Es wird nicht ändern, wie ich für dich empfinde."

Zum Teufel, das wird es tun.

„Ich rannte aus dem Krankenhaus nach Hause. Meine Reißzähne waren ausgefahren, wahrscheinlich wie heute Abend. Ich hatte gerade erst angefangen, mich zu wandeln, und hatte wenig Kontrolle über das Tier in mir. Er hörte mich fauchen und kam vor das Haus. Stand dort wie ein Hurensohn mit den Händen auf seinen Hüften. *Was?*, spöttelte er. *Deine Mama hat dich hinter mir hergeschickt, Junge? Tut sie immer noch so, als würde sie nicht heilen?*

Es ist schwer, einen Gestaltwandler zu töten. Eine Kugel in den Kopf klappt normalerweise. Oder den Kopf abtrennen. Da war eine Axt auf dem Hackklotz. Ich nahm sie hoch und kam auf ihn zu. Ich sagte so etwas wie: *Sie ist tot, du elendes Stück Scheiße,* und dann schwang ich sie. Ich dachte, er würde mich aufhalten. Vielleicht auch mich töten. Ich hatte schon mal versucht, gegen ihn zu kämpfen, und war immer blutend zurückgelassen worden.

Aber er stand einfach da, als ich auf ihn zukam. Wahrscheinlich der Schock, als er hörte, dass er sie wirklich getötet hatte. Er wandelte sich nach dem Schlag, aber es war zu spät. Er starb nur wenige Sekunden später.“

Ihr Atem wird schneller, aber ihr Gesicht bleibt ruhig. „Wow. Das ist ... heftig. Tut mir leid, Jackson. Tut mir leid, dass du das durchmachen musstest.“ Sie blinzelt mit ihren großen Rehaugen zu mir hoch und sie schwimmen vor Mitleid.

Keine Panik.

Erleichterung strömt durch mich hindurch. Sie erleichtert die Schwere in meiner Brust, die ich jeden Tag seit dem Tod meiner Mutter mit mir rumgetragen habe. Mein schreckliches Geheimnis mit Kylie zu teilen, erleichtert die Last.

„Also, was ist dann passiert? Du bist gegangen? Hast du deine Identität verheimlicht, so wie ich? Wirst du irgendwo wegen Mordes gesucht?“

„Ja, ich bin gegangen. Ich habe meine Identität nicht aufgegeben. Niemand kam je hinter mir her. Keine Polizeiberichte wurden eingereicht, aber ich komme aus den Hinterwäldern von North Carolina, wo die ganze Stadt aus Wandlern besteht, den Sheriff eingeschlossen. Wandlerangelegenheiten werden in der Regel unter Gestaltwandlern ausgemacht.“

„Und du bist nie zurückgegangen?“

Ich schüttle meinen Kopf. „Nie. Ich habe einen viel jüngeren Stiefbruder zurückgelassen. Ich hasse mich selbst dafür. Aber die ganze Stadt bestand aus der Großfamilie meines Stiefvaters. Er war gut aufgehoben. So viel wusste ich.“

„Du hast Sam aufgenommen, um es wiedergutzumachen.“

Meine Augenbrauen schießen bei ihrer Vermutung hoch. „Ja, ich denke schon.“

Sie steckt ihren Kopf unter mein Kinn und summt leise. Ich kann nicht glauben, dass ich kuschle. Mit einem Menschen. Und nichts hat sich jemals so richtig in meinem Leben angefühlt.

Ich streichele ihr Haar. „Ich lasse nicht zu, dass dir etwas geschieht, Kätzchen." Auch wenn es bedeutet, sie vor mir selbst zu beschützen.

KAPITEL 9

K*ylie*

Jackson weckt mich morgens, indem er mir ein T-Shirt über den Kopf zieht und mich in seine Arme nimmt. „Komm schon, Süße. Ich bringe dich zurück zu meinem Haus." Er trägt mich aus der Hütte zu seinem Auto. „Es gibt nicht genug gutes Essen für dich hier. Außerdem will ich Sam in der Nähe haben, damit er dich beschützen kann, falls etwas passiert."

Ich mache ein zufriedenes Schnurren im Hals. Ich liebe es, getragen zu werden, als ob ich nichts wiege, und sanft auf dem Autositz abgesetzt zu werden. Jackson schnallt sogar meinen Sicherheitsgurt für mich an. Wann wurde der große böse Wolf so verdammt süß?

Er klettert hinter das Steuer und fährt den Berg hinunter, wirft mir hin und wieder besorgte Blicke zu. „Wie fühlst du dich heute Morgen?"

Ich strecke mich, bin immer noch ganz verschlafen. „Gut. Du?“

Er lässt eine Hand über meine Oberschenkel wandern und streicht sie über meine nackte Muschi, wobei er leicht mit seinen Fingern über mein empfindliches Fleisch streichelt. „Wie geht es dieser süßen Muschi? Zu wund?“

Ich laufe ein bisschen rot an, weil meine Muschi schon vor acht Uhr morgens zum Gesprächsthema wird. „Ein bisschen wund“, gebe ich zu. „Aber ich beschwere mich nicht. Das war der heißeste Sex meines Lebens letzte Nacht.“

Jackson macht ein ersticktes Geräusch und Stolz kämpft mit Unglauben auf seinem Gesicht. „Du warst vor zwei Tagen Jungfrau.“

„Und? Es war trotzdem heiß.“

„Es war verdammt noch mal *nuklear*. Baby, ich möchte, dass du weißt, dass ich noch nie zuvor so Sex mit einer Frau hatte – Mensch oder Wolf.“

Ich lächle bei seinem ernsthaften Ton, den er angenommen hat.

Er schiebt den Saum meines T-Shirts hoch – eigentlich seins, aber ich trage es –, schiebt es bis zu meiner Taille hoch und entblößt meine nackte Muschi. „Spreize deine cremigen Schenkel, Baby. Ich muss dein rosa Herz sehen.“

Mein Atem stockt, aber ich öffne meine Beine. Er umfasst meinen Venushügel. „Weißt du noch, wem die gehört?“

Ich werde rot.

„Sie gehört mir. Und wenn ich zu hart damit war, hättest du das Recht, ein wenig zu schmollen, Kätzchen. Lass mich es durch Küsse besser machen, wenn ich heute Abend nach Hause komme.“

Der Gedanke lässt meine Brustwarzen hart werden und die Muschi pulsieren. Das Bild von uns als eine Art Fünfziger-Jahre-Ehepaar schwebt mir durch den Kopf. Ich bin die Sexy-Kätzchen-Ehefrau, die darauf wartet, dass er von einem harten Arbeitstag nach Hause kommt. Ich biete ihm einen Drink an und lockere seine Krawatte, bevor ich schmolle und ihn meine Muschi lecken lasse als Ausgleich für das zu harte Vögeln in der Nacht davor.

Okay, ich werde viel zu erregt. Und es gibt Arbeit zu erledigen. Ernsthafte Arbeit.

Er fährt in seine Garage und besteht darauf, mich hineinzutragen. „Dein Knöchel ist wund und du trägst kein Höschen."

Ich lache. „Das sind also die zwei Kriterien, um getragen zu werden?"

„Genau, Baby. Pass auf, dass du nicht zu frech wirst, sonst kümmere ich mich um deinen hübschen Hintern, bevor ich gehe. Ist der auch wund?"

Ich greife zurück und lasse meine Hand über meine nackten Pobacken gleiten. „Nein." Ich kann mich nicht entscheiden, ob ich enttäuscht oder erleichtert bin. Er setzt mich auf die Couch. „Hör zu, ich habe dir gestern etwas nicht erzählt, was passiert ist. Ich bekam einen Anruf vom Erpresser – mit der Roboterstimme. Sie identifizierten sich selbst als Catgirl. Sagten, sie haben den Korruptionscode installiert, um alle Backup-Daten von SeCure zu löschen. Ich solle bis Mitternacht fünfhundert Millionen Dollar überweisen, wenn ich sie zurückhaben will."

Ich setze mich aufrecht hin. „Sag mir, dass du die Informationen woanders doppelt gesichert hast." Natürlich hat er das. Er ist Jackson King, Genie der Cybersicherheit.

„Das habe ich. Dreifach gesichert. Nicht einmal mein Infosec-Team weiß wie." Er zieht die Brauen hoch und ich begreife, dass er glaubt, dass diese Bedrohung von innen kommt.

„Also, was hast du ihnen gesagt?"

„Ich sagte ihnen, sie sollen sich ficken gehen."

Ich lache. „Ich glaube, ich habe auch genau diese exakten Worte benutzt."

Seine Augen verziehen sich und er küsst mich auf den Kopf. „Ich habe es unter Kontrolle. Ich wollte nur, dass du es weißt. Kein Kontakt mit mir. Halt dich vom Telefon fern, sonst verfolgen sie dich hierher."

Ich rolle meine Augen. „Ja, ja, ja. Mir kannst du nichts vormachen, großer Kerl. Ich habe das Handbuch übers Verschwinden geschrieben."

Er schenkt mir ein zurückhaltendes Nicken. „Okay. Stell sicher, dass du isst und ruhst."

Es ist zu gut, um wahr zu sein. Ich mag es viel zu sehr. Die pragmatische kleine Stimme in meinem Hinterkopf sagt mir, mich nicht daran zu gewöhnen. Nicht zu sehr zu vertrauen. Er hat es schon deutlich gemacht, dass er nicht mit einem Menschen zusammen sein kann. Und ich kann mich nicht in der Villa eines Mitglieds der Forbes-Fortune-500-CEOs verstecken.

Ich muss meinen Kopf leer kriegen, diese Situation beheben und weglaufen. Es spielt keine Rolle, wie gut der Sex gewesen ist. Wie sehr ich von Jackson King genommen, markiert und behalten werden möchte. Es kann nicht passieren.

Wird nicht passieren.

Ich greife mir Toast und Kaffee und fange an zu arbeiten. Ich beginne damit, Mémés Lieblingsnachrichtenboard über Pariser Antiquitäten zu öffnen. Mémé und ich haben vorher abgesprochen, uns dort zu melden, wenn wir getrennt werden oder in Kontakt treten müssen. Wir haben das Arrangement vor Jahren ausgemacht und ich habe es bis gestern Abend vergessen. Ich hoffe, ihr Gedächtnis ist besser. Ich suche nach ihrem Alias und klicke auf private Nachricht. Auch wenn es eine private Nachricht ist, behalte ich meine Notiz kryptisch.

Ich suche nach dir. Können wir uns treffen?

Ich hoffe, sie erinnert sich.

Von dort öffne ich die DefCon-Boards. Der Ort, an dem Hacker sich treffen. Der Ort, an dem ich mich vor Jahren verplappert habe, dass ich mich in SeCure eingehackt habe. Jemand dort hat mich reingelegt. Und jetzt, da ich etwas in der Malware bemerkt habe, ist mein Gedächtnis wachgerüttelt worden. Wenn ich das Gespräch finden könnte, an das ich mich erinnert habe, könnte ich meinen Hacker entdecken.

~.~

Ginrummy

Irgendwas stimmt nicht. Er sollte mehr über die Erpressungsdrohung erfahren wollen. Sie sollten alle versuchen, seine Korruption zu entschlüsseln. Er weiß, dass SeCure keine zusätzliche Sicherung hat. Er ist verantwortlich für diesen Scheiß.

Und die FBI-Clowns sollten sich auch dafür interessieren.

Was bedeutet, dass Jackson King niemandem von dem Anruf erzählt hat. Warum zum Teufel nicht?

Vielleicht aus Nostalgie öffnet er die DefCon-Boards. Es wäre interessant zu sehen, ob sie über den SeCure-Hack sprechen. Ein Idiot prahlt da wahrscheinlich damit rum, dass er es gewesen ist.

Er findet eine Nachricht in seinem DefCon-Posteingang. Von Catgirl.

Sein Puls stockt, als er ihn öffnet.

GINRUMMY

ICH MUSS MIT DIR REDEN. Persönlich. Triff mich um 13 Uhr im Park'n'Save am Flughafen in Tucson. Die dunkle Nische *in Reihe 7.*

~Catgirl

SEIN HERZ SCHLÄGT DREIMAL. Er weiß ohne Zweifel, dass es ein großer Fehler wäre, zu diesem Treffen zu gehen. Er sollte das FBI wissen lassen, dass er einen Tipp hat, dass sie dort sein wird. Aber was, wenn sie dem FBI Dinge über ihn zukommen lässt? Er sagt es besser Mr. X.

Aber dieser Gedanke passt ihm einfach nicht. Er hat jetzt keinen Zweifel, dass sie Kylie töten werden, wie sie es bei ihrer Großmutter getan haben. Und obwohl er froh sein sollte, dass er mit einer Organisation arbeitet, die dazu bereit ist, lose Enden zu beseitigen, kann er es einfach nicht ertragen.

Catgirl bedeutet ihm etwas. Auch wenn sie es nicht erwidert. Auch wenn das, was sie ihm bedeutet, hauptsächlich nur in seinem Kopf ist. Er ist nicht bereit, diese Fantasie loszulassen.

Was will sie ihm sagen? Warum will sie sich treffen? Die Faszination über jede ihrer Bewegungen, jeden ihrer

Gedanken ergreift ihn wie ein Widerhaken und zieht ihn rein. Wie funktioniert dieser brillante Verstand? Plant sie eine Gegenerpressung?

Sie will sich am Flughafen in Tucson treffen. Heißt das, dass sie auf dem Weg aus der Stadt ist? Wenn ja, lässt er sie gehen? Sie wieder verschwinden lassen und die Schuld für sein Verbrechen übernehmen? Vielleicht will sie ihn nur wissen lassen, dass sie es weiß.

Oder vielleicht will sie ihn töten.

Nein, er hält Catgirl für keine Mörderin. Sie hat Prinzipien. Sehr hohe moralische Standards. Er erinnert sich an lange Diskussionen, die sie über richtig und falsch geführt hatten, die, wie er später gemerkt hat, von der Selbstjustiz ihrer Eltern gefärbt waren.

Also, was will sie von ihm?

Verdammt. Die Versuchung, sich mit ihr zu treffen, überschreibt seine Vernunft. Die Notwendigkeit zu wissen, die schöne Hackerin ein letztes Mal zu sehen, infiltriert sein Wesen, saugt ihn in das Kaninchenloch der schlechten Entscheidungen herunter.

Er hat eine Schusswaffe. Er wird sie zum Treffen mitbringen, falls sie etwas versucht. Und er wird niemanden benachrichtigen – weder das FBI noch Mr. X.

Besser, erst herausfinden, was ihr Spiel ist, dann eine Entscheidung fällen, wie er reagieren soll.

~.~

Jackson

. . .

Die Arbeit besteht immer noch aus einem Albtraum voller Öffentlichkeitsarbeit. Ich telefoniere den ganzen Tag mit dem Vorstand und viele von ihnen fordern meinen Rücktritt. Unser Aktienkurs ist gesunken und es drohen Klagen.

Ich kann nur denken: *Scheiß auf alle.*

Ich kann mich nicht einmal dazu bringen, mir Gedanken über den Aktienkurs von SeCure zu machen oder darüber, was ich tun würde, wenn der Vorstand mich feuert. Mein Verstand konzentriert sich nur auf eine Sache. Herauszufinden, wer Kylie reingelegt hat.

Wer von SeCure außer mir weiß, dass Catgirl uns vor acht Jahren gehackt hat? *Louis.* Ein paar Mitglieder des Infosec-Teams zu der Zeit. Wer sind sie gewesen? Stu?

Nein, er hat hier damals nicht gearbeitet. Warum ist er mir in den Kopf gekommen?

Ich erinnere mich an Kylies Bewerbungsgespräch. Wie eifrig er versucht hat, sie einzustellen. Zu der Zeit. Ich habe gedacht, es hat mit ihrer Schönheit zu tun gehabt, den Batgirl-Titten.

Aber was ist, wenn Stu derjenige gewesen ist, der ihre Anstellung orchestriert hat? Er wäre in der Lage, den Code zu schreiben, der unser System infiziert hat – er ist ein verdammt guter Programmierer und wahrscheinlich ein weiterer Hacker, der zum Infosec-Profi geworden ist.

Ein Kribbeln läuft mir den Nacken herunter und ich stehe auf. Ich muss mit ihm reden.

Als ob ich ihn in meinen Gedanken beschworen habe, sehe ich seine gebückte Figur aus meinem Fenster und wie er zu seinem Auto geht. Das kribbelige Gefühl verschwindet nicht, also gehe ich zur Tür und die Treppe hinunter zum Parkplatz in Wandlergeschwindigkeit. Sein Auto fährt zum Tor heraus. Ich jogge zu meinem Range Rover und steige ein. Ich muss mich zurückhalten, um die Reifen, die ihm folgen, nicht zum Rauchen zu bringen, aber der gesunde Menschenverstand gewinnt und ich halte Abstand. Er fährt eine lange Zeit. Das ist kein schnelles Mittagessenstreffen. Es ist eine fünfundvierzig Minuten lange Fahrt zur Südseite der Innenstadt.

Obwohl ich keinen Grund habe, sagt mir mein Bauch, dass ich ihm weiter folgen soll.

Er biegt in den Park'n'Save am Flughafen in Tucson ab und parkt in der Nähe einer dunklen Nische. Rollt sein Fenster runter, als würde er einen Drogen-Deal machen. Meine Instinkte werden immer lauter. Das ist nicht normal. Was er da tut, ist völlig verdächtig.

Ich hänge ein paar Autos zurück, parke mit Abstand von ihm und bleibe in meinem Auto. Er bleibt auch in seinem Auto. Ein knurrendes Grollen entkommt meinem Hals, während mein Wolf sich auf Gefahr vorbereitet.

Ich halte inne, als ein vertrautes Motorrad vor mir einbiegt und neben seinem Auto hält, die langbeinige Brünette sieht viel zu gut auf Sams Motorrad aus. *Was zum Teufel macht Kylie hier?*

Schmerz drückt sich in mein Herz wie ein Nagel in einem Sarg. Sticht direkt durch auf die andere Seite und lässt mich nach Atem ringen.

Verrat.

Sie hat die ganze Zeit mit Stu gearbeitet? Ein lautes Rauschen ertönt in meinen Ohren, betäubt mich. Mein Körper wird taub, eiskalt, als alles Sinn ergibt. Sie und Stu arbeiten zusammen. Ich bin so dumm gewesen, all ihre Lügen zu glauben. Eine bekannte Diebin, eine bekannte Hackerin, ich *habe gesehen,* wie sie die Malware in meinem System installiert hat, und ich habe nicht gewusst, dass mit mir gespielt wurde? Sie hat mich an den Eiern gepackt.

Was zum Teufel ist nur mit mir los? Ich habe mit

meinem Schwanz, nicht mit meinem Gehirn gedacht. Ein paar sexy Beine und Batgirl-Titten haben mich an der Nase herumgeführt. Was bin ich für ein verdammter Idiot.

Ich beobachte wie ein toter Mann, wie sie ihren Helm abzieht und vom Motorrad absteigt. Sie lehnt sich dagegen und kreuzt ihre Arme über die gleichen Brüste, die ich letzte Nacht verehrt habe.

Ich kann nicht erkennen, was sie sagen. Selbst wenn mein Wolfsgehör ihre Stimmen durch das Fenster hören könnte, hält mich das Rauschen in meinen Ohren davon ab, mich zu konzentrieren.

Ich werde schwach, als würde sie mich in Silberketten einwickeln – ein Werwolf-Kryptonit. Strom fließt einfach aus meinen Fußsohlen, leckt unter dem Auto wie Blut.

Der Verrat brennt in meinem Mund, legt einen roten Filter über meine Sicht. Dunkelheit überkommt alles – die rosige Zukunft mit Kylie, die ich viel zu hart versucht habe zu erreichen. Es schwärzt die Zeit, die wir zusammen verbracht haben, trübt mein Vertrauen in meine eigenen Instinkte.

Als wäre ich wieder ein Teenager, getränkt mit dem Blut meines Stiefvaters, werde ich taub. Schalte ab.

~.~

Kylie

„Willst du mich mit dem Ding erschießen?“, frage ich, während ich Stu durch sein offenes Autofenster angucke.

Er hat eine Waffe in der Tasche, die auf mich gerichtet

ist. Er ist blass, Schweiß liegt auf seiner Stirn. „Was willst du, Catgirl?“

„Meine Großmutter. Wo ist sie?“

Etwas, das Mitleid ähnelt, flackert über sein Gesicht. „Richtig. Sie haben deine Großmutter mitgenommen. Es tut mir leid, keine Ahnung.“ Er reibt seine Stirn mit der Hand, welche die Waffe nicht hält. „Ich hatte keine Ahnung, dass sie so etwas tun würden.“

Ein ungutes Gefühl verdreht meinen Magen. „Wer sind *sie*?“

Er zuckt mit den Schultern, als würden wir beim Kaffeeklatsch über Code diskutieren oder über den Boss. „Der Kerl nennt sich Mr. X. Mehr weiß ich nicht.“

Meine Hände werden klamm und ich schwanke auf meinen Füßen. „Du hast gerade die beste Firma des Landes für Kreditkartensicherheit ausgeschaltet für einen Mann namens Mr. X? Hast du diesen Kerl getroffen?“

Ein Hauch von Bedenken streift Stus Gesicht, bevor er es verbirgt. „Wir kommunizieren seit über einem Jahr. Er hat eine Anzahlung auf mein Offshore-Konto überwiesen.“

„Offshore-Konto, hm?“

„Es ist vor Hackern geschützt, Catgirl.“

Das werden wir sehen. Ich schenke ihm meinen verächtlichsten Blick. „Du musst ziemlich stolz auf dich sein, mich reingelegt und dich selbst reich gemacht zu haben.“

Wieder scheint Bedauern über sein Gesicht zu flackern. „Verschwinde aus der Stadt, Catgirl. Du kannst immer noch gehen. Sie werden dich nie finden. Du bist so hackersicher, wie es geht. Das ist einer der Gründe, warum ich dich ausgewählt habe. Du wirst nicht schlechter dran sein als vorher. Dich verstecken und neue Identitäten annehmen, ist das, was du am besten tust.“

Ich muss verrückt sein, weil ich seine Logik einsehe. „Ich muss wissen, wo meine Großmutter ist."

„Es tut mir leid. Ich weiß es wirklich nicht, aber ... Ich würde nicht warten." Wieder sieht er fast so aus, als würde es ihm leid für mich tun. „Verschwinde aus der Stadt, solange du noch kannst."

Ich schaue auf seine Schusswaffe. Es ist verrückt gewesen, unbewaffnet hierherzukommen, aber ich habe ihm nur ins Gesicht schauen und ihn sagen hören müssen, was er getan hat. Er sagt mir, dass meine Großmutter tot ist. Meine Hände beginnen zu zittern – ob aus Wut oder Schock, ich bin mir nicht sicher. So oder so, ich kann jetzt nichts mehr tun. Nicht wenn Stu eine Waffe hat und ich völlig unbewaffnet bin. Außerdem ist körperliche Gewalt nie mein Weg gewesen. Ich bin schon immer eher die Cyberangreiferin gewesen. Wenn er denkt, dass sein Geld ruhig auf seinem Offshore-Konto sitzt, ist er wahnsinnig.

Ich nicke einmal. „Okay."

Erleichterung flackert über sein Gesicht. „Okay? Du wirst die Stadt verlassen?"

Ich zucke mit den Schultern. „Welche Wahl habe ich?"

„Gut." Er rollt sein Fenster hoch und ich beobachte, wie er das Auto in Gang setzt und wegfährt. Ich will Sams Helm durch sein Hinterfenster werfen, dem Auto hinterherjagen und ihn rausziehen, auf seiner Kehle stehen, bis er mir sagt, wo ich Mémé finden kann, aber ich bin hilflos. Genau wie als ich zugesehen habe, wie mein Vater ermordet worden ist, und ich nichts hatte tun können, um ihn zu retten. Ich habe nichts getan, um ihn zu retten.

Ich habe mich immer gefragt, ob es anders geworden wäre, wenn ich an dem Abend seinen Partner angegriffen hätte, anstatt mich wie ein verängstigtes Kind zu verstecken. Er hatte meinen Vater schon erstochen, aber was wäre, wenn ich einen Weg gefunden hätte, ihn zu töten? Wäre das nicht die ehrenhaftere Sache gewesen? Anstatt sich zu verstecken und später heimlich hinter ihm her zu sein? Auf die beschämende Art?

Jetzt mache ich dasselbe. Stu wegfahren zu lassen, nachdem er zugegeben hat, dass Mémé getötet worden ist.

Das Geräusch einer Autotür, die in der Nähe zuknallt, lässt mich den Kopf drehen. Meine Kehle verschließt sich, als ich sehe, wer die Gestalt ist, die düster und wütend auf mich zustürmt.

Jackson.

Seine riesige Hand schießt hervor und ergreift mich am Hals.

„Jackson", würge ich hervor, echte Angst schießt durch mich. Seine Augen sind eisblau, unmenschlich.

Als ob er die Angst bemerkt, flackert etwas in seinem Ausdruck. Die Wut erlischt, wird ersetzt durch etwas viel Roheres und Gebrochenes.

„Also?" Er bringt sein Gesicht direkt zu meinem. „Du hast die ganze Zeit mit Stu zusammengearbeitet. Du hast mich zum Narren gehalten, oder?"

„Nein", keuche ich. „Du hast es falsch verstanden. Ich bin gekommen –"

„Halt die Klappe." Er schüttelt mich. Mit meinem Gewicht auf der Luftröhre meines Halses zieht er mich auf die Zehenspitzen. „Ich muss nur zudrücken, um dir die Kehle zu zerquetschen." Da liegt eine scharfe Drohung in seiner Stimme, die ich noch nie gehört habe. Es macht mir Angst. „Oder um dir den Hals zu brechen." Ich erinnere mich daran, dass dies der Mann ist, der die Kontrolle über seinen Wolf verloren und seinen Stiefvater mit einer Axt getötet hat. Der jagt und wild in den Bergen umherläuft. Gewalt ist ihm nicht fremd. „Was würdest du bevorzugen?"

„Nein." Es ist schwer zu sprechen mit den Fingern, die mir teilweise die Luft abschneiden, um meine erdrückende Panik herum, weil sich die Strangulation so sehr wie meine Klaustrophobie anfühlt.

Tränen fangen an zu kullern und tropfen aus meinen Augen.

Seine Nasenlöcher flackern und er lässt mich abrupt los, Horror steht auf seinem Gesicht geschrieben. Er fährt mit den Fingern durch seine Haare. „Verschwinde hier. Verschwinde aus meinen Augen, bevor ich dir Schaden zufüge. Du bist bei mir nicht sicher."

„Ich arbeite nicht mit Stu", krächze ich, mein Hals schmerzt von seinen Fingern.

Er stürzt sich wieder auf mich und bedeckt meinen Mund mit seiner Hand. „Keine Lügen mehr aus diesem hübschen kleinen Mund. Nichts mehr. Ich will nur eins. *Dass du verschwindest.*"

Er nimmt mir den Helm aus den Händen und legt ihn über meinen Kopf, schnallt ihn sogar zu. Er zieht den Kinnriemen nach vorn und presst seine Lippen auf meine.

Ich stöhne ihm in den Mund, hoffe, dass er noch bei mir ist, dass er zuhören wird, aber er macht ein gebrochenes Geräusch und als er sich von mir löst, sieht er mich nicht einmal an.

Ein Abschiedskuss.

Scheiße.

Das ist es gewesen. Es fühlt sich an, als ob er mir die Eingeweide herausreißt.

Er geht ohne ein weiteres Wort davon.

Ich öffne meinen Mund, um nach ihm zu rufen, um es ihm zu erklären, aber Tränen ersticken meine Stimme, dicht gefolgt von Wut, die gegen die Art von Verletzungen schützen soll, die ich erlitten habe.

Herzschmerz.

Er hätte mich erklären lassen sollen. Warum hat er mir die ganze Zeit einen Vertrauensvorschuss gegeben und sich dann entscheiden, *jetzt* zu glauben, ich sei gegen ihn? Jetzt, wo ich schon hoffnungslos in ihn verliebt bin? Jetzt, da ich ihn genauso wie Mémé nicht mehr verlassen kann?

Tränen laufen meine Wangen herunter, ich steige auf Sams Motorrad und haue ab. Ich kann nirgendwo hingehen, habe keine Hinweise, denen ich folgen kann. Stu hat recht gehabt. Ich sollte die Stadt verlassen, solange ich noch kann.

Aber warum würde ich mir dann lieber meinen eigenen Arm abschneiden?

~.~

Jackson

Als ich zurück ins Büro fahre, dauert es lange, bis ich merke, dass mein Handy klingelt. Ich überprüfe den Bildschirm.

Garrett.

Weil der Typ mich nicht oft anruft und weil das heißt, dass es eine Wolfsangelegenheit ist, nehme ich den Anruf an. „King am Apparat."

„Hier ist Garrett. Hör zu, weißt du etwas über eine Frau namens Kylie?"

Die Verzerrung in meiner Sicht und das Rauschen in meinen Ohren lösen sich auf, meine Aufmerksamkeit schärft sich auf einen Rasiermesserpunkt.

„Was ist mit ihr?“, knurre ich.

„Du *kennst* sie?“

Ich warte, meine Finger ballen sich um das Lenkrad, bereit, es abzureißen.

„Eine ältere Katzenwandlerin ist heute Morgen hier aufgetaucht, sie hat vier Schusswunden erlitten, darunter eine am Kopf, die sie hätte töten sollen. Sie konnte sich einen Tag nicht wandeln, aber schließlich hinkte sie in meine Wohnung, desorientiert und stark dehydriert.“

„Katzenwandlerin?“, wiederhole ich, als mein Gehirn in zwanzig Richtungen springt.

„Ja. Jacqueline Dumont. Kennst du sie?“

„Was hat sie mit Kylie zu tun?“, verlange ich durch zusammengepresste Zähne zu wissen, Ungeduld reißt mich entzwei, obwohl ich die Antwort bereits kenne.

„Sie sagt, sie ist ihre Großmutter. Denkt, Kylie arbeitet für dich und steckt in Schwierigkeiten. Ist das die Frau, die in den Nachrichten war, weil sie dich gehackt hat?“

„Scheiße. Ja. Wo ist sie jetzt – die alte Frau?“

„Bei mir daheim.“

„Ich komme gleich vorbei.“

„Sie steht unter meinem Schutz“, warnt Garrett.

„Ich werde ihr nicht wehtun“, schreie ich praktisch durchs Telefon, bevor ich es auf den Sitz werfe.

Die Innenstadt ist nur ein paar Ausfahrten entfernt. Ich folge vertrauten Straßen so, als ob ich in einer neuen Stadt fahre. Mein Verstand verarbeitet die neuen Informationen. Kylie hat wirklich eine Großmutter. Die mehrfach angeschossen wurde. Wenn sie keine Gestaltwandlerin wäre, wäre sie sicherlich gestorben.

Und oh Mann – Kylies Großmutter ist eine Katzenwandlerin? Ist Kylie das auch? Das kann sie nicht sein. Ihre Angst, als ich mich teilweise verwandelt habe, ist echt gewesen.

Aber wie kann sie eine Wandlerin als Großmutter haben und nichts über Werwölfe wissen?

Ein anderer Gedanke schleicht sich ein, voller Hitze und kribbelnd. Kylie besitzt Wandlerblut. Kein Wunder, dass mein Wolf sich mit ihr hat verpaaren wollen. Und es bedeutet, dass sie es wahrscheinlich überlebt hätte.

Aber das ist Schnee von gestern. Kylie hat sich gerade mit Stu getroffen und bewiesen, dass sie die ganze Zeit mit ihm unter einer Decke gesteckt hat.

Allerdings, jetzt, da diese neue Information mich aus meiner Taubheit geholt hat, schleicht sich der Zweifel ein. Könnte es eine andere Erklärung für ihr Treffen mit Stu geben?

Ich parke vor Garretts Wohnung und steige aus, laufe schnell rein und nehme den Aufzug. Ich halte auf Garretts Etage an und steige aus. Der Duft von Wolf und, ja, auch der deutliche Katzengeruch trifft mich.

Ich klopfe an die Tür und einer von Garretts Mitbewohnern öffnet und tritt zurück, um mich reinzulassen. Die alte Frau ist auf dem Sofa, blass und schwach. Sie ist in ein T-Shirt der Wölfe gekleidet – viel zu groß für sie.

Sie setzt sich aufrecht hin, als ich reinkomme, ihre Augen leuchten golden. „Wo ist sie?“ Sie spricht mit einem starken französischen Akzent.

Meine Augen werden schmal. Es ist nicht meine Gewohnheit, den Forderungen von jemandem zu gehorchen, besonders nicht von jemandem, dem ich gerade erst begegnet bin.

„Jackson, darf ich vorstellen, Jacqueline“, sagt Garrett und kommt aus der Küche.

„Ich rieche sie an dir. Wo ist Minette?“, fordert Jacqueline.

„Ich kenne niemanden namens Minette.“

Sie wedelt ungeduldig mit der Hand und versucht aufzustehen, aber es ist offensichtlich zu viel für sie. Sie sackt in das Sofa. „Meine Enkelin, Kylie. Sie sagte, sie arbeitet für dich. Sie ist in Schwierigkeiten."

Ich ziehe einen Stuhl vom Küchentisch, platziere ihn neben dem Sofa und setze mich. „Kylie ist in Schwierigkeiten, ja. Sie hat meinen Kunden Hunderte von Millionen Dollar gestohlen."

„Pfft." Sie winkt mit einer abfälligen Handbewegung ab. „Nein, hat sie nicht. Diese Männer haben es getan." Sie zeigt auf eine Stelle auf der Seite ihres Kopfes, wo sie angeschossen worden ist. Ihre Haare wachsen zurück und die Haut schließt sich, aber sie hat Glück, dass sie nicht gestorben ist.

Die Schutzmauer, die ich in die letzten vierzig Minuten errichtet habe, erbebt, als würde sie von einem Erdbeben bewegt werden.

Das ist der Moment. Entweder glaube ich von Anfang an Kylie und ihrer Geschichte oder ich bleibe bei meinem neueren, quälenden Verständnis, dass sie mich betrogen hat.

Wenn Kylie mit Stu unter einer Decke stecken würde, würde keine alte Französin mit Schusswunden auf einer Couch liegen, oder? Eine alte Frau, die meiner kleinen Hackerin sehr ähnelt. Die hohen Wangenknochen sind unverkennbar, zusammen mit etwas über ihrem Mund.

Was bedeutet ... *Ich habe einen schrecklichen Fehler gemacht.*

Zum zweiten Mal in einer Stunde stolpert mein Herz. Stoppt. Beginnt wieder in einem neuen Rhythmus.

Verflucht. Ich habe Kylie weggeschickt, jetzt muss sie sich ihren Feinden allein stellen.

Das ist unverzeihlich. Ich schlucke schwer. „Sag mir, was mit dir geschehen ist."

Sie blinzelt mich mit ihren großen goldenen Augen an, als ob sie darüber nachdenkt, ob ich ihrer Geschichte würdig bin. Ich muss ihre Prüfung bestanden haben, weil sie zu mir sagt: „Männer kamen zu uns nach Hause. Sie hatten verschiedene Nationalitäten. Ein Ire, ein Amerikaner. Zwei Deutsche, vom Klang ihrer Akzente."

Ich lehne mich nach vorn.

„Ich kam aus dem Supermarkt zurück. Minettes Auto war da, aber kein Licht war an. Sie überraschten mich – warteten im Haus. Hatten mich betäubt, bevor ich mich wandeln und kämpfen konnte."

Was für eine Überraschung es für die Männer gewesen wäre, wenn sich die alte Dame in eine Riesenkatze verwandelt und sie angegriffen hätte. Schade, dass sie keine Chance dazu gehabt hat.

„Wie bist du entkommen?"

Die Frau stöhnt und ihre ausdrucksstarke Hand flattert zu ihrem Gesicht. „Sie haben mich betäubt. Ich konnte nie kämpfen, denn jedes Mal, wenn ich aufwachte, steckten sie mir noch eine Nadel in den Hals." Sie reibt sich eine Stelle unter ihrem linken Ohr. „Als Nächstes haben sie mich in die Wüste gebracht und mich mit Schusslöchern durchbohrt. Sie müssen gedacht haben, ich wäre tot, als sie mich zurückließen. Ich danke dem Schicksal, dass sie zu faul waren, mich zu begraben." Mit spürbarer Anstrengung schwingt sie ihre Beine zu Boden, um mir gegenüberzusitzen. „Jetzt habe ich dir meine Geschichte erzählt. Sag mir, wo ich meine Minette finden kann."

Sie zeigt die gleiche eiserne Entschlossenheit, die ich in Kylie erlebt habe, und meine Brust schmerzt.

Ich reibe eine Hand über mein Gesicht. „Ich habe sie grade weggeschickt. Ich glaubte, sie hätte mich betrogen."

Jacquelines Augen bewegen sich über mein Gesicht und sie muss mein Elend sehen, denn etwas, das Verständnis ähnelt, flackert in ihren Augen. „Du sorgst dich um meine Minette?"

Ich nicke. Wie konnte ich nur einen solchen Fehler machen? Der Wolf hat es die ganze Zeit gewusst. Ich hätte meinen Instinkten vertrauen sollen. Um mich von den brennenden Schmerzen abzulenken, die mich vom Hals bis zur Leiste zerschneiden, frage ich: „Was für eine Katze bist du?"

„Panther."

„Kylie weiß es nicht?"

„*Non*. Meine Minette hat sich nie manifestiert. Ihre Mutter starb, als sie noch ein Mädchen war, und sie war in der Pubertät von mir getrennt. Ihr Vater wusste, er müsste mich kontaktieren, wenn sie Anzeichen einer Wandlung zeigen würde, aber sie tat es nie. Ich habe mich nach dem Mord ihres Vaters wieder mit ihr vereint, aber sie hat mich nicht gebraucht. Nicht bis jetzt." Sie guckt mich an und ich bin mir nicht sicher, ob sie das wegen der Männer sagt, die sie reingelegt haben, oder meinetwegen.

„Ist sie halb oder ein Viertel?"

„Halb. Ihre Mutter war nicht nur eine Diebin, sondern auch eine Katze."

Meine Haut kribbelt. *Halb Wandlerin.* Kein Wunder, dass mein Wolf sie will.

Gefährtin.

Ich habe es nicht laut aussprechen wollen, aber das muss ich getan haben, denn Jacquelines Augen leuchten vor Neugier. „Sie weiß über dich Bescheid?"

„Ja. Sie sah meine Reißzähne, als der Wolf sie markieren wollte."

Die alte Frau verlagert sich und selbst mit ihrer offensichtlichen Gebrechlichkeit rufen ihre Bewegungen die Anmut einer Katze hervor. „Hast du sie markiert, Wolf?"

Ich fühle mich sofort wie ein junger Teenager, der grade eine Abfuhr an der Tür von den Eltern seiner Freundin bekommt. Scham überschattet meine Antwort. „Nein. Aber ich habe sie erschreckt."

Jacquelines Augen leuchten so überirdisch wie die von Katzen. Ich kann ihre Reaktion nicht lesen.

Ich rutsche auf die Kante meines Sitzes. „Jacqueline, komm mit in meine Villa. Ich werde dich beschützen und wir können Kylie zusammen finden."

„*Non.*" Sie zögert nicht einmal. „Ich werde nicht dein Köder für meine Enkelin sein. Ich bin hier sicher. Wenn Kylie dich sehen möchte, wird sie Kontakt aufnehmen. In der Zwischenzeit wird Garrett mich beschützen."

Das Band um meinen Hals verengt sich. Es ist, als wüsste die Frau schon, dass ich es nicht verdiene, Kylie wiederzusehen. Ich habe es versaut – sie in Gefahr gebracht, der Frau nicht vertraut, die ihre Sicherheit so oft in meine Hände gelegt hat.

Ich stoße einen unterdrückten Fluch aus – nicht gegen Jacqueline, sondern gegen mich selbst. Ich schreibe meine Handynummer auf meine Visitenkarte und gebe sie ihr, bevor ich aufstehe. „Bitte kontaktiere mich, wenn du von ihr hörst. Sag ihr, dass es mir leidtut und dass ich einen Fehler gemacht habe. Ich werde alles tun, um ihr zu helfen. Das ist ein Gelübde."

Ich schüttele fast automatisch Garretts Hand und die seiner Rudelmitglieder auf dem Weg nach draußen, aber meine Bewegungen sind ruckartig. Mechanisch. Ich bin schon tausend Meilen entfernt und suche nach meiner

Gefährtin. Versuche herauszufinden, wie ich das jemals wiedergutmachen werde.

~.~

Kylie

Ich lasse Sams Motorrad in der Innenstadt stehen und checke in ein anonymes Motel auf der Miracle Mile ein, einem Ort, an dem man ein Zimmer mit Bargeld bezahlen und stundenweise mieten kann. Pornos werden im Fernsehen im Zimmer gezeigt. Schön. Sehr schöne Atmosphäre. Ich schalte ihn aus und ziehe meinen Laptop heraus.

Ich sterbe danach, mich im Code zu verlieren. Nein, ich sterbe im Allgemeinen. Ich habe mich seit dem Tod meines Vaters nicht so verloren, so zerstört gefühlt. Damals ist Mémé das Einzige gewesen, was mich zum Weitermachen gebracht hat. Wenn ich sie jetzt nicht habe ...

Nein. Das kann ich nicht denken. Mein Bauch sagt, sie lebt noch, und ich muss ihm vertrauen. Sie ist eine harte Nuss, auch für eine alte Frau.

Mein neuer Plan ist, Mémé zu finden und dann die Stadt zu verlassen. Aber die Leere dieses Plans, sogar mit Mémé wieder vereint zu sein, lässt mich verlorener als einen Geist erscheinen. Jackson zu verlassen, während er das Schlimmste über mich glaubt, ist undenkbar. Ein Teil von mir hasst ihn, weil er mir nicht vertraut hat – nach dem, was wir letzte Nacht getan haben, denkt er, ich habe nur mit ihm gespielt?

Aber vielleicht hat es ihn deshalb so tief verletzt. Er ist

niemand, der sein Vertrauen leicht oder sehr vielen gibt. Letzte Nacht hat er seine größte Tragödie mit mir geteilt. Mich mit Stu zu sehen, muss sich wie der schlimmste Verrat für ihn angefühlt haben. Aber Verständnis mindert den scharfen Biss seines Misstrauens nicht. Er hat mich am Flughafen in eine Million Stücke zerschmettern.

Trotzdem muss ich alles klarstellen. Ich werde ihn nicht glauben lassen, dass ich sein ganzes Lebenswerk zerstört habe. Dass ich von ihm gestohlen habe.

Und selbst wenn mir Jackson und SeCure egal wären, muss ich es diesen Wichsern heimzahlen, dass sie mich in ihren gierigen Plan verwickelt haben. Stu inklusive.

Ich arbeite an der Geldspur. Das FBI sollte das auch verfolgen können, aber wenn sie es tun, wird das Geld schon lange umgeleitet sein.

Ich muss mich in fünf verschiedene Banken einhacken, was mich den Rest des Nachmittags kostet, aber ich nehme die Spur auf.

Bingo.

Ich stoße ein böses Hexenlachen aus, als ich das Geld an den ersten Ort zurückschicke, von dem es umgeleitet worden ist, und jede Transaktion rückgängig mache. Die meisten dieser Konten werden eingefroren oder gesperrt werden. Werden neue Daten zugewiesen bekommen. Aber der Punkt ist, dass das Geld gesperrt sein wird, während die Banken versuchen herauszufinden, wohin es gehen soll.

Nimm das, Mr. X. Nimm das, Stu. Catgirl zu beschuldigen, war dein größter Fehler.

Das Licht ist gedimmt und ich mache eine Pause und überprüfe das Nachrichtenboard nach einer Nachricht von Mémé. Mit einem freudigen Gefühl sehe ich eine Nachricht in meinem Posteingang.

Minette, ich bin bei Freunden. Ruf sie an unter 520-235-5055.

Mein Herz schlägt wild. Ich wage es nicht, mein Telefon zu benutzen, aber ich schließe sofort eine Internet-Sprachleitung an und wähle die Nummer. Eine männliche Stimme antwortet. „Hallo."

Für einen Moment friere ich ein und bin mir nicht sicher, mit wem ich spreche oder ob es sicher ist.

„Hallo?"

„Darf ich mit Jacqueline sprechen?"

„Ah. Sie hat auf deinen Anruf gewartet." Er sagt nichts mehr, aber Mémés Stimme ist zu hören. „Minette! *Dieu merci*. Können wir reden?"

„Ja. Wo bist du?"

„Ich bin bei dem Tucson-Wolfsrudel. Innenstadt."

Für einen Moment wiederhole ich einfach ihre Worte, während mein Gehirn kämpft, sie zu verstehen. „Sagtest du Wolfsrudel?"

„*Oui.* Tut mir leid, dass ich es dir nie gesagt habe, Minette. Ich bin eine Wandlerin – eine Katze. Deine Mutter auch."

Ich habe heute zu viele Überraschungen erlebt, um alles zu verarbeiten. Meine Hand fällt schlaff an meiner Seite herunter. „W-was?"

„Wo bist du, Minette?"

Minette. Das französische Wort für *Kätzchen.* Sie hat mich immer kleine Katze genannt, weil ... *sie eine Katze ist.* Mein Verstand fällt mit dem Arsch über den Teekessel und es dämmert mir. „Meine Mutter?", krächze ich.

„Ja, deine *Maman* auch. Deshalb fühlt sich dieser Wolf zu dir hingezogen. Wo bist du, meine Süße?"

„Nicht weit von der Innenstadt. Bist du verletzt? Was ist passiert?"

„Ich war verletzt, aber ich werde bald wieder gesund sein."

Meine Motoren fangen endlich an zu zünden. „Wir müssen die Stadt sofort verlassen.“ Ich stehe auf und hole meine Lederrucksacktasche.

„Bist du sicher?“ Da ist etwas in Mémés Stimme, aber ich kann es nicht entziffern. „Dein Wolf war gerade hier. Er sagte, es tut ihm leid und er will helfen.“

Die Enge in meiner Brust weicht der Erleichterung, gefolgt von Wut. Ein Keil von Sturheit verklemmt sich in mir. Er kann nicht so schnell die Seiten wechseln. Ich zeige ihm mental den Vogel. Er ist nicht mein Ritter in glänzender Rüstung. Ich bin diejenige, die seinen Arsch rettet. Ich werde mich an meinen Plan halten, die Transaktionen umkehren und die Millionen zurückerstatten und dann aus der Schusslinie treten.

Wenn Jackson um Vergebung bitten will, wenn das alles hier abgeschlossen ist, könnte ich es in Betracht ziehen. Wir werden sehen.

„Gib mir die Adresse, wo ich dich finden kann, Mémé.“

Sie muss das Telefon an seinen Besitzer zurückgegeben haben, weil der junge Mann wieder am Apparat ist und die Adresse einer der wenigen Hochhäuser in der Tucsoner Innenstadt runterleiert. Er räuspert sich. „Deine Großmutter braucht auch frische Kleidung, wenn du kommst.“

Ich hasse die eisigen Stiche, die mir den Arm hochlaufen, als ich das höre. „Ich hole ihre Klamotten“, verspreche ich.

Ich erwäge meine Optionen. Ich habe kein Fahrzeug, da ich Sams Motorrad schon abgestellt habe. Ich könnte auf ein Taxi warten. Ich könnte Uber hacken und einen Account mit einer Kreditkarte mit einem meiner neuen ID-Namen einrichten. Aber aus irgendeinem Grund möchte ich das hier tun, ohne das Gesetz zu brechen. Vielleicht muss ich beweisen, dass ich nicht die Verbrecherin bin, für die mich die ganze Welt hält.

Mein Haus ist ein paar Kilometer weit entfernt. Mémés Klamotten sind dort drinnen. Das FBI wird es beobachten. Was ist mit dem vermeintlichen Mr. X? Wahrscheinlich auch.

Verdammt. Ich habe schon eine Tasche auf meinem Bett. Es wäre so toll, reinzulaufen und einige Dinge für Mémé zu holen. Vielleicht brauche ich eine Ablenkung.

Ich rufe nach einem Taxi und warte, bis es ankommt. Dann rufe ich den Notruf und behaupte, im Haus gegenüber von mir wäre ein gewalttätiger Raub im Gange.

Ich verlasse das Taxi einen Block von meinem Haus entfernt und gehe durch die Hintergasse, bleibe in der Deckung im Schatten der Nacht. Sirenen kreischen aus mehreren Richtungen beim Haus meines Nachbarn. Ich schleiche über die Rücktreppe und benutze den Schlüssel im Mund eines Keramikfrosches im Garten.

Im Inneren fühlt sich das Haus falsch an. Leute waren hier drinnen. Ich weiß nicht, woher ich das weiß, aber ich weiß es ohne Zweifel. Aber das ist keine Überraschung. Sicherlich hat die Polizei den Ort bereits durchsucht. Ich bewege mich durch die Dunkelheit, ohne das Licht einzuschalten. Ich nehme meinen Koffer und bringe ihn in das Zimmer meiner Großmutter. Ich höre die Pistole, kurz bevor sich eine Hand über meinen Mund legt und hartes Metall in meinen Hinterkopf pikst.

~.~

Jackson

. . .

Ich habe mich in meinem Leben noch nie so machtlos gefühlt. Ich habe die Sache mit Kylie versaut, meine Firma ist am Abgrund und ich laufe um Mitternacht in meinem Büro auf und ab und kann mir keine Strategie ausdenken, um die Dinge zu reparieren.

Ich habe Special Agent Douglas von meinem Verdacht wegen Stu erzählt, obwohl ich ihm nicht von dem Treffen mit Kylie habe erzählen wollen. Ich habe ihm auch nicht von Kylies Großmutter erzählen können. Irgendwie bezweifle ich, dass es funktioniert hätte zu sagen: „Ich sah die alte Dame, aber es stellt sich heraus, dass sie eine Gestaltwandlerin ist, sodass die Kugeln sie nicht mehr als ein bisschen verletzt haben."

Mein Handy klingelt.

Garrett.

Ich nehme den Anruf an und stoße hervor: „King."

„Jacqueline wartet darauf, dass ihre Enkelin sie schon vor Stunden hier abholen wollte. Die alte Katze denkt, dass etwas passiert ist."

Eis überschwemmt mich und ich fluche laut genug, um die Fenster zum Klirren zu bringen.

„Ich weiß, Bruder."

„Wo kam sie her? Was war der Plan?", verlange ich Auskunft.

„Sie hatte nicht gesagt, wo sie war. Ich habe die Nummer ausprobiert, von der sie angerufen hat, aber es klingelt nur und bricht dann ab. Sie sagte, sie sei auf dem Weg her, und bat um die Adresse. Ich sagte ihr, sie soll Jaqueline Kleidung mitbringen, weil ihre vom Blut ruiniert sind. Das war gegen neunzehn Uhr."

Ich verwandle mich teilweise, mein Wolf will töten. Ich

kämpfe, um meine menschliche Seite zurückzuholen, aber meine Stimme kommt als reines Knurren raus. „Ich werde ihr Haus absuchen. Bleib in Kontakt." Ich lege auf, ohne auf seine Antwort zu warten.

Ich verfluche mein Bürogebäude, weil es so weit weg von Kylies Haus ist. Ich möchte mich sofort wandeln und dorthin rennen, aber ich wage es nicht, wertvolle Zeit zu verschwenden. Ich fahre, meine Hände zerreißen fast das Lenkrad in Stücke. Zwei FBI-Leute sitzen in einem Van auf der anderen Straßenseite und beobachten das Haus. Ich klopfe an die Tür des Vans, während ich vorbeigehe und zur Haustür gehe. Ich fange eine Vielzahl von Düften ein, menschliche Männer. Nichts Frisches. Ich laufe um das Haus herum, möchte das Schicksal verfluchen, weil ich mich verwandeln möchte, aber wage es nicht. Es ist okay. Meine menschliche Nase funktioniert immer noch besser als der Riechkolben der meisten Menschen. Ich erwische einen Hauch von Kylie an der Hintertür. Ihr *frischer Duft*. Ich berühre den Türgriff und stelle fest, dass die Tür offen ist.

Ihrem Duft kann ich leicht folgen – in ein Schlafzimmer, aber was mich erschreckt, ist das Aroma eines menschlichen Mannes. Nicht Stu – ein anderer Mann. Und Schießpulver.

Scheiße.

Kylie ist in Schwierigkeiten. *Verdammt.* Warum zur Hölle hat sie riskiert, hierher zurückzukommen? Sie sollte es besser wissen.

Ich rase zurück zur Tür, schnüffle in der Brise und versuche herauszufinden, wo er sie hingebracht hat. Es war nicht durch die Haustür – ich hätte es dort gerochen. Außerdem hätte es das FBI gesehen. Ich fange eine Spur ihrer beiden Düfte in der Hintergasse auf und dann verschwindet sie. Da muss ein Auto gewartet haben.

Christus am Kreuz, es könnte nicht schlimmer sein. Ich nehme mein Handy, dann rufe ich Garrett an und berichte ihm, was ich herausgefunden habe.

Verdammte Scheiße. Wenn ihr etwas zustößt, reiße ich jedem Mann, den ich *verdächtige*, etwas darüber zu wissen, die Kehle raus.

Zum hundertsten Mal verfluche ich mich dafür, dass ich ihr misstraut habe. Weil ich sie allein in Gefahr gebracht habe.

Kylie. Mein Kätzchen. Da draußen auf eigene Faust – in Lebensgefahr.

Ich hebe meinen Mund zum Mond und kann das Heulen aus Zorn und Verzweiflung kaum zurückhalten.

~.~

Kylie

Ich bin im Kofferraum eines Autos, meine Hände sind hinter meinem Rücken mit Isolierband gefesselt, ein weiterer Streifen bedeckt meinen Mund. Ich ersticke an meiner eigenen Spucke. Mein Atem kommt in hektischen, abgehackten Stößen, aber meine Nasenlöcher verschließen sich und verhindern, dass ich Erfolg habe.

Sterne tanzen vor meinen Augen. Der Kofferraum dreht sich.

Zwing mich nicht, dich noch mal zu begrabschen.

Ich muss ohnmächtig geworden sein, weil ich höre, wie

Jackson mit mir spricht. Ich bilde mir das Gefühl von seinen Händen ein, die fest gegen mein Brustbein drücken.

Das hektische, erstickende Tempo meines Atems beruhigt sich.

Ich stelle mir vor, dass Jackson hinter mir im Kofferraum liegt, seine riesigen Arme um mich gelegt, Handflächen in der Mitte meiner Brust.

Ich löse deinen Beruhigungsreflex aus.

Ich lasse die Erleichterung durch mich fließen, so wie ich es im Aufzug getan habe. Das Gefühl der Sicherheit, welches mir Jacksons Nähe gebracht hat. Das Gefühl der Zugehörigkeit, der Heimat.

Natürlich weiß ich, dass ich das am besten vergessen sollte, aber wenn mir in diesem Moment die Erinnerung an Jackson King hilft, dann ist das so.

Das Auto fährt auf Kies und bremst dann, bis es anhält. Ich spanne mich an, bereite mich auf den Kampf vor. Mein Fuß schießt nach vorn, sobald sich der Kofferraum öffnet, aber das Arschloch weicht aus und schlägt mir ins Gesicht. Schmerz explodiert auf meiner Wange, zerschmettert die wenige Konzentration, die ich angesammelt habe.

Ich erschlaffe, Übelkeit steigt in meinem Bauch hoch, Verzweiflung blutet in mir.

Der Typ schleift mich nach draußen. Wir sind in einer Art Lagerhaus. Er schleppt mich hinein, wo sich mehrere andere Männer versammelt haben, darunter Stu, der über einen Computer gebeugt auf einem Kartentisch sitzt. „Schau mal, wer bei sich zu Hause aufgetaucht ist", schmunzelt mein Entführer.

Ich funkele Stu an, der den Nerv hat, bei meinem Anblick krank auszusehen.

„Das erste verdammte Ding, das heute richtig läuft", antwortet ein Mann mit einem knackigen britischen Akzent.

„Setz sie hierhin.“ Er kickt gegen den Stuhl neben Stu. „Jemand hat die Transaktionen auf den entführten Karten umgekehrt. Ich habe Stu, der daran arbeitet, aber wie viel willst du wetten, dass diese kleine Hackerin etwas damit zu tun hat?“

Ich will *ganz genau* sagen, aber ich bin nicht selbstmörderisch.

Ich werde auf den Stuhl geworfen und ich schaue über Stus Schulter auf seinen Bildschirm. Er sieht zwischen mir und dem Bildschirm hin und her. Verzweiflung ist auf seinem Gesicht. Und Angst.

Sieht aus, als hätte sich Stu zu viel zugemutet. Ich sollte Schadenfreude empfinden, aber ich bin nicht glücklich über sein Elend. Dass der eine Bösewicht, der ein halber Verbündeter für mich gewesen ist, den Rest von ihnen verärgert hat, hilft mir nicht grade.

„Wie wäre es, wenn wir ihre Finger abschneiden? Sie dauerhaft vom Hacken abhalten?“ Das kommt von der Gruppe Lästerbacken, einem der vier Männer, die sich an die Kisten lehnen, Zigarren rauchen und reden.

„Halts Maul. Wenn du ihr die Finger abschneidest, kann sie das nicht reparieren.“ Der mit dem britischen Akzent geht zu mir.

„Schade, dass wir die alte Dame bereits getötet haben. Sie wäre jetzt ein gutes Druckmittel gewesen“, erklärt ein anderer der Tratschtanten.

Ich versuche lässig auszusehen trotz des schrecklichen Pochens auf meiner Wange, wo der Typ mich geschlagen hat. Als wäre es mein erster Arbeitstag, nicht als wäre ich entführt und bedroht worden. Ich kreuze ein Bein über das andere und lehne mich nah an Stu. „Also, was ist los?“

Brit-Akzent packt eine Handvoll meiner Haare und zieht

meinen Kopf so hart zurück, dass meine Zähne klappern. „Hast du die Transaktionen umgekehrt?“

Ich schenke ihm meinen störrischsten Blick. „Warum sollte ich SeCure helfen? Jackson King denkt, ich bin für all dies verantwortlich.“

Er schlägt mich und entzündet wieder den bösartigen Schmerz in meiner Prellung. „Bring ihn zurück ins System“, sagt er.

Ich wackele mit den Fingern, die hinter meinem Rücken gefesselt sind. „Ich werde meine Finger dafür brauchen“, singe ich.

„Keine Finger. Sprich es mit ihm durch.“

Verdammt.

Ich ignoriere Brit-Akzent und lenke meine Aufmerksamkeit auf Stu. „Okay, wo bist du?“

Er versucht einen einfachen geradlinigen Hack auf SeCure und wir beide wissen, dass es nicht funktionieren wird. Es kommt mir vor, als würde er sich nicht anstrengen. Vielleicht weiß er, dass es nichts bringt. Sie werden ihn wahrscheinlich umbringen, sobald sie den Deal abgeschlossen haben.

Brit-Akzent reißt mir wieder an den Haaren. „Hilf ihm.“

Ich erlaube mir, meinen Zorn zu zeigen. „Okay, Arschloch. Weißt du irgendetwas übers Hacken? Niemand kennt den Weg hinein. Es geht ums Experimentieren. Du versuchst es einfach weiter, bis du Fortschritte machst. Wenn ich Stu helfen soll, brauche ich meinen eigenen Computer und meine Finger. Wenn ich ihm über die Schulter schaue, verlangsamt uns das beide nur.“

Brit-Akzent – ich nenne ihn jetzt einfach BA – schaut Stu an, der mit den Schultern zuckt. „Sie hat recht.“

Es wäre zu schön, wenn sie mir meinen Computer geben,

aber er zieht mir wenigstens das Isolierband von den Handgelenken und schiebt mir einen anderen Laptop vors Gesicht. Trotz der Tatsache, dass ich immer noch den Minirock von Tagen zuvor trage, lege ich einen Knöchel auf mein Knie, um einen Schreibtisch zu simulieren und den Laptop zu öffnen.

Ich war die ganze Woche über in Jacksons System, aber ich habe mir eine Hintertür gelassen, denn so habe ich die Gelder heute zurücküberwiesen. Ich gehe jetzt nicht durch die Tür rein. Ich gehe auf die Firewall zu, genau wie Stu.

„Macht sie es?", fragt BA.

Stu schaut mir über die Schulter. „Ja."

Ich ignoriere sie alle, meine Finger fliegen über die Tasten, als ich ein automatisches Passwort-Anzeigeprogramm einrichte.

Sobald sie wegschauen, fange ich einen Hack auf einen Telefonanbieter an, so habe ich vorher bei Mémé angerufen. Stu schaut rüber und ich switche zum offenen Fenster dahinter und halte meine Finger in Bewegung. Ich halte meinen Atem an.

Er sieht einen Moment zu lange hin und ich weiß, er hat mich gesehen. Ich warte, bis die Bombe explodiert.

Nichts passiert.

„Wisst ihr, da Kylie jetzt daran arbeitet, braucht ihr mich nicht mal. Ich werde sie nur verlangsamen." Stu schließt seinen Laptop und steht auf.

Das Geräusch einer geladenen Waffe lässt uns beide erstarren. BA – der, glaube ich, Mr. X sein muss – hält die Mündung einer Pistole an Stus Kopf. „Willst du wirklich, dass ich glaube, dass wir dich nicht brauchen?" Sein eisiger Ton lässt meine Wirbelsäule erzittern.

Ich denke, Stu hat sich fast in die Hose gemacht, weil er ein seltsames Quietschen ausstößt, sich hinsetzt und seinen Laptop wieder öffnet. Trotzdem muss ich ihm zugutehalten, dass er ihm wirklich Zunder gibt. „Du bedrohst mich? Du hast nichts ohne mich. Null."

„Du hast mir nur grade gesagt, alles, was ich brauche, ist sie."

„Und woher willst du wissen, ob sie sich in SeCure oder in den Riesterplan deiner Mutter einhackt?"

Mr. X ergreift die Pistole und schlägt Stu auf die Seite seines Kopfes damit, hart genug, um ihn mit einem Stöhnen auf den Boden fallen zu lassen.

Ich verziehe das Gesicht, vor allem vom Klang von Metall auf Knochen, aber auch über den erbärmlichen zerknautschten Haufen, zu dem Stu geworden ist.

Ich mache mir eine mentale Notiz – ich bin hier immerhin auf mich selbst gestellt. Aber das ist nichts Neues.

Ich schalte die Bildschirme wieder um, gebe die Nummer ein, die ich für Mémé auswendig gelernt habe, und schicke ihr eine SMS.

Brauche Hilfe. In einem Lagerhaus, 10-15 Minuten Fahrt von meinem Haus. Roter Toyota Corolla vorn geparkt. Kennzeichen DCR 583.

Ich schließe das Fenster und klicke zum Hauptfenster zurück.

Mémé würde mir Hilfe schicken. Ich bin dumm gewesen, zurück zum Haus zu gehen, aber ich könnte das hier trotzdem überleben. Vor allem jetzt, da sie mich lebend brauchen.

Alles, was ich tun muss, ist Zeit zu schinden ...

~.~

Jackson

. . .

MEIN AUF-UND-ABLAUFEN WETZT ein Loch in den Fußboden in Garretts Wohnung. Sam ist auch hier. Es ist zwei Uhr morgens, aber niemand schläft. Jacqueline scheint blasser und erschöpfter zu sein als heute Nachmittag, ihre Angst um Kylie lässt sie weitere zehn Jahre altern. Ich würde sie trösten, aber ich bin kurz davor, das Gebäude abzureißen.

Das Klingeln von Garretts Handy lässt alle aufsehen. Er liest die Nachricht laut vor. Sofort stehen alle seine Männer auf, eine kraftvolle Einheit. Es ist das erste Mal seit Jahren, dass ich ein warmes Gefühl für ein Rudel verspüre, vielleicht das erste Mal überhaupt. Diese Solidarität, diese Unterstützung, von der ich mich selbst abgeschnitten habe.

Ich gaukle mir nicht selbst vor, dass sie es für mich tun. Es ist klar, dass sie alle die alte Dame lieben. Außerdem sind sie natürlich gezüchtete Helden. Garrett hat eine Armee an jungen, wilden Männern in ihren Zwanzigern. Krieger, bereit, ihr Rudel zu verteidigen.

„Das kann nicht allzu viele Orte bedeuten. Es gibt Lagerhäuser in South Kino und einige südlich der Innenstadt, auf der anderen Seite der Bahngleise.“ Er öffnet eine Karte auf seinem Handy und hält sie so, dass alle sie sehen können. „Wir teilen uns auf, fahren durch alle. Wer etwas entdeckt, ruft an. Niemand geht alleine rein, verstanden?“ Garrett bellt die Befehle und zum ersten Mal ist der Alpha in mir noch nicht einmal böse. Sein Kopf ist im Moment viel gradliniger als meiner. Ich bin dankbar um seine Führung.

„Jackson und Sam, ihr nehmt diese quadratischen Häuserblocks östlich von South Kino.“

Ich nicke und gehe aus der Tür, warte nicht einmal, bis er die Bereiche zu Ende eingeteilt hat.

Kylie braucht Hilfe und ich werde sie verdammt noch mal finden. Wir fahren ins Lagerhausviertel und fahren langsam die Straßen und Gassen auf und ab auf der Suche nach dem Corolla. Dreißig Minuten vergehen. Fünfundvierzig. Der Knoten in meinem Bauch hat sich so eng zugezogen, dass er sich bis zu meiner Kehle wölbt.

Mein Handy klingelt.

„Wir haben was gefunden. 738 Nord Toole Street."

Ich antworte Garrett nicht, gebe einfach Gas und wende so scharf, dass der Kies in der Gasse umherfliegt. Ich bin in zweieinhalb Minuten dort. Ich schalte den Motor aus, bevor ich das Gebäude erreiche, und parke im Schatten. Ein Motorrad mit einem von Garretts Soldaten steht schon dort. Drei weitere tauchen hinter mir her auf, alle leise und vorsichtig. Garretts Männer sind kluge Jungs.

Wir ziehen unsere Kleidung aus und verwandeln uns.

~.~

Kylie

Ich höre draußen etwas, aber niemand sonst scheint es zu bemerken. Ich hoffe, es ist die Kavallerie, aber lasse es mich selbst nicht glauben. Metall schrammt in der Nähe der Tür und alle fünf Männer greifen nach ihren Waffen.

„Sch – was war das?", zischt Mr X.

Ich springe auf die Füße. „Hey, ich muss pinkeln", kündige ich mit lauter Stimme an. „Wo ist das Klo?"

„Setz dich verdammt noch mal hin."

Ich gehe vorwärts. Vielleicht habe ich Dummheitspillen

genommen, keine Ahnung. Vielleicht bin ich so überzeugt, dass Hilfe kommt. Ich habe unterschätzt, wie schießfreudig und gefährlich diese Männer sind.

Der Typ zeigt mit seiner Pistole auf meine Brust. Stu – wie ein verrückter Mann – springt vor mich und kriegt die Kugel ab, als die Explosion noch in meinen Ohren klingelt. Ich beobachte, wie er fällt, sehe, wie das Leben aus seinen Augen erlischt.

Verdammt. Stu ist gerade für mich gestorben.

Chaos bricht überall aus, als das Metallgaragentor sich öffnet und ein Rudel riesiger Wölfe alles überflutet.

Waffen werden gefeuert. Kugeln fliegen. Über dem schrecklichen Klingeln in meinen Ohren höre ich das Jaulen der Wölfe und das Schreien von Menschen, die von den zubeißenden Kiefern der Bestien angegriffen werden.

Obwohl es viele silberne Wölfe gibt, erkenne ich meinen sofort. Riesig. Majestätisch. Wild. Er sieht mich zur gleichen Zeit und ist für einen Moment abgelenkt. Eines der Arschlöcher zielt und feuert.

„Nein!“, schreie ich und springe vor ihn. Der Schmerz durchdringt mich, rein durch meine Vorderseite, raus durch den Rücken. Weiße heiße Flammen der Hitze. Ich versuche, weiter in Jacksons Richtung zu rennen, aber mein Körper zerfällt zu einem Haufen. Zufriedenheit steigt in mir auf und legt sich auf mein Gesicht. Zum ersten Mal habe ich nicht nur dagestanden und zugesehen, wie jemand, den ich liebe, stirbt. Stu hat mich gerettet. Und jetzt habe ich Jackson gerettet.

Und ja, ich liebe Jackson. Ich weiß es mit absoluter Klarheit. Er ist meine Sicherheit. Mein Zuhause. Er ist meine Vergangenheit und meine Zukunft. Mein Jetzt.

Jackson springt in einem anmutigen Bogen von vier Metern über mich und ein gurgelndes Geräusch erfüllt meine Ohren. Ich sehe nicht hin, weil ich weiß, dass er gerade die Kehle meines Schützens rausgerissen hat.

Dann ist er zurück, neben mir. Er steht über mir und beschützt meinen gefallenen Körper mit seinem eigenen. Leckt mein Gesicht, jault.

Ein furchtbares Prickeln überkommt meinen ganzen Körper. Hitzewallungen treffen mich wie Blitze. Mein Blick verengt sich zu einem Tunnel, scheint sich aber zu verschärfen. Geräusche werden lauter, Gerüche stärker. Meine Sicht wird schwarz, gleichzeitig scheinen sich meine Zellen zu spalten. Ich bin nichts und alles zugleich.

Heiliges Jenseits, Batman. Ich bin gerade gestorben.

Es ist nicht fair. Ich habe Jackson gerade erst gefunden. Habe mir erlaubt, meine Liebe für ihn zuzugeben. Hatte geglaubt, wir könnten zusammen sein.

Meine Sicht klärt sich und mit ihr kehrt all der Schmerz mit brutaler Intensität zurück. Ich versuche zu stöhnen, aber das einzige Geräusch, das aus meinem Mund kommt, ist ein tiefes Knurren.

Knurren?

Jackson verwandelt sich, sein menschliches Gesicht schwebt über mir. Er blinzelt Tränen zurück, aber er sieht nicht traurig aus. Sein Gesicht ist voller Wunder. „Das ist es, Kätzchen, du hast dich gewandelt. Du hast mir dein Panther-Ich gezeigt."

Panther-Ich?

Ich schaue auf riesige schwarze Pfoten. *Heilige Wandlung, Catgirl.*

Jackson streichelt mir die Schnauze. Glättet mein Fell. „Alles wird wieder gut, Baby. Gestaltwandler können Schusswunden heilen." Er schafft ein tränendes Lächeln. „Dank sei dem Schicksal. Du hast dich gewandelt. Du hast es getan, Baby."

Ein wunderschönes schnurrendes Geräusch kommt aus meiner Brust. Das Schnurren erhöht das Brennen der Schusswunde, aber ich weiß instinktiv, dass das gut ist. Es heilt mich.

Jackson streichelt weiterhin mein Gesicht und meine Ohren und starrt mich mit leidenschaftlicher Aufmerksamkeit an.

Sirenen erklingen in der Nähe.

Ein Wolf bellt, scharf und laut. Es klingt wie ein Befehl.

Jackson hebt mich in seine Arme und rennt nach draußen. Ich starre über seine Schulter auf Stus leblosen Körper. Auf einen Mann, der am Ende durch die Waage der Gerechtigkeit gerichtet worden ist. Er ist im Tod ein Held statt ein Verbrecher geworden. Irgendetwas an seiner Tat hat mehr als nur diese beschissene Situation wiedergutgemacht. Es fühlt sich auch wie die Rückzahlung für den Tod meines Vaters an. Als ob das Universum es mir geschuldet hat. Nein, als ob mir das Universum beweist, dass es immer noch gut ist. Dass ich mehr Leuten vertrauen kann als nur meiner Familie.

Verdammt, überall sind Leute – Wandler –, die auftauchen, um mir zu helfen. Gestaltwandler, die mich nicht mal kennen.

Sam steht beim Range Rover und zieht eine Jeans an, als wir dort ankommen. Er wirft die Tür zum Rücksitz für seinen Rudelbruder auf und Jackson klettert hinein, er hält mich immer noch fest. Sam springt auf den Fahrersitz und startet das Fahrzeug, fährt los, ohne das Licht einzuschalten. Die Sirenen werden lauter.

Ich lege meinen schweren Kopf in Jacksons Schoß und schließe meine Augen, der Schmerz ist zu viel. Er streichelt weiterhin mein Fell und murmelt vor sich hin und ich glaube – nein, ich weiß, ohne Zweifel –, dass endlich einmal in meinem Leben alles gut wird.

~.~

Jackson

Die ersten Lichtstrahlen kommen über die Berge, als Sam in meine Garage fährt.

Auf meinen Befehl hin hält er an, um Jacqueline abzuholen. Ich weiß, wie besorgt ihre Großmutter gewesen ist und umgekehrt. Ich möchte, dass Kylie alle Unterstützung bekommt, die sie braucht, besonders wenn man bedenkt, dass es ihre erste Wandlung ist. Während die Wandlung für ihr Überleben notwendig gewesen ist, kann es sein, dass sie nicht weiß, wie man sich zurückverwandelt, wenn die Zeit kommt.

Ich trage sie rein. Sam versucht, Jacqueline zu tragen, aber die alte Katze besteht darauf, allein zu gehen, und stützt sich stark bei Sam ab. Wir bringen sie beide im oberen Gästezimmer unter. Jacqueline wandelt sich, rollt ihren Körper neben Kylies zusammen und teilt ihre schnurrenden Vibrationen für die Heilung ihrer Enkelin.

Ich sitze neben dem Bett, mein Herz schlägt mir bis zum Hals, meine Finger bewegen sich über Kylies schlanken schwarzen Pelz.

Sie ist verdammt grandios. Ein riesiger schwarzer Panther mit goldenen Augen. Wirklich ehrfurchterregend. Es ist das erste Mal in meinem Leben, dass etwas Sinn ergibt. Natürlich hat mein Wolf diese unglaubliche Frau gewählt. Sie ist alles, was ich mir je als Partnerin erhofft habe – stark, brillant, schön. Und eine Wandlerin.

Der Morgen kommt wie ein Güterzug angerollt, mein Telefon fällt fast klingelnd herunter vor lauter Anrufen. Ich verlasse den Raum, damit ich Kylie nicht störe, dann erteile ich Befehle und telefoniere mit Louis, Sarah aus PR und dem CFO bei SeCure. Das Geld ist zurückgeschickt worden – alles. Ich sage Luis, dass SeCure für die Umkehrung verantwortlich ist, weil ich ohne Zweifel weiß, wer es gewesen ist. Meine Star-Angestellte, Kylie McDaniel.

Als ich zurück in den Raum komme, ist Kylies Atem gleichmäßig und entspannt, ihre Wunden sind schon geschlossen.

„Sieht so aus, als wäre das ganze Geld wieder da, wo es hingehört. Du hast das getan, nicht wahr, Schönheit?", murmele ich und reibe ihre Wange. Sie drückt sich in meine Hand.

„Kannst du dich zurückverwandeln, Kätzchen? Kylie zurückbringen?"

Die großen Katzenaugen weiten sich. Wie ich befürchtet habe, weiß sie nicht wie.

„Als Sam versuchte, sich auf einem kalifornischen Berg zu verlieren, stand ich auf seiner Kehle und verlangte, dass er sich zurückverwandelte. Das Tier kann die Kontrolle übernehmen, wenn du zu lange ohne die menschliche Seite bist. Du vergisst, wer du bist."

Jacqueline wandelt sich und kleidet sich neu an. Sie redet leise mit Kylie auf Französisch. Ich erkenne Worte hier und dort, die ich verstehe. „Finde" und „ruhig" und „erinnere dich". Ich weiß nicht, ob es für Katzen anders ist, also bin ich froh, dass Jacqueline da ist.

Kylie bewegt sich unruhig. Ihre Augen öffnen und schließen sich, die Pfoten ballen sich und zeigen enorme, scharfe Krallen. Sie rollt herüber und steht auf dem Bett. Rollt zurück auf ihre Seite.

Jacqueline spricht wieder, ein ständiger Strom von Zuspruch.

Kylie zerfetzt das Bett, zerreißt die Bettwäsche und die Decken.

„Komm zurück zu mir, Kätzchen. Ich will dich küssen“, murmele ich.

Sie dreht ihre goldenen Augen zu mir und unsere Blicke treffen sich. Keiner von uns scheint zu atmen. Schließlich schimmert die Luft um sie herum.

„Das ist es, Baby“, ermutige ich sie, aber der Schimmer verblasst. „Du warst so nah dran. Versuch es noch mal. Ich muss deinen hübschen Mund küssen.“

Die Luft schimmert wieder und Kylie erscheint – blass, aber noch schöner, als ich mich an sie erinnere.

„Baby.“ Ich lege eine Decke um sie und ziehe sie in meine Arme.

„Wo ist der Kuss, den du mir versprochen hast?“, krächzt sie.

„Hol ihr etwas Wasser“, belle ich Sam an, der sich an den Türrahmen gelehnt hat. Er verschwindet sofort.

„Nun?“, verlangt sie.

Ich halte mich nicht zurück. Ich verschlinge ihren Mund mit jedem Hauch Wildheit in mir. Die Notwendigkeit, zu besitzen, zu markieren, sich mit ihr zu vereinigen, überflutet mich. Die Notwendigkeit, sie *zu bestrafen*, weil sie eine Kugel abbekommen hat, die für mich bestimmt gewesen ist. Das Bedürfnis, ihr meine Liebe, meine Zuneigung, mein Versprechen, das nächste Mal für sie da zu sein, zu zeigen. Sie nicht wieder so im Stich zu lassen, wie ich es dieses Mal getan habe. Ich öffne ihre Lippen mit meiner Zunge, umschlinge sie mit meiner. Ich neige meinen Mund über ihren, fordere mehr und nehme alles. Ich trinke ihre Essenz. Ich verschlinge sie.

„Es tut mir so verdammt leid", krächze ich, als wir uns endlich trennen, beide nach Luft schnappen. „Ich werde dich nie wieder gehen lassen. Ich werde dich nie verlassen. Das ist ein verdammtes Versprechen."

Sie lächelt schwach und ich erinnere mich an den fragilen Zustand ihrer Gesundheit. Schuldgefühle steigen auf, weil ich sie so hart geküsst habe.

Sam kehrt mit dem Wasser zurück und ich entreiße es ihm, um es meiner Gefährtin zu geben. „Mannomann. Wird das so während der ganzen Schwangerschaft sein?"

Alle im Raum erstarren, während ich seine Worte in meinem Kopf durchdenke.

Schwangerschaft?

Verdammt. *Ja.* Kylies Duft hat sich verändert. Der Sieg schlägt bei mir ein wie ein Meteor. Mein Wolf macht einen doppelten Salto und einen Moonwalk in einem Kreis um Kylie herum, während er seine Faust hochreckt. *Sie trägt meinen Welpen.* Meinen *Welpen.*

Jacqueline bedeckt ihren Mund. „*Mon Dieu*", haucht sie, dann wirft sie sich auf uns und lacht etwas auf Französisch.

Kylies Verwirrung verwandelt sich zu feuchten Augen.

Ich halte sie gegen meinen Körper, mein Wolf ist jetzt sehr beschützend, auch ohne gegenwärtige Bedrohung. „Darum hast du dich gewandelt, Kätzchen. Die DNA meines Welpen hat die Waagschale verändert."

Sie lacht durch ihre Tränen. „Ich bin schwanger? Woher weißt du das? Bist du sicher?"

Jacqueline, Sam und ich nicken alle. „Dein Duft hat sich verändert, Baby. Du bist schwanger." Tränen brennen in meinen Augen.

Jacqueline und Sam sind so lieb, aus dem Raum zu schlüpfen und die Tür hinter ihnen zu schließen.

„Kätzchen, ich wusste, dass du meine Gefährtin bist, seit du in den Aufzug gestiegen bist. Ich brauche dich. Du bist die einzige Person, der ich vertraut habe, das Einzige, woran ich geglaubt habe. Jemals. Ich kann jetzt mit dir spielen, vorgeben, dass ich dir die Wahl gebe, meine Gefährtin zu sein oder nicht, aber Tatsache ist, du gehörst zu mir. Du rennst, ich folge dir. Du versteckst dich, ich finde dich. Also, bitte, mach es uns beiden leicht und sag mir, dass du bleiben wirst."

Kylie schürzt ihre Lippen und pfeift. „Das könnte der schlimmste Antrag sein, den ich je gehört habe."

Ich kann nicht gegen das Lächeln kämpfen, das meinen Mund verzieht. „Ist das ein Ja?"

Sie schenkt mir einen langen Blick – lange genug, dass ich aufhöre zu atmen, mich zwingen muss, nicht zu zappeln. „Ich bin immer noch sauer auf dich, weil du mir nicht geglaubt hast."

Ich streichele ihre Wange. „Ich weiß. Ich hab es vermasselt. Aber ich verspreche dir, ich werde den Rest meines Lebens damit verbringen, es wiedergutzumachen. Du und deine Großmutter werdet mein verdammtes Leben regieren."

Ihre Augen vernebeln sich wieder und sie lehnt ihre Stirn an meine. „Ich dachte, du wärst derjenige, der gerne regiert."

„Mmm-hmm. Ja. Immer. Kannst du damit leben?"

„Ja." Sie hat dieses Mal nicht gezögert und ich falle fast vor Erleichterung hin. „Es gibt nur ein kleines Problem."

Meine Schultern spannen sich an. „Welches?"

„Ich werde vom FBI gesucht."

„Ich kümmere mich drum", verspreche ich. „Garrett ist

geblieben, um die Leichen in der Lagerhalle so zu inszenieren, dass es aussieht, als hätten Stu und seine Komplizen sich gegenseitig getötet. Du wirst die Anerkennung für die Wiederbeschaffung des Geldes kriegen. Denk nicht mehr daran." Ich kann meine Hände nicht davon abhalten, über ihre weiche Haut zu streifen und in ihr T-Shirt zu schlüpfen, um ihre Brüste zu ergreifen. „Das Einzige, wofür du sorgen musst, ist, unser Baby wachsen zu lassen."

Sie legt ihren Kopf zurück und bietet mir wieder ihren Mund an, ich küsse ihn und kann kaum glauben, dass sie wirklich mein ist.

„Wann wirst du mich markieren?" Ihre Stimme klingt heiser, ohne Angst.

„Sobald du wieder gesund bist, Baby. Gleich nachdem ich deinen hübschen Arsch rot geschlagen habe, weil du eine Kugel für mich abbekommen hast."

Sie wackelt mit ihrem Arsch in meinem Schoß. „Du weißt, dass du immer mein Held sein wirst." Sie berührt mein Gesicht. „Ich konnte einfach nicht hilflos zusehen, während eine weitere Person, die ich liebe, getötet wird."

Mein Herz schlägt wild in meiner Brust. „Du liebst mich?"

Sie lacht das heisere Lachen, das mich wild macht. „Ich liebe dich, Wolf. Das habe ich dir schon mal gesagt."

„Es macht mir nichts aus, es noch einmal zu hören."

„Ich liebe dich, ich liebe dich, ich –"

Ich bringe sie mit einem Kuss zum Schweigen, ersticke ihren Mund mit meinem, streichele ihre Lippen und vereine unsere Zungen. „Ich liebe dich, Kätzchen. Du bist jetzt zu Hause."

Sie lässt ihren Kopf zurückfallen und schließt ihre Augen. „Ja", seufzt sie. „Du bist mein Zuhause."

EPILOG

Einen Monat später

Kylie

„Zieh den Rock hoch, Baby. Lass mich sehen, was auf mich wartet, wenn wir nach Hause kommen.“ Mein Gefährte ist nicht weniger herrisch geworden, seit er mich markiert hat. Unsere Fahrt nach Hause von der Arbeit zusammen ist nur eine der vielen Freuden, seit ich für Jackson King arbeite. Gemeinsame Mittagspausen sind eine weitere. Und ihm mit seinem neuen Code helfen zu können.

Er starrt mich an wie ein Verhungernder. Als hätte er mir nicht schon nach dem Mittagessen mit einem Lineal den Arsch versohlt und mich dann über seinem Schreibtisch gevögelt. Als hätte er nicht jede Nacht zu Hause vollen Zugang zu mir.

„*Jetzt*, Kätzchen. Jede Sekunde, die du mich warten lässt, bringt dir einen Schlag mit meinem Gürtel."

Ich habe schon nach dem Saum meines enganliegenden Rockes gegriffen, aber ich höre jetzt auf, ein freches Grinsen bedeckt mein Gesicht. „Ist das so?"

Jetzt, da sich meine Wandler-DNA eingeschaltet hat, heilt mein Körper fast augenblicklich, was bedeutet, dass Jackson jede Form von Bestrafung benutzen kann, die er wünscht, und der Schmerz ist nur flüchtig. Es ist tatsächlich ein bisschen schade. Denn jetzt kann ich nie genug bekommen.

Jackson packt den Stoff, zerrt meinen Rock bis zur Taille und zerreißt dabei den Stoff. Er drückt meine Schenkel auseinander. „Zeig mir, was mir gehört." Seine Stimme ist tief. Ich liebe es, ihn so zu hören, halb wahnsinnig vor lauter Verlangen nach mir. Jetzt, da er weiß, dass ich eine Wandlerin bin, hat er keine Angst mehr, hart mit mir umzugehen.

Letzten Vollmond hat er mich wieder zu seiner Hütte gebracht und mich in jeder Stellung, Winkel und in jede Öffnung, die jemals gefunden worden ist, genommen. Ich habe gedacht, er wäre das letzte Mal unersättlich gewesen, als er versucht hat, mich nicht zu markieren, aber es stellt sich heraus, dass sich mit ihm zu verpaaren nicht meine Sicherheit gewährleistet, wenn der Mond voll ist.

Nicht dass ich mich jemals beschweren würde.

Ich greife nach unten und streichle die Spalte zwischen meinen Beinen. „Schaust du dir das an?", schnurre ich.

Er bellt einen Fluch. „Ausziehen", knurrt er. „Höschen runter oder ich zerreiße es."

Ich mache eine Show, als ich aus meinem Höschen rutsche, und lasse es vor seinem Gesicht baumeln, während er weitermacht.

Er schnappt es, bringt es an seine Nase und atmet tief

ein, bevor er es in seine Brusttasche schiebt. Er trägt heute einen Anzug, der mich den ganzen Tag feucht gemacht hat. Ich liebe es, wenn er seine CEO-Kleidung trägt, fast so sehr, wie ich seine engen T-Shirts und Jeans liebe.

„*Das hier*, Baby." Er greift quer durchs Auto und zwängt seine Hand zwischen meine Beine. „Öffne deine Schenkel weiter für mich. Ich muss meine Muschi sehen."

Ich versuche zu gehorchen, aber sie wäre sowieso nicht zu sehen, weil seine Finger darauf klopfen, gegen meinen Kitzler und meine Muschi trommeln, was mich zum Zappeln bringt, während Hitze zwischen meine Beine strömt.

Jacksons grollendes Knurren erfüllt den Range Rover. Er drückt einen Finger in mich.

„Jackson", keuche ich. „Nicht während du f-fährst."

Er schnalzt mit der Zunge und gleitet mit seinem schönen, mächtigen Finger aus mir rein und raus, schickt Wellen der Hitze und Lust durch meinen Körper. „Wer gibt hier die Befehle, Kätzchen?"

Ich stöhne, als er den Finger noch tiefer in mich schiebt. Ich weiß nicht, wie er es schafft, geradeaus zu fahren. Ich bin blind vor Verlangen, meine Welt dreht sich und schaukelt, gleitet auf die eine Seite, dann richtet sie sich selbst wieder aus und gleitet auf die andere. „D-Du tust das."

„Das ist richtig, Baby."

Ich reibe meine Klitoris gegen seine Handwurzel und nehme seinen Finger tiefer in mir auf.

„Wem gehört jeder deiner Orgasmen?"

Ich hebe mein Becken an, um seinen Stößen entgegenzukommen, knirsche mit den Zähnen. „Dir! B-bitte, Jackson."

Er knurrt. „Bitte darum, Kätzchen."

Ich bin nicht zu stolz. „Bitte, bitte, bitte, Jackson!"

Er lehnt sich nach vorn, um den Winkel zu ändern, und fügt einen zweiten Finger hinzu.

Ich hebe meine Hüften vom Sitzkissen und schlucke einen Schrei herunter, kurz bevor ich komme.

„Genau so, Baby. Komm über meine Finger. Du wirst meinen Schwanz massieren, wenn du das nächste Mal kommst, sobald ich dich nach Hause bringe. *Nach* dem Auspeitschen."

Meine Oberschenkel zittern, als ich zurückfalle, schlaff und wackelig von der Erlösung.

Jackson biegt in seine Einfahrt – *unsere* Einfahrt, wie er mich immer wieder gerne erinnert. Ich kann immer noch nicht glauben, wie miteinander verstrickt unser Leben jetzt ist. Wir steigen aus dem Fahrzeug aus und ich ziehe meinen Rock herunter. Jackson umkreist das Auto und drückt mich dagegen. Er umfasst mein Gesicht mit einer Hand und hält es für einen heißen, harten Kuss gefangen.

„Ich weiß, dass diese Pussy sich noch immer nach mir sehnt." Wie er das weiß, weiß ich nicht, aber er hat recht. Die Hand, die mein Gesicht hält, wandert in meinen Nacken. „Also gehen wir rein, begrüßen Mémé und essen unser Abendessen. Aber wenn ich dir das Signal gebe, eilst du nach oben und ziehst alles aus außer diese sexy High Heels. Und ich will, dass du auf mich wartest, dein Arsch in der Luft und dein Gesicht in den Decken. Verstanden?"

Das Pulsieren zwischen meinen Beinen lenkt mich immer mehr ab.

„Ja, Sir."

Er lächelt und fährt mit seinem Daumen über meine Unterlippe. „Braves Mädchen. Lass uns gehen."

Im Inneren riecht das Haus nach Mémés himmlischen Kochkünsten.

„Ah, ihr seid zu Hause", strahlt Mémé. Sie trägt die

alberne Schürze, die Sam ihr gekauft hat, auf der die französische Ernährungspyramide abgedruckt ist – Baguette, Käse und Quiche.

Jackson küsst sie auf die Wange. „Was riecht so gut, Mémé?"

„Steak für die Wölfe. Lachs für die Katzen. Reis und Salat und frisches Brot für uns alle."

Sam kommt durch die Hintertür rein, er trägt einen Teller mit Steaks vom Grill rein. „Ihr Fleisch, Mademoiselle." Er schenkt Mémé eine Verbeugung und ein Zwinkern.

Sie errötet wie ein Schulmädchen. Sie und Sam verstehen sich gut. Zuerst hat Sam vorgeschlagen, auszuziehen, aber Mémé und ich haben nichts davon wissen wollen und Jackson hat uns unterstützt.

„Du bist mein Rudel", hat er verkündet. „Ihr drei. Ich brauche euch alle in meinem Haus, wo ich euch beschützen kann. Und Sam, du musst meine Frauen beschützen, wenn ich weg bin."

„Bring es ins Wohnzimmer", ruft Mémé Sam zu und schiebt uns hinter ihm her. Ich versuche, mich in meinen Stuhl zu setzen, aber Jackson zieht mich stattdessen auf seinen Schoß. Er ist immer noch nicht müde geworden, mich zu füttern. Etwas über das Privileg eines Wolfs.

Als ich meine kleine Familie am Tisch versammelt sehe, schwillt mein Herz so weit an, dass es sicher platzen wird. So seltsam und unwahrscheinlich wir als Rudel sind, erlebe ich mit ihnen ein tiefes Gefühl der Zugehörigkeit. *Das hier ist das Normal, was ich all die Jahre gesucht habe.*

Ich bin endlich bei meiner eigenen Rasse, über alle Maßen geliebt.

Zu Hause.

. . .

Willst du hören, wie Jackson Kylie einen Antrag macht? Lade die kostenlose Kylie-und-Jackson-Bonusgeschichte „Liebe im Fahrstuhl“ hier herunter. https://BookHip.com/LGJCZN

Hol dir *Alphas Gefahr*, Buch 2 aus Lees und Renees *„Bad Boy Alphas“*-Serie

ALPHAS GEFAHR – PROLOG

Amber

Notiz an mich selbst: Verrückte Leute, die Visionen haben, sollten sich von überfüllten Flughäfen fernhalten.

Ich rolle meinen Koffer bis zum Waschbecken ins Badezimmer und schaue mein Gesicht im Spiegel an, während ich meine Hände wasche. Meine Haare sind immer noch in einem einfachen Knoten hochgesteckt, aber meine stechenden Kopfschmerzen haben mich in ein Monster verwandelt, die Augen sind blutunterlaufen und eingesunken, als würden sie in meinen Schädel zurücktreten, um von alldem wegzukommen.

Großartig. Eine kreischende Migräne am Tag meines Bewerbungsgespräches. Genau das, was ich schon immer wollte.

Ich trockne meine Hände mit einem Papiertuch, klopfe das feuchte Tuch gegen meine Wangen und unterdrücke ein Stöhnen.

Was habe ich mir nur gedacht, hierherzufliegen? Nichts löst meine Halluzinationen mehr aus, als in der Nähe von zu vielen Menschen zu sein. Ein Mann in einem Business-Anzug hat mich angestoßen und seine Erinnerung ist in meinem Kopf aufgeblitzt: er im Bett mit einer Frau. Er betrügt seine Ehefrau.

Ich weiß nicht, woher ich das weiß, aber ich weiß es. Und ich wünschte, ich würde es nicht wissen.

Vielleicht verstecke ich mich im Waschraum, bis sie meinen Flug aufrufen. Ja, das ist ein Superplan. Verrückte Amber, versteckt sich in Bädern, weil sie Visionen hat, egal wohin sie geht. Hab ich hierfür Jura studiert?

Mein Telefon piept. 10:42 Uhr. Fünfzehn Minuten bis zum Einsteigen und fünf Stunden bis zu meinem Bewerbungsgespräch. Ich wühle nach Aspirin, zucke beim Rasseln der Pillen in der Flasche zusammen.

Weitere Notiz an mich selbst: Kaufe Schmerzmittel in Gelkapseln.

„Entschuldigung“, erklingt eine warme Stimme hinter mir und eine alte Frau berührt meinen Rücken, als sie an mir vorbeikommt, um nach einem Papiertuch zu greifen.

Ich versuche, mich ohne Augenkontakt wegzuducken, aber die Frau hat mich zwischen den Waschbecken und den Papiertüchern gefangen, ich kann nicht entkommen. Ich blicke sie an mit meinem höflichsten Lächeln, welches mir wie auf mein Gesicht geklebt ist.

Die Frau hat lange weiße Haare, aber ein überraschend junges Gesicht und große blaue Augen. „Wie lange praktizierst du schon die intuitive Kunst?“

Ich schaue hinter mich, obwohl ich weiß, dass niemand dort ist. Aber die Frau kann doch nicht mit mir reden, oder? „Entschuldigung?“

Sie berührt mich immer noch, ihre Finger ruhen jetzt leicht auf meinem Ärmel. „Die intuitive Kunst. Wie lange praktizierst du sie schon?“

Eine Kältewelle durchfährt meine Gliedmaßen. „Es tut mir leid, ich weiß nicht, wovon Sie sprechen."

Das Gesicht der Frau wird betrübt. „Oh." Ihr Ausdruck klärt sich. „Nun, das solltest du, Schätzchen, ansonsten wirst du weiter Kopfschmerzen haben, bis du es tust."

Meine Sicht verschwimmt vor lauter Bildern in den Zeitraffer-Filmrollen, die ich unterdrücken wollte. Übelkeit überkommt mich. Ich sehe einen riesigen, muskulösen Mann am Strand stehen, die Stirn runzlig, Fäuste geballt. Dann einen Wolf in einem Käfig, zähnefletschend.

Ich zwinge die Luft aus meiner Lunge, um sie mit frischem Sauerstoff zu füllen, und schüttele meinen Kopf, als ob es meine dummen Visionen klären würde. Als mein Fokus zur Toilette zurückkehrt, blinzele ich. Die Frau ist weg.

Ich packe den Griff meines Koffers und rolle ihn aus dem Bad, suche nach der weißhaarigen Frau, als mir die Uhr ins Auge fällt. 10:42 Uhr, das muss falsch sein.

Ich überprüfe mein Telefon und in dem Moment, ändert sich die Zwei zur Drei. Fast keine Zeit ist in der Toilette vergangen, aber es gibt keine Spur von der Frau.

Wie hat sie sich einfach in die Luft aufgelöst?

ALPHAS GEFAHR – KAPITEL EINS

Drei Jahre später
Amber

Ich trete in den Aufzug und stütze die Tür mit meinem Fuß auf, um sie für die sich nähernde Gruppe aufzuhalten.

„Danke." Im kleinen Raum schwingt eine tiefe Stimme. Eine große Hand, tätowiert mit Mondphasen, umschließt die Tür, gefolgt von einem blauäugigen Riesen eines Mannes. Unter seinem verblassten T-Shirt und seinen Tattoos sind Muskeln wie die von Conan der Barbar. Er könnte mich zum Mittagessen auffressen und trotzdem noch hungrig sein.

Zwei jüngere Männer, genauso groß wie er, flankieren ihn. Rasierte Köpfe, ein Chaos aus Piercings und noch mehr Tätowierungen. Ich muss mich davon abhalten, nicht zurückzuschrecken.

Was machen die Hells Angels in meinem Apartmentgebäude?

Zeig keine Angst. Das Erste, was ich in der Pflege gelernt habe. *Studiere die Bedrohung.* Wieder aus dem Pflegeheim, obwohl die Lektion auch schön in den Gerichtssaal übertragen werden kann.

Ich richte mich bis zu meinen kompletten eins sechzig auf. Egal, dass ich kaum bis zur Schulter des Kürzesten reiche. Ich bin auch knallhart. Vielleicht habe ich keine riesigen Ohrstöpsel oder ein Augenbrauenpiercing – *autsch, wie war das mit „Wer schön sein will, muss leiden?"* –, aber ich trage spitze Pumps. Sie zwicken mir verdammt noch mal in die Füße, aber mit einem Sieben-Zentimeter-Absatz eignen sie sich doppelt, auch als Waffe.

„Besucht ihr jemanden im Gebäude?" In meiner Stimme liegt ein zweifelhaftes Trällern. Ich bin eigentlich keine arrogante Zicke, aber wenn meine Sicherheit gefährdet ist, fahre ich meine Krallen raus.

Der Erste guckt mich an und sein Mundwinkel zuckt. „Nein."

Zumindest sieht dieser Typ etwas normaler aus, abgesehen von seiner riesigen Größe. Vergessen wir „Conan der Barbar". Dieser Typ ist ganz wie Thor, bis hin zu seinem guten Aussehen mit dem kantigen Kiefer. Ich stehe normalerweise nicht auf große und muskulöse Typen, aber verdammt noch mal, wenn dieser nicht meine weiblichen Körperteile mit einem neuen Bewusstsein zum Kribbeln bringt.

Ich ersticke alle Fantasien darüber, wie es wäre, von einem solchen Kerl grob behandelt zu werden. Und *grob behandelt*? Ernsthaft? Seit wann wollte ich jemals rau behandelt werden?

Die drei Männer steigen in den Aufzug und ersticken den kleinen Raum. Die drei Schläger. Wie Die Drei Stooges, nur mit mehr Piercings und Tätowierungen. Hier drinnen ist so viel Testosteron, dass es ein Wunder ist, dass ich atmen kann.

Hitze läuft meine Oberschenkelinnenseiten entlang.

Ich lehne mich an die Wand und hoffe, dass diese Jungs nichts Schlechtes vorhaben. Ich will nicht urteilen, aber ich hätte meine Kindheit nicht überlebt, wenn ich eine Drohung ignoriert hätte. Und diese Typen sehen wild aus. Ihre Anwesenheit lässt meine Haut kribbeln. Nicht die Magenkrämpfe einer vollständigen Vision, sondern ein leichtes Summen, das nur eins bedeuten kann.

Gefahr.

Ich starre auf Thors fassbreite Brust, die deutliche Kontur seiner Muskeln, die unter seinem T-Shirt hervorstehen, und verfluche meine Brustwarzen, weil sie sich beim Anblick dieser männlichen Macht so offensichtlich aufrichten. Was zum Teufel ist nur mit mir los? Ich werde selten von Männern angetörnt und meine Hormone wählen genau diesen Moment, um in den Gang zu kommen? Wählen diesen motorradfahrenden Übermann? Er ist wahrscheinlich ein Verbrecher. Ich lehne mich auf eine Seite meiner Hüfte und warte darauf, dass er erklärt, warum die drei Schläger hier sind.

Er sagt nichts, aber einer der Jüngeren grinst mich an.

Meine Hand flattert an meinen Hals, bereit, die Spannung aus dem Ansatz meines Kopfes zu kneten. Ich übertünche die defensive Geste, indem ich überprüfe, ob meine Hochsteckfrisur sitzt, bevor ich den Knopf für den vierten Stock drücke. „Welche Etage?“, frage ich in meinem besten ‚Ich könnte dir vor Gericht in den Arsch treten‘-Ton.

„Die gleiche wie du“, sagt Thor gedehnt.

Ist das eine Anmache? Oder eine Drohung? Verfolgen sie mich? Nein, das ist albern. Sie hätten mich auf dem Parkplatz angreifen können, wenn sie gewollt hätten. Ich habe ihre Motorräder heranfahren gehört, obwohl ich mir nicht hatte vorstellen können, dass die Fahrer hier reinkommen würden.

Thor sieht mich an, obwohl ich seinen Augen nicht begegne. Ich halte meine Aktentasche wie einen Schild vor mir, bis der Aufzug anhält und die Türen auf meiner Etage aufgleiten.

Bitte, lass sie nicht hinter mir her sein. Paranoia, mein alter Freund. Ich benehme mich unruhig, aber der Grund, warum ich in ein Mehrfamilienhaus gezogen bin, anstatt ein Haus zu kaufen, war, um mich sicherer zu fühlen.

Du wirst nie sicher sein.

Das Handy griffbereit, warte ich, dass die Motorrad-Gang zuerst rausgeht. Mal sehen, ob sie wirklich irgendwo hingehen. Die Männer schlendern weiter, gehen an der Tür zu meiner Wohnung vorbei und – *oh, Mist* – halten gleich daneben an.

Nein. *Auf keinen Fall.* Es kann nicht sein. „Ihr seid meine Nachbarn?“ Ich wohne schon seit ein paar Wochen hier, aber ich habe noch niemanden getroffen. Das neue Hochhaus ist direkt in der Innenstadt und die Miete ist ziemlich hoch, sogar für mein Gehalt. Ich will nicht unhöflich sein, aber diese Jungs in ihren zerrissenen T-Shirts und Jeans sehen nicht aus, als ob sie sich diese Wohnung leisten können. Es sei denn, sie sind Drogendealer. Was bei meinem Glück durchaus der Fall sein könnte.

„Gibt es ein Problem?“, fragt Thor.

„Äh … Nein. Natürlich nicht.“ *Nicht, bis sie eine ekelhaft laute Party mit Biker-Babes und zu viel Alkohol schmeißen.* Ehrlich gesagt kann ich nicht glauben, dass sie es noch nicht getan haben.

Ich schiebe meinen Schlüssel in das Schloss und schaue zurück, um sicherzustellen, dass sie wirklich in ihre Wohnung gehen. Schläger Nummer zwei – der Grinsende – springt mich an und knurrt wie ein wilder Hund.

Ich kreische und lasse meine Aktentasche fallen.

Schläger Nummer drei lacht.

Thor schnappt sich das Hemd des bellenden Mannes und reißt ihn zurück. „Hör auf damit", sagt er. „Geh rein. Du musst ihr keine Angst machen." Seine Augen landen wieder auf mir. „Das macht sie sich selbst schon genug."

Die beiden jungen Männer spazieren hinein und glucksen immer noch. Ich greife nach meiner Aktentasche. Strähnen meiner Haare lösen sich aus meiner Haarspange und ich streiche sie weg, um meine geröteten Wangen zu verbergen. Verdammte Punks. Meine Hand zittert und das hasse ich am meisten. Ich habe meine Kindheit nicht überlebt, nur um jetzt in Türrahmen zu kauern.

Mein Kopf schmerzt ein wenig und kündigt eine nahende Vision an. Ich hatte seit einer Weile keine mehr, also sollte diese ein Prachtexemplar sein.

Großartig.

Mein Herz hämmert gegen meine Rippen, ich betrete meine Wohnung und fange an, meine Tür zu schließen. Ein Stahlkappenstiefel klemmt sich in die Tür und hält mich auf. Meine Augen fliegen zu Thors Gesicht und landen auf den erschreckend blauen Augen. Die Augenwinkel verziehen sich und er schenkt mir ein räuberisches halbes Lächeln.

Ich erschaudere.

„Ich bin Garrett." Er streckt seine große Hand durch die Lücke in der Tür.

Ich starre sie für volle zwei Sekunden an, bevor meine

guten Manieren über meine Angst triumphieren. Ich nehme das Handy in meine linke Hand, um seine Hand zu ergreifen. Die Hitze seiner Hand umhüllt meine, der Schock der Verbindung fährt durch meinen Arm. Ein seltsames Gefühl des Wissens überkommt mich – als ob dieser Kerl und ich alte Freunde sind und ich es nur gerade vergessen habe.

Ich schüttle das *Déjà-vu* ab. Ich muss die verrückte Amber in Schach halten.

„Sorry, dass Trey dich erschreckt hat. Ich sorge dafür, dass es nicht wieder passiert." Seine Stimme ist tief und samtig-glatt, passend zu seinem robusten guten Aussehen. Sie sendet eine Hitzewelle tief in meinen Unterkörper. Er scheint nicht viel älter zu sein als meine sechsundzwanzig Jahre. Zu alt, um sich wie ein Punk anzuziehen und zu benehmen. Obwohl er es *so gut macht.* Das ausgebleichte T-Shirt spannt sich über riesige Brustmuskeln, Tattoos spähen durch seine Ärmel und Kragen. Strubbelige Haare, als wäre er gerade erst aufgestanden, und Mittags-Bartstoppeln. Mmmm.

Notiz an mich selbst: Tätowierte Bad Boys lassen meine Eierstöcke aufrechtsitzen und betteln.

Ich schiebe meine erwachte Lust wieder zur Seite. Dies ist nicht Zeit, um angetörnt zu sein. Dieser Kerl raubt wahrscheinlich kleine alte Damen auf dem Weg zu Motorrad-Gang-Treffen aus.

„Wohnt –" Ich räuspere mich und versuche, gesprächig zu klingen, anstatt auszuflippen. „Wohnt ihr alle drei dort?"

„Ja. Also bist du sicher mit uns in der Nähe." Ein volles Lächeln blitzt auf, dass mir den Atem raubt. Er hat tiefe Grübchen und bemerkenswert volle Lippen für einen so maskulinen Mann. Chris Hemsworth ist nichts gegen diesen Kerl.

Sicher. Ja ne, ist klar. „Fantastisch. Ich fühle mich gleich besser. Würdest du bitte deinen Fuß aus meiner Tür nehmen?“ Ich entscheide mich für cool, ruhig und gesammelt, aber es klingt ein wenig scharfzüngig.

Er schenkt mir ein nachlässiges Grinsen, das leider ein langsames Brennen zwischen meinen Oberschenkeln entzündet. „Du hast mir nie deinen Namen gesagt.“

„Ich weiß.“ Ich blicke betont auf seinen Fuß.

Er schnalzt mit der Zunge, verschränkt die Arme und lehnt sich an meinen Türrahmen. „Schau, Prinzessin –“

„Nenn mich nicht *Prinzessin*.“

Er zieht eine Augenbraue hoch. „Wie nenne ich dich dann?“

„Miss Drake. Amber Drake.“

„Bist du eine Lehrerin oder so was?“

„Anwältin. Und du stehst kurz vor einer Belästigungsanzeige.“ Tut er eigentlich nicht. Sie haben nichts Falsches gemacht. Ich werfe die Anwaltskarte normalerweise nicht ein, aber ich will in meine Wohnung, bevor ich eine Vision habe. Ich möchte nicht, dass meine heißen neuen Nachbarn wissen, dass ich verrückt bin.

„Wir wollten dir keine Angst machen.“

„Du machst mir keine Angst“, sage ich schnell.

„Warum klammerst du dich dann an deine Perlen? Sobald du uns gesehen hast, hat sich dein Höschen in Knoten verdreht.“

Oh, herrjemine. Er spricht von meinem Höschen. „Ich trage keine Perlen“, sage ich in meiner Anwaltsstimme.

„Und wie sieht es mit dem Höschen aus?“

Gott hilf mir. Die empfindlichen Teile, die von dem genannten Kleidungsstück bedeckt sind, ziehen sich bei dem Vermerk zusammen. „Kein Kommentar.“ Ich ziehe an der Tür, aber sie bewegt sich nicht.

Er hebt kapitulierend die Hände in die Höhe. „Nur eine Redewendung. Du würdest sie umklammern, wenn du sie hättest. Die Perlen."

Das Bild, wie ich stattdessen mein Höschen umklammere, während er sie mir mit diesen starken weißen Zähnen abreißt, lässt meinen Atem stocken. Um meine wachsende Lust zu verbergen, mache ich wieder ein böses Gesicht und gebe es auf, an der Tür zu zerren.

„Hör zu", sagt er. „Meine Jungs sind cool. Sie sehen vielleicht grob aus, aber sie sind verdammte Pfadfinder."

Ich zucke bei dem schlecht platzierten Fluchwort zusammen. „Na gut, Mr. ... Garrett, vielleicht solltest du wieder alten Damen beim Überqueren der Straße helfen." *Oder sie überfallen.* Ich wedele mit der Hand, um ihn wegzuscheuchen, aber er bewegt sich nicht.

„Ich helfe dir lieber über den Flur zu meiner Wohnung." Er lehnt sich näher zu mir und Hitze überkommt mich. Es ist eine lange Zeit her, dass ich von jemandem so heiß angemacht wurde. Vielleicht niemals. Der Mangel an Subtilität lässt mich meine Augen rollen, aber ich muss zugeben, seine übermütige Direktheit hat was. Nein. Ich bin nicht im Geringsten versucht.

Notiz an mich selbst: Finde einen netten, normalen, nicht unheimlichen Kerl und flirte mit ihm. Lass dich *niemals* von dem Gedanken verführen, mit nichts als einem winzigen Höschen und Perlen zu meinem gruseligen, aber heißen Nachbarn rüberzugehen. Und vielleicht ein paar hohen Absätzen.

Oh Gott.

„Im Ernst jetzt", sagt Garretts Stimme, das leise Knurren erregt mich. „Komm rüber, trink ein Bier. Lerne uns kennen."

Kann Anwältin Amber sich in Biker-Tussi Amber verwandeln? Für den Bruchteil einer Sekunde sehe ich mich außerhalb meines schicken Anzugs und in engen Jeans und einem Bandeau-Top. Die Haare wehen frei um meine Schultern, die Wangen sind sonnengeküsst und in den Wind gestreckt. Ich klammere mich an Garrett, lehne mich in die Kurve der Straße, während wir fahren.

Ich blinzle. Hatte ich gerade eine Vision? Mein Kopf pulsiert ein wenig, aber da sind keine Schmerzen.

„Also, was ist, Prinzessin?“ Garrett schaut mich immer noch an, seine blauen Augen sind freundlich. Ein Mädchen könnte sich in diesem himmelblauen Meer verlieren.

Nicht. Sicher.

„Nein, danke schön.“

„Okay. Dein Verlust.“ Er zieht seinen Stiefel zurück.

Mein fester Halt an der Tür lässt sie in unsere beiden Gesichter zuschlagen. Ich schreie auf wie ein Idiot. *Herrgott.* Ich nehme einen langen, zittrigen Atemzug. Etwas hat sich in meinem Bauch gelöst und macht Saltos wie ein Ballon, der seine Luft verliert.

Als ich den Riegel zuschiebe, drücke ich mein Ohr gegen das Holz und lausche. Drei Sekunden vergehen, bevor ich Schritte weggehen höre. Ich sacke gegen die Tür und lege eine Hand an meinen Kopf. Das leichte Pochen ist weg.

Notiz an mich selbst: Ruf morgen das Gebäudemanagement an und finde genau heraus, wer diese Jungs sind und ob es Beschwerden gegen sie gibt.

Mich würde nicht wundern, wenn meine Wohnung leer gestanden hätte, weil niemand neben diesen Jungs leben will. Das will ich verdammt noch mal auch nicht.

Zumindest sage ich mir das selbst.

„Ich habe noch nicht mal Perlen“, murmele ich und lege meine Aktentasche auf den Tisch, bevor ich meine beste Freundin anrufe.

„Hey, Süße“, antwortet sie. Ich bin vielleicht langweilig und normal – oder zumindest versuche ich, es zu sein –, aber meine beste Freundin ist cool. Ihre Mutter war ein Hippie, deshalb hat sie einen skandalösen Namen bekommen.

„Hey, Foxfire. Wie gehts?“

„Ich versuche, beschäftigt zu bleiben ... Um mich davon abzulenken.“ Foxfire hat ihren Freund am Wochenende beim Fremdgehen erwischt und ihn rausgeschmissen. Längst überfällig, aber Trennungen sind scheiße, also habe ich mich selbst als ihre Nummer eins Cheerleaderin und Aktivitäten-Koordinatorin benannt, bis das Risiko vorbei ist, dass sie nachgibt und ihn zurücknimmt.

„Willst du zu mir kommen? Wir könnten Netflix schauen und chillen.“ Ich bin bereit für ein bisschen verdummendes Fernsehen heute Abend. Es gibt nichts Besseres als dumme Reality-Shows, um meine verrückten Visionen in Schach zu halten. Wenn sie nur gegen meine Kopfschmerzen helfen würden.

„Nein, danke“, seufzt Foxfire.

Ich spüre einen Strudel aus Traurigkeit herannahen und reiße mich zusammen. „Hey, weißt du, was wir tun sollten?“

„Was?“

„Morgen Abend weggehen. The Morphs spielen im Club Eclipse.“

„Ich weiß nicht. Ich fühle mich nicht wirklich danach.“

„Willst du mich verarschen? Sie sind deine Lieblingsband. Du sagst mir immer, wie gut sie live sind.“ An den meisten Tagen vermeide ich Clubs, Bars und andere laute

Räume, weil mein Verstand davon abhängt. Was angesichts meiner Neigung, Visionen zu haben, einfach passieren könnte. *Foxfire, du solltest das hier besser zu schätzen wissen.* Ich atme tief ein und lüge das Blaue vom Himmel herunter. „Jetzt will ich wirklich hingehen."

„Du? Du hasst es wegzugehen. Normalerweise bin ich diejenige, die dich irgendwo hinschleppt."

„Äh ja, und jetzt vermisse ich es. Ich weiß, du fühlst dich nicht danach – darum geht es hier aber nicht. Der Punkt ist, sich zu zwingen, wegzugehen und sozial zu sein." Ich benutze das Argument, dass sie oft gegen mich benutzt hat. „Ich wette, eine Million Jungs werden dich anmachen."

Foxfire schnaubt. „Ich bezweifle es. Aber ein Cosmo würde mir gefallen."

„Mir auch." Nun seufze ich.

„Also, was ist bei dir los? Du hast in letzter Zeit zu viel gearbeitet."

„Ja, das Zentrum hat extrem viel Arbeit."

„Viele Kinder, die in Pflege kommen?" Foxfire sagt es mit sanftem Mitleid.

„Ein paar."

„Nun, ich weiß, dass du ihnen hilfst. Du verleihst Anwälten fast einen guten Ruf."

„Davon weiß ich nichts. Aber diesen Kindern zu helfen, ist notwendig. Mein Gott, so viele von ihnen haben ein beschissenes Leben. Sie verdienen mindestens eine Person, die sie im System vertritt, die sich um sie sorgt." Ich nehme einen Schwamm aus der Spüle und wische den Küchentresen ab, obwohl er schon sauber ist. „Ach ja ... Ich habe gerade die Typen, die nebenan wohnen, getroffen."

„Oh, und?", sagt Foxfire in einem suggestiven Ton.

„Nein, nicht so. Gruselig aussehende Typen." Ich erinnere mich an Garretts blaue Augen und sein Lächeln mit den Grübchen. Vielleicht ist er nicht so beängstigend. Aber er hat mich definitiv nervös gemacht und in Abwehrhaltung versetzt. „Ich weiß nicht. Ich konnte nicht sagen, ob sie mich einschüchtern oder mit mir flirten wollten."

„Du klingst interessiert."

„Nein, definitiv nicht." *Totale Lüge.* Meine Hand kribbelt, wo Garrett sie angefasst hat. Ein Mann wie er ist groß genug, damit ich ihn wie ein Klettergerüst benutzen kann. Würde er mich oben reiten lassen? Oh mein Gott. *Kopf aus der Gosse, Amber!*

Ich will ihn nicht in meinem Bett haben. Auch wenn er wahrscheinlich wirklich gut ist. Aber gut im Bett bedeutet nicht, dass er ein guter Nachbar sein wird. Unerwünscht springt mir das Bild in den Kopf, wie ich bei einer nächtlichen Party in meinem Höschen und Perlen vorbeikomme.

Hör auf.

„Sind sie heiß?" Foxfire liest natürlich zwischen den Zeilen.

Obwohl ich allein in meiner Wohnung bin, werden meine Wangen warm. Ich stoße ein ersticktes Kichern aus. „Ähm ... ja. Einer von ihnen war – ist – das. Was auch immer. Nicht mein Typ. Definitiv nicht mein Typ."

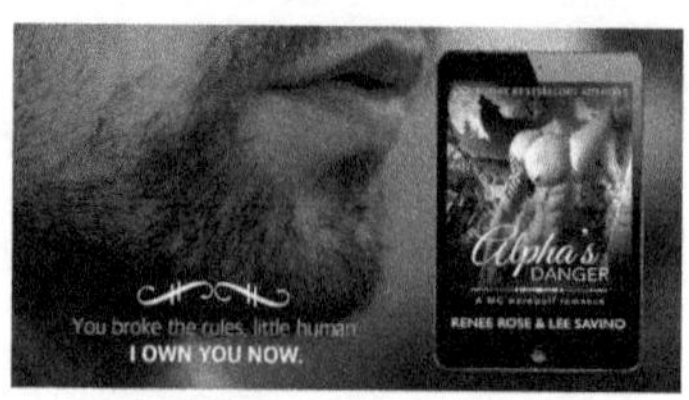

Alphas Gefahr (Bad Boy Alphas, Buch 2)

„Du hast die Regeln gebrochen, kleiner Mensch. Jetzt gehörst du mir.“

Ich bin ein Alpha-Wolf, einer der jüngsten in den Staaten. Ich kann jede Wölfin im Rudel als meine Gefährtin wählen. Warum schnüffle ich also an der sexy Anwältin von nebenan herum? Sobald ich den süßen Duft von Amber einfange, will mein Wolf sie markieren.

Bei ihr rumzuhängen, ist eine schlechte Idee, aber ich spiele nicht nach den Regeln. Amber wirkt ganz etepetete, aber sie hat auch ein Geheimnis. Sie mag ihre übersinnlichen Fähigkeiten nicht, dabei sind sie ein Geschenk.

Ich sollte sie gehen lassen, aber so wie sie mich bekämpft, will ich sie nur noch mehr. Wenn sie erfährt, was ich bin, gibt es kein Entkommen für sie. Sie ist in meiner Welt. Ob sie es möchte oder nicht. Ich brauche sie, damit sie ihre Gabe zu benutzt, um meine vermisste Schwester zu finden … und ich akzeptiere kein Nein als Antwort.

Sie gehört jetzt mir.

Alphas Preis (Bad Boy Alphas Buch 3)

MEINE GEFANGENE. MEINE GEFÄHRTIN. MEIN PREIS.

Ich habe die Gefangennahme der schönen amerikanischen Wölfin nicht befohlen. Ich habe sie nicht von den Händlern gekauft. Ich habe nicht einmal geplant, sie zu nehmen. Aber kein männlicher Wandler hätte dem Test eines Vollmondes und Sedona standhalten können, nackt und ans Bett gefesselt in einem verschlossenen Zimmer.

Ich habe nicht nur die Kontrolle verloren, sondern habe sie auch markiert und sie mit meinem Wolfswelpen geschwängert zurückgelassen. Ich werde sie nicht gefangen halten, so sehr ich es auch möchte. Ich erlaube ihr, in die Sicherheit des Rudels ihres Bruders zu flüchten.

Aber einmal markiert, ist keine Wölfin wirklich frei. Ich werde ihr bis ans Ende der Erde folgen, wenn ich muss.

Sedona gehört zu mir.

OHNE TITEL

Bitte genieße diesen kurzen Auszug aus dem nächsten alleinstehenden Buch in der *Bad-Boy-Alpha*-Serie

Bad Boy Alphas

Alphas Versuchung
Alphas Gefahr
Alphas Preis
Alphas Herausforderung
Alphas Besessenheit
Alphas Verlangen
Alphas Krieg
Alphas Aufgabe
Alphas Fluch
Alphas Geheimnis
Alphas Beute
Alphas Blut
Alphas Sonne

DANKSAGUNGEN

Vielen Dank an Aubrey Cara und Katherine Deane fürs Betalesen! Danke auch an Margarita für den Vertrag.

RENEE ROSE: HOLEN SIE SICH IHR KOSTENLOSES BUCH!

Tragen Sie sich in meine E-Mail Liste ein, um als erstes von Neuerscheinungen, kostenlosen Büchern, Sonderpreisen und anderen Zugaben zu erfahren.

https://www.subscribepage.com/mafiadaddy_de

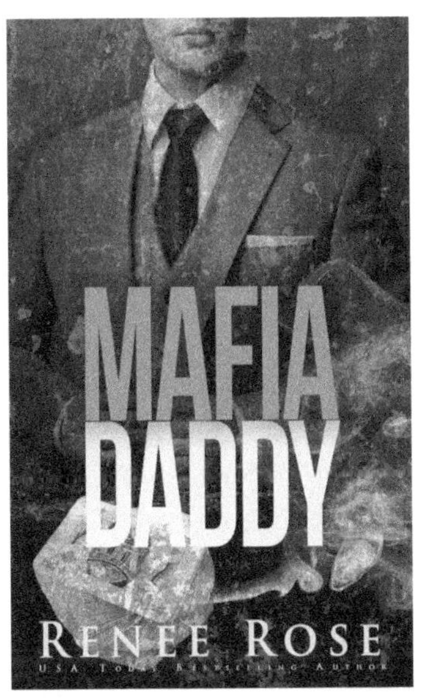

BÜCHER VON RENEE ROSE

Unterwelt von Las Vegas

King of Diamonds: Was in Vegas passiert, bleibt in Vegas, Band 1

Mafia Daddy: Vom Silberlöffel zur Silberschnalle, Band 2

Jack of Spades: Gefangen in der Stadt der Sünden, Band 3

Ace of Hearts: Berühmtheit schützt vor Strafe nicht, Band

4

Joker's Wild: Engel brauchen auch harte Hände (Unterwelt von Las Vegas 5)

His Queen of Clubs: Russische Rache ist süß (Unterwelt von Las Vegas 6)

Dead Man's Hand: Wenn der Tod mit neuen Karten spielt

Wild Card: Süß, aber verrückt

Wolf Ranch

ungebärdig - Buch 0 (gratis)

ungezähmt– Buch 1

ungestüm - Buch 2

ungezügelt - Buch 3

unzivilisiert - Buch 4

ungebremst - Buch 5

Wolf Ridge High

Alpha Bully - Buch 1

Alpha Knight - Buch 2

Bad Boy Alphas

Alphas Versuchung

Alphas Gefahr

Alphas Preis

Alphas Herausforderung

Alphas Besessenheit

Alphas Verlangen

Alphas Krieg

Alphas Aufgabe

Alphas Fluch

Alphas Geheimnis

Alphas Beute

Alphas Blut

Alphas Sonne

Die Meister von Zandia

Seine irdische Dienerin

Seine irdische Gefangene

Seine irdische Gefährtin

EBENFALLS VON LEE SAVINO

Die Berserker-Saga

Verkauft an die Berserker

Gepaart mit den Berserkern

Entführt von den Berserkern

Übergeben an die Berserker

Gefordert von den Berserkern

Die Frauen der Berserker

Gerettet vom Berserker – Hasel und Knut

Gefangen von den Berserkern – Weide, Leif und Brokk

Verschleppt von den Berserkern – Salbei, Thorbjorn und Rolf

Gebunden an die Berserker – Laurel, Haakon und Ulf

Berserker-Nachwuchs – die Schwestern Brenna, Sabine, Muriel, Fleur und ihre Gefährten

(demnächst)

Die Nacht der Berserker – die Geschichte der Hexe Yseult

Eigentum der Berserker – Farn, Dagg und Svein

Gezähmt von den Berserkern – Ampfer, Thorsteinn und Vik

Beherrscht von den Berserkern

Unschuld mit Stasia Black (Eine dunkle Liebesgeschichte)

Das Erwachen (Unschuld 2)

Königin der Unterwelt: Eine Dunkle Liebesgeschichte (Unschuld 3)

Die Gefangene des Biestes: Eine dunkle Romanze (Die Liebe des Biestes 1)

Die Rache des Biestes: Eine dunkle Romanze (Die Liebe des Biestes 2)

Der Soldat, der mich verführt

Draekons (Drachen im Exil) mit Lili Zander (Eine Sci-Fi Dreierbeziehung Romanze)

Draekon Gefährtin

Draekon Feuer

Draekon Herz

Draekon Entführung

Draekon Schicksal

Tochter der Dragons

Draekon Fieber

Draekon Rebellin

Draekon Festtag

ÜBER DIE AUTORIN

USA TODAY Bestseller-Autorin RENEE ROSE liebt dominante, verbalerotische Alpha-Helden! Sie hat bereits über eine Million Exemplare ihrer erotischen Liebesromane mit unterschiedlichen Abstufungen verruchter sexueller Vorlieben und Erotik verkauft. Ihre Bücher wurden außerdem in *USA Todays Happily Ever After* und *Popsugar* vorgestellt. 2013 wurde sie von *Eroticon USA* zum nächsten *Top Erotic Author* ernannt und freut sich ebenfalls über die Auszeichnungen Spunky and Sassy's *Favorite Sci-Fi and Anthology Autor*, The Romance Reviews *Best Historical Romance* und Spanking Romance Reviews *Best Sci-fi, Paranormal, Historical, Erotic, Ageplay and Couple Author*. Bereits fünfmal gelang ihr eine Platzierung in der USA-Today-Bestsellerliste mit verschiedenen literarischen Werken.

Besuchen Sie ihren Blog unter www.reneeroseromance.com

ÜBER DIE AUTORIN

Lee Savino ist *USA Today*-Bestsellerautorin. Außerdem ist sie Mutter und schokosüchtig. Sie hat eine ganze Reihe von Büchern geschrieben, die alle unter die Rubrik »smexy« Liebesgeschichten fallen. *Smexy* steht dabei für »smart und sexy«.

Sie hofft, dass euch dieses Buch gefallen hat.

Besucht sie unter:
www.leesavino.com

CPSIA information can be obtained
at www.ICGtesting.com
Printed in the USA
BVHW031432171121
621855BV00004B/23

9 781636 930015